重庆市脱贫攻坚
优秀文学作品选

罗涌 / 著

LIANSHAN
CHONG

连山冲

重庆出版集团 重庆出版社

图书在版编目(CIP)数据

连山冲/罗涌著. —重庆:重庆出版社,2021.3(2022.2重印)
(重庆市脱贫攻坚优秀文学作品选)
ISBN 978-7-229-15525-4

Ⅰ.①连… Ⅱ.①罗… Ⅲ.①长篇小说—中国—当代 Ⅳ.①I247.5

中国版本图书馆CIP数据核字(2020)第241959号

连山冲
LIANSHAN CHONG
罗 涌 著

丛书主编:魏大学
丛书执行主编:孙小丽
丛书副主编:牛文伟 杨 勇
责任编辑:徐 飞 李欣雨
责任校对:朱彦谚
装帧设计:戴 青
封面插画:珠子酱

重庆出版集团 出版
重庆出版社

重庆市南岸区南滨路162号1幢 邮政编码:400061 http://www.cqph.com
重庆出版社艺术设计有限公司制版
重庆天旭印务有限责任公司印刷
重庆出版集团图书发行有限公司发行
E-MAIL:fxchu@cqph.com 邮购电话:023-61520646
全国新华书店经销

开本:787mm×1092mm 1/16 印张:16.25 字数:210千
2021年3月第1版 2022年2月第2次印刷
ISBN 978-7-229-15525-4
定价:49.00元

如有印装质量问题,请向本集团图书发行有限公司调换:023-61520678

版权所有 侵权必究

编委会

○ 编委会主任
刘贵忠　辛　华

○ 编委会顾问
刘戈新

○ 编委会副主任
魏大学　陈　川　黄长武　莫　杰　王光荣　田茂慧
李　清　罗代福　冉　冉

○ 编委会成员
孙元忠　周　松　兰江东　刘建元　李永波　卢贤炜
胡剑波　颜　彦　熊　亮　孙小丽　徐威渝　唐　宁
吴大春　李　婷　陈　梅　蒲云政　李耀邦　王金旗
葛洛雅柯　汪　洋　李青松

○ 编　　辑
谭其华　胡力方　孙天容　皮永生　郑岘峰　赵紫东
刘天兰　李　明　郭　黎　王思龙　李　嘉　金　鑫

总序

重庆是一座高山大川交织构筑的城市，山水相依，人文荟萃。这里有鳞次栉比的高楼华厦、流光溢彩的两江夜景、麻辣鲜香的地道火锅、耿直爽朗的重庆崽儿……她的美丽令人倾倒，她的神奇让人向往，她的热情催人奋进。重庆也是一座集大城市、大农村、大山区、大库区和少数民族地区于一体的城市，城乡差距大，协调发展任务繁重。重庆直辖之初，扶贫开发是中央交办的"四件大事"之一。2014年年底，全市有国家扶贫开发工作重点区县14个、市级扶贫开发工作重点区县4个，有扶贫开发工作任务的非重点区县15个，贫困村1919个，贫困发生率7.1%。2016年1月，习近平总书记视察重庆时强调，重庆脱贫攻坚"这个任务不轻"。

让贫困人口和贫困地区同全国一道进入全面小康社会，是我们党的庄严承诺，打赢脱贫攻坚战是时代赋予我们的光荣使命。重庆广大干部群众坚定融入时代洪流，投身强国伟业，拿出"敢教日月换新天"的气概，鼓起"不破楼兰终不还"的劲头，向贫困发起总攻，坚决打赢脱贫攻坚战。在全市上下一心、同心同德的艰苦奋战中，在基层广大扶贫干部和群众的不懈努力下，经过8年精准扶贫、5年脱贫攻坚，重庆市脱贫攻坚取得历史性、根本性、决定性成效。贫困区县悉数脱贫"摘帽"，累计动态识别（含贫困家庭人口增加）的190.6万建档立卡贫困人口全部脱贫，历史性消除了绝对贫困，大幅提高了贫困群众收入水平，极大改善了农村生产生活生态条件,明显加快了贫困地区发展,有效提升了农村基层治理能力,显著提振了干部群众精气神。2019年4月,习近平总书记视察重庆时指出,"党的十九大以来,重庆聚焦深度贫困地区脱贫攻坚,脱贫成效是显著的","重庆的脱贫攻坚工作,我心里是托底的"。

习近平总书记在决战决胜脱贫攻坚座谈会上强调,"脱贫攻坚不仅要做得好,而且要讲得好"。讲好脱贫攻坚的实践故事,讲好各级各部门统筹推进疫情防控和脱贫攻坚工作的攻坚故事,讲好基层扶贫干部的典型事迹和贫困地区人民群众艰苦奋斗的感人故事,是广大作家和文学工作者的时代责任和光荣使命。面对乡村的巨变和社会的进步,面对形象丰满的扶贫工作者群像和感人至深的扶贫励志故事,面对许多不甘贫困的普通百姓,面对人民群众美好生活的新期待,重庆广大文学工作者投身脱贫攻坚主战场,用文学创作的方式反映大时代背景下重庆人民在脱贫攻坚战役中的不平凡经历和取得的伟大业绩,记录伟大时代的火热实践,记录人民日新月异的新生活,创作出一批优秀脱贫攻坚主题文学作品,《重庆市脱贫攻坚优秀文学作品选》应时而生。

《重庆市脱贫攻坚优秀文学作品选》是在中共重庆市委宣传部的支持下,由重庆市扶贫开发办公室、重庆市作家协会联合策划的系列丛书。为了讲好重庆的脱贫攻坚故事,创作出有筋骨、有硬核、有温度、有品位的文学作品,重庆市扶贫办组织专班提供了大量典型素材和采访线索,组织专人陪同作家深入一线采风采访。重庆市作协遴选了一批来自脱贫攻坚工作一线的优秀作家执笔,组织创作优秀作品。项目甫立,这批作者或早已投身于脱贫攻坚火热的现实中,或遍访民情搜集创作的素材,或直面基层和一线的真实,积累了丰富细腻的情感。通过他们各自不一样的脚力、眼力、脑力和笔力,一幕幕感人至深摆脱贫困的场景得以再现,一个个人物典型的人格魅力得以张扬,一份份对农村新貌的赞美得以抒发……

《重庆市脱贫攻坚优秀文学作品选》由13部优秀文学作品组成,

体裁涵盖长篇小说、纪实文学、散文和诗歌等。钟良义创作的长篇小说《我是第一书记》，以三个主动请缨到脱贫攻坚第一线的城市青年干部的扶贫经历为主线，展示了重庆脱贫攻坚工作的艰巨性和复杂性，表现了重庆青年党员群体的责任担当；罗涌创作的长篇小说《连山冲》讲述了位于武陵山集中连片特困地区的连山冲村克服重重困难成功脱贫的故事，塑造了脱贫攻坚工作中的各色人物的鲜明个性，全景式地书写了精准扶贫精准脱贫中的艰难与坚韧、痛苦与希望以及从精准帮扶到产业致富的山村发展路径与规律；陈永胜创作的长篇小说《梅江河在这里拐了个弯》以身患绝症的扶贫干部林仲虎在生命的最后时刻依然坚守在扶贫第一线的感人事迹，折射梅江河，乃至秀山县脱贫攻坚工作的艰辛历程；刘灿创作的长篇小说《蜜源》讲述了留学归国青年踌躇满志来到贫困山区创业的故事，讴歌了新时代知识青年的理想追求，展现了新时代重庆农村的人文风貌；何炬学创作的长篇报告文学《太阳出来喜洋洋》通过讲述一个个"奋斗者"的脱贫故事、赞颂"助力者"的全心投入，全面展示了自2014年全国新一轮脱贫攻坚工作开展以来，重庆全域在此工作中的生动景象，并努力挖掘重庆的文化底蕴，彰显重庆人的精神和气质；周鹏程创作的报告文学《大地回音》是他深入重庆14个国家级贫困县和4个市级贫困县采访、调研的结晶，反映了重庆农村特别是贫困山区在脱贫攻坚战中发生的天翻地覆的变化；谭岷江创作的报告文学《春天向上》通过对石柱县中益乡各村帮扶贫困户产业脱贫致富故事的讲述，勾勒出一幅山区土家族人民在新时代努力奋进，积极乐观地追求幸福的壮美画卷；李能敦创作的散文集《别急，笑起来——巫山县脱贫攻坚人物谱》生动刻画了一批来自巫山县脱贫攻坚一线的人物群像，记录了他们在脱贫攻坚战役中的奋斗与牺牲，泪水与欢笑；龙俊才创作的散文集《我把中坝当故乡——驻村扶贫纪实》还原了中坝村扶贫干部与群众在脱贫攻坚战一线，确保高质量完成任务的方方面面，是全国打赢脱贫攻坚战中一个生动的缩影;徐培鸿创作的长诗《第一书记杨丽红》借由对脱贫攻坚战中的女性群体的观照,展现出广大驻村女干部们的艰辛付出和人性中的大美;袁宏创作的诗集《阳光照亮武陵山》围绕武陵山区的脱贫攻坚展开诗性建构,集中反映了酉阳土家族苗族自治县广大干部群众积极投身脱贫攻坚的国家战略,展现了人们面对困难守望相助的内心世界和追求美好生活的坚毅品质;戚万凯创作的儿歌集《我向马良借支笔》,以琅琅上口的儿歌展现脱贫攻坚的生动场面和新农村的美丽画卷,通过生动活泼、富有童趣的形式,传递党的扶贫声音,讴歌扶贫干部公而忘私的奉献精神和乡村群众自强不息刨穷根的精神风貌。丛书还收录了傅天琳、李元胜、张远伦、冉仲景、杨犁民等70余位重庆诗人创作的诗集《洒满阳光的土地——重庆市脱贫攻坚诗选》。这些作品散发着巴山渝水的浓郁乡土气息,晕染着山城文化的独特魅力,不仅凝练了百折不挠、耿直豁达的重庆性格,而且写出了重庆人感恩奋进、誓刨穷根的精气神,总结了重庆在生态、教育、健康、搬迁、文化、产业等方面的典型经验。作家们的创作不回避矛盾,不矫饰问题,以真情与热诚书写贫困地区的变化,把脱贫攻坚故事写得实实在在、有血有肉、鲜活生动,彰显了重庆文艺工作者在脱贫攻坚中强烈的使命感和责任感。

《重庆市脱贫攻坚优秀文学作品选》是重庆广大文学工作者与时代同行,与人民同心,把人民群众的伟大实践作为创作的不竭源泉而锻造出的精品力作。我们希望通过《重庆市脱贫攻坚优秀文学作品选》所传导的精神与力量,能够让群众的灵魂经受洗礼,让群众的精神为之振奋;能够鼓舞群众在挫折面前不气馁、在困难面前不低头;能够引导群众发现自然之美、人性之美,让群众看到美好、看到希望、看到梦想就在行即能至的前方。

丛书编委会

2021年1月

目 录
Contents

/ 总 序　　　　　　　　　　1

一　　　　　　　　　　　1
二　　　　　　　　　　　29
三　　　　　　　　　　　39
四　　　　　　　　　　　64
五　　　　　　　　　　　82
六　　　　　　　　　　　96
七　　　　　　　　　　　122
八　　　　　　　　　　　150
九　　　　　　　　　　　164
十　　　　　　　　　　　180
十一　　　　　　　　　　193
十二　　　　　　　　　　203
十三　　　　　　　　　　210

/ 后记　　　　　　　　　　248

一

大连山不是山就是谷，群山连绵，沟谷纵横。曾有专家进山考证，这里是侏罗纪时期就已经形成的地貌。

而潘飞将要去的地方，则是大连山胸前长出的一座山。远远望去，如一匹大青马，从高耸入云的山顶飞驰而下，却被挂住了尾巴，而马头已经伸进谷底，定格在大连山雄伟山体上的这匹马，便成了一道独立的梁子。因为山梁两边悬崖峭壁，无路可走，生活在这里的土家人为了出山，只好在脊梁上开凿出一条路来，胆子小的人走在路上根本不敢往两边看，险峻自不必说，"一夫当关万夫莫开"，因此又称做"连山关"。

连山关根据其山形缓冲程度又分三段，当地人称做"冲"。从马嘴到马颈子，为一冲；马颈子到马背，为二冲；马背以上，为三冲。一冲比一冲高，一冲比一冲险。

连山关这座山，托起了一个乡，叫"连山乡"，人称"马背乡"。

连山关下有一道地缝，如利刃划下的一条伤痕，深谷河床里，渗出七股清泉来，称做"七眼泉"，山水之中，颇有些景致。山间偶尔也有平坝地段，便能看见土家人建起的吊脚楼。走进山寨，也闻鸡犬之声，见炊烟袅袅，祥和的气氛与山中的险恶，形成鲜明对比。

连山乡有三个行政村，马背上这个村就叫连山冲村，另两个村分布在马肚子两侧。这里的土家人祖先，据说多数是躲难迁徙而来的，因为山高坡陡路难行，环境恶劣，日子稍好一点，就会逃离。

潘飞到连山乡上任乡长前，就已经了解到第一手资料，在全乡

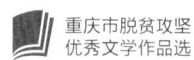

方圆五十八平方公里的土地上，仅剩下一千六百余人，常年在家的不到五百人，除去一半的老弱病残，剩下的才是健康人，而且散居在深山老林里。连山乡在新一轮脱贫攻坚战开始以后，三个村有两个在二〇一四年被确定为贫困村。潘飞很清楚，到这样的偏远贫穷乡镇工作，就得提前作好心理准备。

潘飞在到达乡政府的当天晚上，发现走时匆忙，忘记带现金，看见一家挂了农村商业银行的牌子，便走过去，门开着，潘飞喊了几声，一位长得有些肥胖的中年妇女走出来，见是新来的乡长，便客气地招呼，听说是取钱，转身拉下取款机上的遮尘布，把电源插上，这才对潘飞说："要预热半个小时。"说完递了一条凳子，让潘飞坐下。

"平时取钱的人多不？"潘飞问。

"取钱的不多，雨水多，取款机潮湿。"胖妇回答。

"连山乡赶场不？"

"不赶，赶不起。"

"也没有餐旅馆吗？"

"没有，就这么点人，巴掌大的场，谁来吃住呢？"

"学校医院总有人吧？"

"呵呵，医院无住院病人，学校嘛，五年过后关闭。"

"五年后关闭？"

"对的，二年级毕业就没学生了。"

"你家开了银行，门开着，不怕强盗？"

"没得强盗。你看乡政府四周，走不出一百米，就是老山青林，强盗不来。"

"真是老山青林"，潘飞来到连山的第一印象就是漫山遍野的柳杉、竹子。就因为贫穷，交通不便，连山才被喧嚣的世界遗忘，没有人为的侵凌，保留下全县唯一的一块处女地。

潘飞跟农妇一阵聊天后，心里的落差就更大了。他原本是县委宣传部的一名科长，打算一辈子当个记者混到老的，没想到被提名为连山乡乡长。他是三月二十八日到的连山乡，这天正好是他三十四岁的生日，他有生以来为数不多的记忆最为深刻的日子。但万万没想到的是，他来到的连山乡，条件竟然这么差。

连山土家人有个"喊山"的习惯，源于古代巴人背运盐巴的历史。

翻一座大山，过山垭口，喊山，那个时候是给各路抢匪报名头，这支背盐队有来路，土匪闻听便不敢轻举妄动，这叫"借道喊山"。还有，人死了，活着的人喊山，是给大山递信，人归山了。

潘飞是地地道道的土家人，当然知道这个习俗。他到连山乡上任时，开着车，大约一个小时后，进入一条狭窄的水泥路，上行两公里，到了大连山的最高处大丫门，海拔一千七百五十米。这是一道神奇的大门，也是连山关的第三冲，潘飞之前下乡采访，来过这里，但都是驾车疾行，没有留意这里的环境。他把车停了下来，站在至高点上放眼一望，顿时被眼前的一幕惊呆了。前面就是一道巨大的深谷，谷中层峦叠嶂，山峰突兀，连绵不绝，半山腰下则云雾蒸腾，如仙如幻。他简直不敢相信自己的眼睛，连山乡，竟然处在一道神秘莫测的大峡谷中。

他于是像先辈背盐汉子一样，扯开嗓子喊山："风嘞、云嘞、雨嘞——水嘞、树嘞、山嘞——潘飞来啰喂——"

喊过以后，潘飞开车下行，驶进九曲回肠的壁挂路。两边高大的植物，枝繁叶茂，隐天蔽日，潘飞感觉到进入了一座深邃的绿宫，沿途还能看见高大的银杏树、红豆杉等珍稀植物。穿过山腰的云层，下到马颈子处的乡政府，潘飞从车里钻出来，站在政府院坝里，觉得有些晕头转向。乡政府的办公楼被大雾笼罩，看不见一束阳光，灰蒙蒙一片。

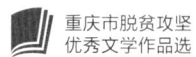

所以，这第一天上班，他心情不太好，总觉得这座大山有点怪异，或许并不欢迎他这位山外来客。

这次的乡镇干部调整后的任前谈话，有了一个明确任务——脱贫攻坚。然而，脱贫攻坚就跟这座神秘的大山一样，让他陌生，让他无所适从。但是，凭着年轻人的一股子闯劲，他毫不犹豫地走过连山关，来到了大山谷。他将在这里工作五年，不，战斗五年，或许更长。

到乡政府的第二天下午，乡党委书记钟海便主持召开乡村干部大会，传达贯彻县脱贫攻坚工作推进电视电话会议精神，安排部署近期工作。

又窄又小的会议室，摆放着八排木桌，整整齐齐的绿色胶凳子，挤了四十多位乡村干部。

钟海，瘦高个，脸上毫无表情，他坐在主席台的正中间，乡长潘飞、乡人大主席钟先锋，以及班子成员两边靠着。钟海正在翻看笔记本，待参会人员到齐，他突然一仰头，示意大家开会，首先介绍了新上任的潘飞乡长，一阵掌声过后，开始会议。

"请分管脱贫攻坚工作的钟先锋主席，传达全县脱贫攻坚工作推进会精神。"钟海直奔主题。

乡党委副书记、乡人大主席钟先锋，中等身材，略有些发福，宽脸庞，头发向后梳着。他当村支书多年，通过考试当的公务员，说话土话趣话连篇，接地气，做群众思想工作很有一套，别人拿不下的纠纷，只要他出场，绝对摆平。乡上干部因此称他"铁嘴"。

"同志们，昨天下午，全县脱贫攻坚推进会召开。这次会议规格空前，非常罕见。从中央直到乡镇，五级书记抓扶贫，这前所未有。本轮扶贫我感觉很有专业性，专业性的表现就在科学、系统和精准上——扶持对象精准、项目安排精准、资金使用精准、措施到户精准、因村派人精准、脱贫成效精准，目的就是解决贫困户'两不愁三保障'问题。县上成立十六个行业扶贫指挥部，有教育扶贫、健康扶贫、住房保障扶贫、产业扶贫、精神扶贫等，这就是系统性扶贫，前所未有。抽调九百多名干部到八十五个贫困村驻村扶贫，四千多名干部将结对帮扶贫困户，实现帮扶的全覆盖，尽锐出战，规模空前。所有资金、物资，打捆用到扶贫上，用脱贫攻坚工作统揽全县工作。实行最严厉的考核奖惩制，凡涉及提拔重用的人，均从扶贫干部中产生。大会还宣布了脱贫攻坚战三年实施方案，每一年都有阶段性的冲锋战。县委书记向第一轮冲锋战的乡镇代表授予冲锋旗。这样火爆的场面，我有生以来从未见过。同志们，'精准'二字不是做形式，尤其是建卡贫困户的精准问题，要开展回头看，这项工作就摆到当前首要位置。昨天会议传递的信号很强烈，要贯彻落实全新的精准扶贫、精准脱贫基本方略，形势喜人，形势逼人。全乡干部职工，务必迅速转变观念，全身心投入扶贫中来。谢谢大家。"钟主席一口气讲完，抬起头，扫视一下会场，宽大的脸庞上有些红润。

钟海书记立即搁下笔说："现在请潘飞同志安排部署近期扶贫工作。"

潘飞看了一下笔记，语速缓慢，跟钟先锋急促火辣的风格截然不同："同志们，全县推进大会后，我向钟书记、钟主席作了汇报沟通，就近期扶贫工作，作如下安排：一是遵照县扶贫开发领导小组的文件精神，及时草拟连山乡脱贫攻坚三年实施方案。二是制定本年度四次冲锋战实施方案。三是制定驻村扶贫、结对帮扶实施方案。四是当务之急，就是对扶贫对象精准识别开展回头看。刚才，钟主席传达了全县脱贫攻坚推进大会精神，连山乡人民政府新一届班子，就是要不折不扣地把县委县政府的安排部署、把乡党委的要求抓到位，把'两不愁三保障'的政策措施抓落实。我们要像木匠的钉子，石匠的楔子，一个村一个村，一户一户地钉下去、锥下

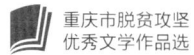

去，才能如期打赢脱贫攻坚战。我新来乍到，承望各位多多指点。谢谢！"

钟海书记叫了一声好后，就开始讲话："同志们，刚才，潘飞乡长讲得好，咱们这个地方，最突出的问题是什么，就是'两不愁三保障'。扶贫就是把'两不愁三保障'政策，一项一项地兑现给贫困村、贫困户，像木匠石匠一样，一锤一锤地敲下去。目的就是把真正的贫困人口扶起来，扶站起来，扶富起来。那么，谁来当木匠石匠呢？不用说，就是在座各位。真的就这么一个钉子一个眼地敲下去，农户的门槛就得经常进，农家院就得经常坐，最后一公里还存在吗？根本不存在。同志们，冲锋的号角已经吹响，时不我待，催人奋进，责任重大。我乡的目标是，在二〇一八年底，接受上级验收，两个贫困村脱贫摘帽，五十八个贫困户一百二十个贫困人口减贫销号。"

钟海拿起水杯喝了一口，继续讲道："同志们，本轮脱贫攻坚战，是我们国家向极端贫困发起的最后决战。我们正在走前人没有走过的路，我们正在推进一项伟大时代的伟大事业，我们必将创造人类减贫史上的奇迹。任务是光荣的，目标是辉煌的，同时过程又是无比艰巨的。补齐贫困人口这块短板，是最难啃的硬骨头，我们将面临史无前例的挑战，面临一场没有硝烟的战争。我们这一届班子，将与在座的各位一道，肩负起新时代的重任，完成好历史使命。按照党政一把手双负责制要求，我和潘飞乡长各认领一个贫困村，潘乡长蹲点负责连山冲村。"

钟海书记还就近期的扶贫工作作了安排部署，便宣布散会。

潘飞则与参会的连山冲村支部书记黄雪花，村主任丁华，驻村队长兼第一书记江涛，扶贫队员白帆，分别打了招呼，到办公室座谈一阵，了解村里的一些情况。就当前的建卡贫困户精准识别问题，作了初步安排，第二天就要召开村组干部会议，作一次全面筛查。

贫困对象精准识别问题，潘飞一开始是丈二和尚——摸不着头脑。那么究竟怎么做实精准识别工作，各种方案在潘飞脑子里打转，还是没有一个成熟的套路。晚饭后，他来到钟先锋主席的办公室讨教。钟先锋毫不客气地支招说，给村组干部戴上"紧箍咒"。潘飞弄了半天，才明白"紧箍咒"的意思。他于是决定摸着石头过河。

刚上任，潘飞就感受到异常紧张的扶贫气氛。摆到当前工作日程的就是贫困户的精准识别回头看。潘飞虽然年轻，农村经验欠缺，但头脑却十分灵活，他知道这个精准识别，就是对漏评错退、应进未进的重新纳入，应退未退坚决清退。应进未进的这一部分工作阻力不大，对于应退未退的，特别是要剔除部分不合格贫困户，就是一件得罪人的事，阻力定然巨大。更为恼火的是，他一个外地人，两眼一抹黑，精不精准只能听村组干部说，自己也是没有底的，得有个办法，把"紧箍咒"戴到村组干部头上。

潘飞了解到，前段时间，对贫困对象的精准问题不太看重，各项指标没完全明晰，选出的贫困户五花八门。他听说连山冲村三组还有这样的怪事，六十二岁的组长冉崇山，三番五次给在外打工的村民打电话，通知回来参与贫困户的评定，但有的人就是不理睬。他们不太了解本轮扶贫，认为跟往年的例行安排一样，是个噱头，填个表就完事，没啥油水，而开会学习、按指纹、精准识别身份等等，麻烦事倒是挺多，回家一趟，不仅要花车船费，并且误工损失太大，所以都不愿意当贫困户。上级下达的贫困户指标凑不齐咋办？冉崇山心生一计，凡参加开会报名的，只要家中有读书、生病、残疾的人，在缺技术、缺资金、缺劳力等项中勾一个，不论贫富，一律纳入建档贫困户。没有回来的，甚至电话都懒得接的，定为非贫困户。公示结果可想而知，因为在外打工的家庭，根本看不

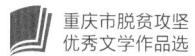

到,也没人给他们递信。

冉组长此举也是万般无奈。这就造成贫困户识别上存在问题,需要一户一户地甄别。这件浩繁的工作就落到潘飞这一届班子的头上。而乡里分工时,正好把他分到连山冲村蹲点。书记乡长专为扶贫而亲自挂帅,这还是第一次。潘飞已经意识到,这次脱贫攻坚行动要求不同,必须亲力亲为,否则,根本无法推进工作。

连山乡属于武陵山集中连片特困地区,典型的山地地形,即使春天接近尾声,高山气候依然寒冷。连山冲村委没有火塘,精准识别第一次专题会议,地点就选在村支书黄雪花家里,村主任丁华和三位组长也冒雨赶到。

潘飞对于贫困户错评、漏评、错退最不托底,这几天都鼓着一肚子气,因为不断有村民打电话举报。潘飞很疑惑,自己的电话号码,仿佛一夜之间就飞到家家户户。尤其是在外面打工回家过春节的农户,看见大包小包的慰问品送进贫困户家里,便眼红心急,也给他发短信,要求慰问。有的甚至还提出申请加入贫困户行列,找了在县城当官的亲戚打招呼,这些人竟然还真的找上门来。他们的理由很简单,很朴素,很有诱惑性,一旦纳入,当年就可以脱贫,任务轻松,政绩凸显。这些个稀奇古怪的电话,让潘飞直想笑。

全村的精准识别有问题,主要原因就是贫困户评定的第一手资料不精准。在村里住了几十年,土生土长,哪家有病残,哪家有读书的娃,哪家有房有车,难道还弄不精准吗?其实不是这回事,村组干部了如指掌。主要原因还是前期具体识别时,村组干部们都有应付了事的思想。

吊脚楼的火塘迅速生起火来。火塘上方吊着十多块老腊肉,一根冲搭钩伸下来,挂着一只黑色的鼎罐,不大一会,盖子边缘"噗噗"地冒起热气。

潘飞已经想到了一套办法,他在一张八仙桌边一坐,便从挎包里抽出几张纸，铺开，是全村户籍册，上面密密麻麻排满名字。其实，村组干部们也不知道潘飞究竟怎么识别，他们并不看好这个年轻人。

见潘飞坐定，村支书黄雪花先介绍开了："同志们，这位是新上任的乡长潘飞同志，现在为了脱贫攻坚工作，到咱们村蹲点。"黄支书说完，便介绍了驻村队长兼村支部第一书记江涛，驻村队员白帆，及参会的村组干部。

潘飞待黄支书介绍完，点了点头说："大家互相认识一下吧。我原在县委宣传部工作，到了连山乡后，乡上安排我蹲点连山冲村，抓扶贫工作，今后将经常与大家在一起了。我年轻，农村工作经验少，我得虚心向大家学习，也望各位对我的工作给予大力支持。"

村主任丁华，三十岁出头，身体壮实，精力旺盛，他见到潘飞，有些腼腆，右手摸着大脑袋说："我作为村主任，欢迎潘乡长到我们村蹲点，将连山冲村的扶贫工作好好促进一下，使我村尽早摆脱贫困。"

二十六岁的驻村队员白帆，见眼前的乡长很年轻，便用羡慕的眼神看着潘飞说："有潘乡长亲自坐镇，有江队长的具体指导，我们驻村扶贫队员工作起来更有劲了。"

黄雪花介绍道："潘乡长，这位是驻村队员白帆，来自县民政局。你别看他年轻，个子不高，对扶贫可上心呢，做事又细心，乡亲们很信任他的，这个小伙子不错哦。"

潘飞望了一眼白帆说："很好，年轻人能扎根贫困山区扶贫，工作干得有声有色，受到乡亲们的信赖，很难得，值得我学习，我们以后就战斗在一起喽。"

白帆受到表扬后，心情自然高兴起来，说："承蒙潘乡长和黄支书的赞誉，有你们的领导，扶贫工作一定会干得更加出色的。"

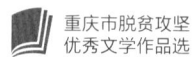

黄雪花半开玩笑半当真地说："现在执行的是党政一把手双负责制，潘乡长如今亲自坐镇连山冲村，一定能把扶贫工作干好。我们工作上有什么不足之处，也望潘乡长批评指正。有照顾不周的地方，还请乡长海涵。到了连山冲村，等于回了家。"

潘飞呵呵一笑说："我到乡里后就听说了，黄雪花同志虽然是位女同志，但工作大胆泼辣，有魄力，是乡里出名的女强人。村支两委干部，各组组长都能有担当，有作为，发挥了战斗堡垒作用。驻村队员们有热情有耐心，坚守阵地，做好了表率。今后，我将经常与大家在一起战斗，齐心协力把脱贫攻坚工作抓好，把国家的'两不愁三保障'系列措施推深做实，让贫困户真正能够享受到扶贫政策的优惠。"

潘飞简略地寒暄几句，便开始传达县上的会议精神："前天，县委召开了脱贫攻坚推进大会，主要精神就是要开展精准识别回头看。县纪委刚通报了几起案件，都是贫困对象识别错误受到的处分。这件事的严重性，等于渎职失职。所以，这个精准识别贫困户的事，我们村绝不能走过场，更不能弄虚作假。根据县上的安排部署，精准识别贫困户，已经上升为当前的首要工作。经过回头看，自查自纠的，不追究责任，精准识别工作结束后，一旦被举报，或者查出问题，就会严肃追责。同志们，我们肩上的担子很沉重啊。前段时间，对贫困对象的精准问题不够重视，各项指标不完全清晰，确定出的贫困户五花八门，这是个普遍现象，不是只有连山冲村才有的。现在要求精准，我们就得转过这个弯来，其他贫困村也在转这个弯子。"

潘飞说到这里，稍稍整理一下思绪，继续讲道："我们这个地方处于武陵山集中连片特困地区，要消除极端贫困，首先解决的是'两不愁三保障'问题，这是贫困户基本的生存问题。说通俗一点，还生活在地平线以下的人，这一次就要让他们重见天日。实在站不起来的，政府就得当垫脚石，用低保兜底，让他们看见阳光。"潘飞想尽量把话讲透彻些，讲通俗点。

"只要我们把好第一道关口，通过一看房、二看粮、三看劳动力强不强、四看家中有没有读书郎、五看家里有没有药罐罐的五看法，然后按照八步两评议两公示一比对一公告的程序做实，不掺杂个人私心，咱们村的贫困户识别就一定能做到精准。另外，我们把贫困户识别出来后，还要对全村致贫原因进行识别，找到贫根。识别准，才能对策准，用力准，攻坚准。精准扶贫，精准脱贫，这就是本轮扶贫与过去扶贫的重大区别之处，这就是新时代脱贫攻坚国家行动的基本方略。"虽然潘飞的话啰唆一点，但是大家都听懂了。

潘飞一口气讲完，便合上笔记本说："我传达的会议精神，还不全面，以会议文件为准。"

江涛队长接着补充道："全县脱贫攻坚推进大会，我也参加了。潘乡长刚才讲了，县委要求我们要精准扶贫，在座的都是土生土长的本村人，一定要实事求是地对全村所有贫困户进行回头看。漏评的要评上来，错评的要剔出来，错退的要纠正。总之一句话，确实贫困的，一户也不能漏掉，不贫困的，坚决挡在门外。"

江涛眼睛盯着白帆说："小白同志，请你做好会议记录。这次挨户筛查之后，凡是有争议的，有疑点的，作为重点户，再集中评议一次。评议无结果的，放到组上，还要组织调查一次。我先打个招呼，本轮筛查，在阳光下进行，不能优亲厚友，更不能有私心杂念，客观公正，实事求是。尤其是那些与村组干部有矛盾，经常闹意见的人，容易被忽略，我们要心胸宽广，一视同仁，甚至高看一眼。"江涛说完，眼光扫视了一下火塘边的每一个人。

江涛讲完，潘飞把会议的几个要点提了一下，就直接进入正题，他把声音提高了八度："这是派出所提供的全村人口资料，我下面就贫困户非贫困户挨家挨户地筛查，在座的各位一户一户

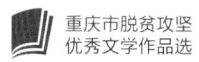

地评议。为了节省时间,有疑问的才提出来,没有疑问的就不议。"见有人面露难色,潘飞就知道这里面有问题,见黄雪花点了点头,潘飞就铺开户籍册。查户口,就意味着"紧箍咒"越箍越紧。

"蒋大树?"潘飞直截了当。

"大树死几年了。"一组组长徐张飞回答。

"哼,户籍没更改,咋搞的。"

"邹天书?"潘飞接着发问。

"邹天书去年冬天去世的。"

潘飞嘴巴吐了一下,又没有吐出什么来。"丁九泉?"

"九泉还在世,靠种烤烟发了财,在县城买了商品房。他老婆跳霹雳舞。"

"啥子哟?"潘飞眼角翘了一下。

"晚上就在滨河公园跳舞,七十岁了,还照样疯。"徐张飞回答。

"那是坝坝舞。这种家庭就不能当贫困户啰。下一个,王金宝?"潘飞继续盘问。

"金宝种植中药材黄连,去年卖了八十万,老婆都戴上了金耳环。"

"这家怎么成了贫困户的?嗯,取消。"

"不能取,他是村里树立的勤劳致富典型,当过两届贫困户了。"

"刚才我已经传达了县委会议精神,像这样的贫困户,就是典型的不精准。看来我们还没有转过弯来哦。"潘飞显得胸有成竹地说,"本轮扶贫,要求精准,跟过去的扶贫不一样,扶贫不扶富,大家要统一思想,转变观念。下面核对第三组人口。第一家贺幺妹。"

三组组长冉崇山回道:"贺幺妹丈夫是兽医,每月有几千元收入,家里还开了农家乐,一家人生活过得很潇洒。这个家庭没纳入贫困户,绝对没问题。"

"陈皮?"

"这个不用说,陈老板承包了一段路,找了大钱的,提着个钢杯子东游西荡,装得像个机关干部。这个户没纳入贫困户。"台下一阵哄笑。

潘飞咬了一下牙,接着问:"秦大牛?"

"这家四口人四个残疾。老婆侏儒症,三天两头往医院跑,长期吃药,现在还欠下债,如果不是扶贫的大病救助政策,看病不花钱,早就钻土喽。"

潘飞抬起头,望着冉崇山说:"这样的家庭要特别关注。"

"黄连山,黄连地,黄连棚,黄连树,这几家……"潘飞看着户籍册念着。

"黄连树是我的父亲,黄连地,不好说。黄连棚残疾人,老婆是智障,早就纳入贫困户了。黄连山,老上访户,哼。"黄支书回答。

潘飞抬起头,看着黄雪花说:"你们黄家取名不太讲究的。"

黄雪花咧开嘴呵呵笑道:"都是种黄连的,没啥讲究。"

此时丁华有了疑问:"潘乡长,我想问一下,现在国家对贫困户的评定标准还有变化不?"

潘飞不假思索回答道:"每人人均年收入低于三千元,这就是目前评定贫困户的标准,县委县政府一再要求按现行脱贫标准,既不拔高,也不降低,我们就按照这个标准去衡量。当然,今后随着经济增长,估计会有所调整。"说完,潘飞扫视一下火塘边的村组干部们,大声招呼道:"大家注意一下,记住这个标准。请问各位,执行了这个标准没有?"有人笑出了声,潘飞就知道这里面肯定有

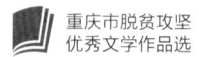

名堂，于是就把话说得重了些："现在不是笑的时候，等到后年底，国家脱贫摘帽验收，哪一户出了问题，你就得哭。这么说吧，该选进来的没有选进来，这是渎职失职，不该选进来的选进来了，这是渎职失职，该剔除的没有剔除，也是渎职失职。精准问题，就有这么严格。扶持对象都没整明白，谈什么精准扶贫？嗯？等会儿大家都得在会议记录上签字画押。"签字画押就是"紧箍咒"，潘飞早就想抖落出来的。

听到"签字画押"几个字，火塘边的人果然来了精神。潘飞眼皮往上一提，头不自觉地扫视了一下说："扶贫，从大的方面讲，是全面建设小康社会的必经阶段，必须补齐这个短板，从小处讲，就是积德行善，国家富裕了，才有这么好的政策让贫困户享受。国家拿钱让我们做好事，何乐而不为？但是，本轮扶贫不是撒胡椒面，而是专业性很强的扶贫，专找贫困的扶，应扶尽扶。既然政策这么好，现在又取消名额限制，为何拿捏不精准？我现在就追问你们一句话，还有无漏评、错评、错退的？"

火塘边鸦雀无声，只有柴火燃烧的闷爆声特别清脆，猩红的火苗升腾起来，好像烧着了火塘边的每一个人，每一次爆响，他们的心肝都为之颤动，觉得浑身都不自在。

三组组长冉崇山，当了多年的组长，已经六十二岁，因为选不出合适的组长，一直当着。开会不久，他就用手支撑着一颗掉了一半头发的大脑袋，睡眼惺忪，摇摇欲坠，一时清醒，一时迷糊，潘飞生怕他一头栽进火塘。冉组长突然听见乡长的话，像被蜜蜂蜇了一下，抬起头，用手揉搓一下脸，说："我组上只有一户，户主黄连地。老村主任黄连山跟我提起过，身体确有残疾。但是，我从他外表看，看不出个所以然。这么多年了，他总是跟村干部们作对，讨人嫌，他家的事，没有人愿意说个好歹。刚才听潘乡长的意思，像这样的户要特别关注。我得提出来，请潘乡长抽空去看一下，能否评定为贫困户,很难说。按照精准的要求,确实贫困的必须评进来,我思来想去,就黄连地这家人我没底儿。我先提个醒,刚才潘乡长讲的那个签字画押的事,我看就是给我们戴'紧箍咒'。今天我表明态度,承认签字画押,但是,黄连地家今后出事,追责也追不到我头上来。"冉崇山说完,眼光向村支书黄雪花瞟了一眼,黄雪花脸上瞬间掠过一丝不快,眼角跳了一下。

潘飞仰起头,颈子摇了一下,脆响,点了一支烟,猛地吸了一口说:"到底怎么回事?黄连地?"潘飞紧接着查问。

"这个人可怜巴巴的,潘乡长你得亲自去看看。"村主任丁华回答。

"家庭情况不好吗?"潘飞问道。

"家里不穷,但也不富,属于能拖就拖着过日子的那种家庭。可最近准备打一场官司。"

"跟谁打?"

"跟乡医院。"

"打什么官司?"

"医疗事故。"

"还能治疗么?"

"能,但要一大笔治疗费,我建议他走法律程序索赔。潘乡长,黄连地情况特殊,你得亲自去看看,是否纳入贫困户,又没有鉴定之类的依据,我们把握不住。"

"好吧,这家暂时不议。下面,着重研究几个争议比较大的户。"

"邹二宝?"潘飞点了一家。

一组组长徐张飞把头低着,听见潘飞追问,突然伸长脖子回答:"邹二宝五十多岁,他本人离异。上有一个七十六岁的老妈妈,下有一个不务正业的儿子。儿子前年也离了婚,老婆跟一个小包工

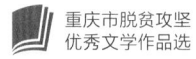

头跑了,他就长年在外飘荡。邹二宝有个孙女邹丽,在村小学读书。这个家庭,就算在农村,也很奇特,整整四代人,代代贫困,一代一个,都享受低保,读书、治病、住房都解决,'两不愁三保障'政策享受完了的。这个邹二宝呢,哼,大家对他印象是不好的,打牌、抽烟、喝酒样样来,年轻的时候就养成的好吃懒做的习惯。"

潘飞问道:"家庭经济状况呢?"

徐张飞回道:"经济状况不好,全靠他母亲在山上刨了几亩地,勉强维持。要不是有个老妈妈在世,这个家早散架啰。"徐张飞是个急性子,说了一席话后,脖子青筋凸起像蚯蚓。

黄雪花接着说:"喝的都是一井水,养出的人却各有千秋。这个邹二宝,可怜又可恨。酒鬼、烟鬼、色鬼、赌鬼,样样占全。村委当初讨论过,争议比较大。从家庭收入看,是精准的贫困户,他也是这么说的,但是,这个人就有那些恶习,大家从心里不愿选他当贫困户。"

潘飞嘴里"哦"了一声,在笔记本上写下来。"既然经济收入差,严格按照三千元标准,纳进贫困户也是没问题的。扶贫要志智双扶,今后我们多做点工作,想法让邹二宝改变习惯。"潘飞说道。

"狗吃屎断不了那条路,江山易改,本性难移。这个家还好有个老人在,种养殖业都还没荒废。"丁华回应道。

"古河清?"潘飞的声音突然提高八度。

二组组长罗辉煌听到这个名字,身体突然抖动了一下,头不自然地转过来,几乎是半站着回答:"哼,古河清,不是个好东西。好事不做,坏事做绝,他恨全组人,全组人恨他。嘿,就说这个外人搞不团结,情有可原,可他是三亲六戚都不往来的。另外,这个人是出名的上访户,给村里抹黑,不沾惹为好。"

"经济来源?"

"有个养猪场。"

"效益如何？"

"一辈子都想当老板，一辈子没发个财。算计别人一辈子，就没把自己的荷包算鼓过。"听了罗辉煌的话，又见大家都摇头，潘飞在古河清名字下画了一横。

"最后一家，黄连山？"潘飞说完，将户籍册压在笔记本下。

"这个，这个人有点邪乎。当了两任村主任，都退下了，还对村上的事指手画脚，好像这个村是他黄家的。他跟古河清串通一气，纠结一帮人，有事无事上访，神经病。"丁华说完，眼睛鼻子皱成一团。"今天的会议主要是贫困户对象的识别。"潘飞纠正道。

"他家哪能进贫困户呢？有烧酒坊、养牛场，每年收入不下十万。潘乡长，你有所不知，这个黄老头，会挣钱，瞎用钱，都投资到信访上去了。自从告倒了贪官谭前进，告状成瘾了。"

潘飞还问了会场的几个人，都不同意纳进贫困户，就不再议了。

潘飞见核对的情况差不多了，就话题一转说："刚才对每家每户的情况进行筛查，大家还有没有新的意见？会议结束后，参加会议的每个人都要在会议记录上签字画押的，今后出现任何不精准的问题，都要承担责任。下面再讨论贫困村的致贫原因。"

江涛已经在村上一年了，他首先谈了自己的想法："连山冲村属于武陵山连片特困地区，典型的山地地形，平均海拔一千二百米。连山冲村的致贫原因，主要是交通落后，山里山外流通缓慢，制约了经济的发展。打个比方说，有些困难群众，都还没去过县城，就是出行不方便。"

黄雪花分析道："要说贫困的原因，我看就算这个交通了。有条通村路，坑坑洼洼，路不好走。"

丁华接着说："就目前这个交通落后状况，真令人堪忧，也是

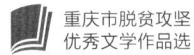

全村经济发展最大的制约因素。"

江涛接着说:"路通,什么都通,路不通,什么都不通,所以说要想富先修路。正因为交通不便,村里的农副产业发展不起来,就是发展起来也卖不出去。比如古河清的养猪场,靠人背出山去卖,增加成本。我看,这个产业问题,也是致贫的一大因素。"

黄雪花、丁华、江涛等都赞同。潘飞最后强调说:"全村致贫原因中最大因素就是交通落后,这是一块短板,也是制约全村发展的最大瓶颈。但是,要改变这个落后的交通现状,非常困难。通村公路亟待改扩建,这就涉及老路基修建的补偿,这是旧账,还涉及占地赔偿,这是新账。但是,建设资金很难争取,即使争取下来,也不够,就得动用一事一议,没有任何赔偿。就这么点钱,要做这件事,还必须做好,我看很棘手,这就是一个难啃的硬骨头。希望大家今后心往一处想,劲往一处使,要作好思想准备。脱贫攻坚,就是攻这样的顽固堡垒。"

宣布散会后,潘飞跟扶贫驻村工作队长江涛、驻村队员白帆一道回到村委,一个人静静地坐在办公室里,思考起黄连地的事来。这个黄连地,手术事故究竟严不严重,严重到哪个程度,能否再用手术恢复,等等,这些都是疑点,自己真要去看看才能想出解决的办法。

全乡人都知道,新上任的书记乡长要重新对贫困户进行回头看,走访识别,各家各户的心事变得复杂起来,有的农户开始打自家的算盘,想趁走访时装穷,捞点好处。

黄连地是连山冲村出名的"拗人"。他与村支书黄雪花的父亲黄连树虽然是堂兄弟,却是鸡公打架头对头,决不相让,你看我不顺眼,我看你不顺眼,遇事总往死里磕。本次贫困户评定,他家没纳入,就认定是黄雪花串通黄连树做了手脚,张榜公布的那一天,他跑到黄连树门前,把黄雪花痛骂一顿。黄连地坚信,黄雪花与黄连树是一丘之貉,想扳倒黄雪花为快。这一次潘乡长到村里走访,他就认为是一个难得的机会。

大清早的,黄连地就起了床,提了桶粪,泼洒在院坝的角落。接着,他将床上的被条,挂的衣服,全部收进柜子里,换上多年不用的旧被条,挂几件破损皱巴裤子。伪装完毕,他觉得还不够味,便提了两只粪桶,在后阳沟里装上半桶污水,拉开被子,搁置在床上。老婆见老头如此,就知道没啥好事,对黄连地这种做法不以为然,尤其是看见两只粪桶在床上,便心头冒火,与黄连地吵了起来。正吵架时,听见屋外有人叫喊,便急忙奔了出来,一脸愁容。

"潘乡长咃,哎呀,我这个家嘛,不像个家啰,世代穷,从来没有干部进过门,你是第一个,稀罕稀罕,快快,请坐。"黄连地说完,便提了一条木凳到街沿。

潘飞说:"老黄,我们来看一下你家里的生产生活情况。"

黄连地皱起眉头说:"需要看什么就看吧,反正是个穷,也没啥看头。"

潘飞很认真地介绍道:"我们要查看米坛子、冰箱、粮仓、腊肉,还要看水、电、路、房、讯等基础设施有无问题。你能把室内的电灯都开一下不?"

黄连地突然问道:"我是非贫困户,你们也要查吗?"

潘飞解释道:"现行政策有所调整,扶贫不仅仅关注贫困户,也要照顾到非贫困户,所以本次入户走访,要求家家户户到位。"

黄连地爽快地回答:"那就好,那就好,我们早就盼望这一天,感谢党,感谢政府。"

潘飞没有坐,他打量了一下黄连地——精瘦脸颊,下巴上稀稀拉拉地留着些长胡须,左脸部颧骨下一道暗红色的小伤疤,十分显眼,宽松的衣裤与瘦小的身体明显不搭调,衣着不伦不类,上衣扣都扣错了眼。

黄连地让潘飞一行进了屋。突然,潘飞在卧室里叫老黄,黄连

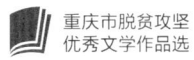

地就知道咋回事了。他把衣服下摆扯了一下，拍拍拍打身上的灰尘，进到里屋。

"这床上的粪桶咋回事？"潘飞问。

"漏雨，接水。"黄连地回答。

"多久了？"潘飞问。

"好几年了，没钱买瓦。"

"没钱买瓦？你家那么穷？"

"家住得远，干部从没来过，关心不到位。"黄连地回答。

"咋会呢？村干部、驻村干部，不是要求每月每家每户走访吗？"

"哪有哇，都是蒙骗上级的。"

"火塘上一块腊肉都没有，难道没杀过年猪？"

"家穷了，杀不起。"

"院坝里粪水横流，脏乱差这么明显。今天把卫生打扫一下吧。"

"你说的是环境整治吧，非贫困户也可以参与么？"黄连地回答得干净利落。

潘飞皱起眉头，在走访调查清单上迅速勾完。黄连地将房间的门全部打开，潘飞一行从外到内，仔细查看。打开水龙头，有水；揭开粮囤，满仓苞米；圈舍两头大黄牛，两头架子猪。测试电视机、手机，信号满格。外围查看完毕，便进到室内。此时，黄连地对潘飞说："你们第一次来我家，就好好看看老百姓的苦日子，这就是真实的贫困，我不误导你们。"黄连地迅速退到门外，坐在门槛上抽烟，一脸严肃。

潘飞从厕所钻出来，就跟江涛队长聊上了："你看看，这家屋顶漏水，村组干部平时都没注意到。住房安稳，住房保障啊。像这么个情况，第三方来评估验收时，如何过关？"江涛此时也突然傻眼，竟不知怎么回答。因为黄连地是非贫困户，驻村扶贫工作队前期根本就没纳入视野。

此时，支书黄雪花从屋里出来，站在坝子里，直往天上看。看了一会儿，便走到黄连地面前，故意把头仰着，对天说话："老天爷呀，都几天没下过雨了，未必你是半夜三更地悄悄下到哪一家的吗？哎哟，你这不下雨还好，一下雨吧，就下粪水，都装了半桶了。"黄连地被黄雪花几句不阴不阳的话一激，顿时满脸飞红，不知所措，像木头一样杵在那里。潘飞一听，便走过去，两眼直视着黄连地。黄连地一脸尴尬，刀疤脸上突然抖动一下，嘴唇张着，一滴口水掉了出来。

"哼！床上放粪桶，坝子泼粪水，你拿潘乡长当傻子。哼！"黄雪花说话毫不留情，嘴角上翘，一脸不屑。

潘飞听了黄雪花的话，心里不是滋味，却不得不认可黄连地作假的事实。自己确实太傻了，竟然被蒙骗。精准识别回头看这件事，看来自己务必小心谨慎。

看见潘飞一行走出院坝，黄连地仿佛才清醒过来，大声招呼，请潘飞回去一下，有话单独谈。潘飞返回后，黄连地将他带到卧室。"你能看看我的下身吗？"黄连地扯了一下松弛的裤裆。潘飞好奇，不知何故。

"黄支书是个女人，又比我矮一个辈分，我不跟她计较。去年贫困户评选时，我就要脱裤子，她说我耍流氓，好手好脚的，搞什么鉴定，将我轰出了会议室。一个晚辈，竟然这么说我，叫我这个当叔叔的脸往哪搁？"黄连地说完就将裤子一下子拉下。潘飞低头一看，只见一团毛，却没见着那个器官，便皱起眉头，问怎么回事。

黄连地拉起裤子，系上皮带，回答说："三十年前，我二十五岁，上山打柴受伤，动了手术。"

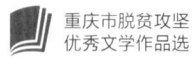

潘飞问道:"怎么就蔫了呢?"

黄连地拍了拍大腿说:"不知道。"黄连地说着咧嘴一笑,继续说:"我突然就记起那个手术,我有些迷糊,但还是听见了他们说的话。一个医生对另一个医生说,这可怎么办呢?那个医生回答,没什么,反正不会死人。我总感觉那两个医生有鬼。我就跟黄连山大哥说过,他就指定说是医生刀子削歪了,可能把一根什么筋割断了,叫我告状。后来,我跟黄支书提起,嘿,你说这个黄雪花,什么态度,两眼一翻,骂我下流。哎,我没什么文化,也说不明白。别人怎么说我不计较,唯有她,一个晚辈,这么说,我不原谅她。你看,我老婆总是跟我扯皮闹离婚,要不是两个儿子,有两个根根在,我这个家早散了。"

潘飞问道:"你找过医院没有?"

黄连地突然就青筋暴突,大叫起来:"我找过,找过好多回!可是,院长劝我说,乡医院就这个条件,一年也没几个住院病人,工资都发不起了,告赢了官司又如何,谁给治疗,谁给钱治疗?嗨哟,我也看难了,闹了一阵子没结果嘛!"潘飞嘴里"呲"了一声,看过后,觉得问题严重,得寻找解决办法,一时也没思考成熟,正欲离开,黄连地突然拉住他说:"潘乡长,你也看了,我不是故意找碴儿,我实在是有病。这个,这个病又不好说出口,憋在心里它不好受,三十多年了,我就这么忍着。我也听说了,这次扶贫要来真的,我这个就是真的,眼见为实,你——你难道——还不相信?我一提起这个事,就——来气!"黄连地说到最后,就开始表达不清了,手有些颤抖。潘飞看出来了,黄连地不仅生殖器萎缩,还有脑血栓。

从黄连地家出来,潘飞感觉脊背发凉,一阵一阵的。由于事太多,也不及细想。

回到村委后,潘飞开始关注黄家这个大家族,尤其是老主任黄连山。他听到一些传闻，总感觉这人不简单，是连山冲村的一股隐隐的潜在的力量。他感觉好奇，他想慢慢地揭开这个黄连山的神秘面纱。

黄连山是连山冲村的老村主任，做什么事都喜欢较真儿，总要弄个水落石出才放手。在精准识别贫困户这事上，就与村支书黄雪花暗暗掰起手腕。

按说，黄连山早就退出村委会，做他的烧酒生意，收入自不必说，还少操心。但是，这个黄老头就是一个闲不住的人，村主任丁华也经常抱怨他多事。他挂在嘴边的话，就经常让村干部们听起来刺耳。"我当村干部时带得起头，不当村干部还是带得起头。"这句话不知说过多少遍。当然，他说这个话不是在平白无故炫耀，他确实有资本，他还真就是这样的人。所以，黄连山在村民中颇有威信，虽然不当村主任了，还是有人死心塌地听他的话。但是，在干部的眼里，尤其是想搞点歪门邪道的人，就不太认同他了。就是这个倔脾气，他得罪过以前的副乡长谭前进，而他也把谭前进搞得锒铛入狱。

谭前进是什么人？大事不干，顺手牵羊、搜刮钱财倒是有一套，无论做啥事，首先想到的是如何捞钱，然后才考虑办事。按照黄连山的话说，这位大神眼睛里只有钱，手脚不干净。谭副乡长呢，也看不惯黄连山，又不敢明目张胆地说，老是在背后奏他的本，说他不会事，在村委班子闹不团结，阻扰集体事业发展。按说，黄连山是代表着正义，但是，也就是谭副乡长联系连山冲村的那段时间，世风日下，人心不古，黄连山的正义之举往往行不通，甚至被人当成另类，嗤之以鼻。谭前进捞得盆满钵满，跟着谭前进混的，多少有点油水，而在黄连山手下当干部，沾不到一点好处，谁还跟他混呢。所以，到了最后，跟他贴心的村文书都见风使舵了，表面上应承，背地里也开始乱来，甚至盖一个章也要收钱，被

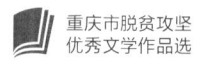

黄连山骂得狗血淋头。后来，村里的一些重大决策、重要会议，村文书故意不通知他，而且谎称他有事不能来。他被彻底架空，只剩几个坚持底线的还跟着他。黄连山实在看不下去，谭前进这伙人逼得他只有告状信访这条路可走了。

一直到谭前进被查处，村里的人方才回过神来，觉得还是黄连山这个人靠谱。而谭前进，简直太邪门了，像魔鬼一般，把村里的人都带偏了。

这次脱贫攻坚开始后，黄连山看见驻村的乡领导换人了，而且是县上空降直插的政府一把手，他就有了翻盘的想法。

火塘的火烧得很旺，黄连山家里已有多年没这么热闹过，火也没这么旺过了，有两条宽板凳，因为没人用，上了一层灰。坐在火塘边的有黄连地、古河清、冉崇山。黄连山、黄连地身体瘦小，而古河清、冉崇山比较肥胖。

"听说这次扶贫跟以往不一样，要求贫困户精准，那个姓潘的年轻人到村里后，第一把火，就把贫困专业户王金宝撸下。这个就新鲜了。"黄连山翕动薄薄的嘴唇，不紧不慢地说。

"我看就是来真的了，村上开了几次会，说的都是精准问题。"冉崇山用火钳夹住一根火头子搁到燃烧的树桩上说。

"我们村，过去没这么做过，贫困户指标每年都有，乡政府定人，名单发到村委过一下，都是走形式。"古河清说。

"就是你说的名单，我不完全同意你的说法。"冉崇山接着说，"那份名单还不是村委提交的。"

黄连山听到这里，摆了一下头说："过去对扶贫的要求不一样，真正困难的家庭，是不会扶的。为啥呢？扶不起来，就是给个指标，脱不了贫，怎么交代？那不是自找麻烦吗？但现在就不一样了，凡是符合贫困户标准的，必须纳进来。脱不了贫的，国家有低保兜底。"黄连山说完用力抿嘴。

古河清听完，便补了一句："就说那个王金宝，过去是贫困户，创成了万元户，本该放手了吧，嘿，他谭前进就抓住不放，巩固脱贫成效需要，升格为致富能手，直接上了一个台阶，脱贫不摘帽，成为贫困专业户。这就是谭前进搞出的怪事。"

冉组长看着黄连山，眼神有些犀利，说："可别小看了潘乡长，很厉害，前次清理贫困户，硬是要我们签字画押。老哥子，好像是跟你学的，来硬的了。"

黄连山听了冉组长的话，猛地摆了一下手，说："潘乡长么？嗯，他还没这个火候，我看，十有八九是钟先锋传授的。"

古河清咕哝了一句："来硬的才好呢。"

黄连地听到这里，眼睛顿时睁得大大的，盯着老主任黄连山，迫不及待说："大哥，您得替我说句公道话呀。这个精准扶贫我听说了，只要是建档立卡贫困户，读书不要钱，看病住院不花钱，过年过节有慰问。哼，你们都看见的，哪来这么多花样，变着法子给贫困户家里刨，衣帽鞋袜都换尽了，房子翻修改造，自来水接进屋，哼，就差人皮子没换了。哎，我不是眼红眼热谁，不是那个意思，我根本瞧不起那几个钱。但是说到精准，这么多年了，我都羞于开口，跟你老主任倒是提过几回，就是我这个病。"

黄连地还没说完，古河清抢了话头问："你老是说有病，诊断书呢？药发票呢？"古河清这么一说，几双眼睛都看着黄连地。

"我没有，我到过乡卫生院，是个女医生，哎，我都不好开口，怕人家骂我老流氓。"

"你为啥不到大医院检查一下呢？"

"大医院，嗯，不去，万一走错了回不来呢？"

"看你这点出息。"

"反正医院我是不去的，我这身体，就是医生整出来的，就是死，也不想见医生。"黄连地说到这里还觉得意犹未尽，又生怕古

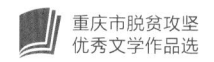

河清打断，便紧接着说，"我这个病确实存在，我给谭副乡长说过，他当即表态，给我个贫困户指标。嘿，过几天问，他不认账了，你说，这是什么人呢？他就没拿眼角看我，说过的话，都——都——都在刀背梁上——晒——晒起！"黄连地开始话语急促，也许是大脑断电，本想一口气表达完整，却反应迟钝，以至于说到谭前进时，嘴唇激动得颤抖起来。

古河清鼓了黄连地一眼，没有说话，而黄连山却问道："你说的这个病，十有八九就是个后遗症吧？"

黄连地见老主任认同，便急着说："黄主任，你要替我出个头，给潘乡长说个人情，把我纳进贫困户，还有，吃个低保，我也需要——兜——兜一下。我这人天生笨拙，没牵着牛鼻子，怕这牛尾巴也逮不住。"

听了黄连地的话，古河清顿时脸上显出轻蔑之色。他拨了一下火塘的柴火，火星直冒，形成的灰尘散落在几个老农的身上。

黄连山的想法跟古河清完全不一样，他决心为黄连地出头。决定的事，他就会付诸行动，而且坚持到底——他黄连山就这个脾气。第二天，就给潘乡长写了个报告，要求给黄连地做鉴定，视其病情，纳入贫困户。

潘飞走访完后，便将黄连地领到县医院做了鉴定，确认为残疾人。好在可以做恢复手术，但要一大笔钱。回到乡上后，潘飞将黄连地的贫困户申请提交乡党委会讨论，一致通过增补。

黄连山万万没想到，就一封信，黄连地的事这么顺利地就给办妥了。他就是个落魄的退位村主任，他的意见早就没人听了，偏偏这位潘乡长却把他的话当回事了。

当黄连山正为此事暗自庆贺胜利时，没承想，竟然激怒了黄连树。张榜公布的那天下午，黄连树找到潘飞，悉数数落黄连地好吃懒做、只想钻政策空子、占便宜等等，话很难听。一阵揭发黄连地后，接着痛骂黄连山，在背后使阴招，认为潘飞初来乍到，不了解情况，把贫困户指标乱批。这个黄连树越说越激动，把乡村干部们骂得一无是处。潘飞始料未及，只好仓皇应对。

黄连树正在村委大吵大闹之时，黄雪花骑着摩托车来了，大声招呼，鼻子眼睛一起动，吼了一顿，黄连树才偃旗息鼓。

黄连树走后，黄雪花骑上摩托来到黄连地家里，解释一番："按辈分呢，您是老辈子，今天我来，是给您说声对不起。第一个呢，就是我爸爸不对，无理取闹，太不像话，已经被我严厉批评。再一个呢，就是您身体有病这个事，您看看，就您说的病，我咋就没问个明白呢？这就是我的不对，总觉得吧，您不缺胳膊不缺腿的，家庭过得去，就没当回事，哪知道您真有病哇。您看看，我这不是太大意了么？第三个呢，叔，您得原谅我，我这个人思想保守，做了一件蠢事。第四个呢，这次村里给您评定为贫困户，纳入低保兜底，您全家人以后看病不花钱，读书不花钱，还每月有进账，该享受的扶贫政策，您都有了。这件事，虽然是潘乡长给办的，但是我是极力赞同的，也跑了腿的，无功劳也有苦劳。再说，今后您家有事，还不得靠侄女我给您办么？村里的过错，等于就是我的过错，我给您赔礼道歉，您就不提了，好不？"黄连地听了堂侄女这一席话，没有出声。黄雪花盯着黄连地说："叔，潘乡长那次走访，您在床上放粪桶，在院坝里泼粪。您这样做，等于在给政府泼粪。潘乡长大人有大量，当然不会计较。但是，您说，您这么老实的一个人，干出这档子事儿来，全村的人会怎么想？这都是我在潘乡长面前替您说好话，在村民中替您圆了这个场子。不然，大家会甘心情愿选举您为贫困户？"

经不住黄雪花的软磨硬泡，黄连地心也就软下来了。突然，他转过头，望着黄连树的房子方向，大声嚷嚷："要不是看在侄女面子上，我这回就不放手。我是符合贫困户条件的，弄掉了，你黄连

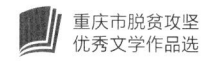

树负得起这个责吗？"说完，黄连地站了起来，瘦小的身体几乎跳将起来，仍然看向黄连树的房子，大声武气地说："哼，你黄连树以为我不懂政策吗？呸，我有人懂！"

黄雪花看着叔叔出完一肚子恶气，才告辞离开。

二

贫困户精准识别回头看，肯定会出现激烈的矛盾，这一点，潘飞早有准备。但是没有料到的是，连山冲村复杂的贫困户精准问题，就这么三下五除二地搞定。潘飞不由得佩服起钟先锋来，他支的几个招数，尤其是那个"紧箍咒"招，挺管用的，要不然，他恐怕至今还在瞎摸，理不出个头绪来。总算做实了一件大事，潘飞开始构想村道路的改扩建。要修路，就得找钱，于是他回到县城，跟交通扶贫指挥部的领导黏上了，尤其是交委的分管领导，他曾经采访过，多少还有些交情。

潘飞在村里对贫困户回头看时，就研究过全村的致贫原因，得出的结论就是交通落后。其实潘飞第一次开着他的车，就没进到村里，路面坎坷不平，小轿车根本开不了，多处擦剐，让他心疼不已。后来，他回到县城，垫高底盘，可以开进村委坝子，但还得小心翼翼。他戏称自己的车就是"轿车中的越野车"。

近几天，潘飞都泡在县交通扶贫指挥部里，就村道路的改扩建，好说歹说，争到了三百五十万的项目款。他兴高采烈地回到乡里，跟书记钟海汇报此事。谁知钟书记泼了他一瓢冷水。

"八公里路，三百五十万，平均一公里四十三万，改扩建和硬化都不够，还有占地赔偿呢？"钟海说。

"我当时没仔细计算。"潘飞顿时愣住了。

"你了解过建材行情没有？碎石、水泥，都在涨价。我担心这样的扶贫工程没人愿意承包的。"

潘飞一时也没了主意。钟海书记的右手叉开，在额头上揉搓一阵，说："还得用一事一议。"

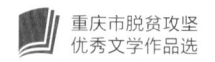

"一事一议？"

"嗯，老办法。"

"这个具体如何操作？"

"就这点钱，要修成一条路，肯定是没有任何赔偿的，只有动用一事一议。"

"没有赔偿？"

"对，没有赔偿。"

潘飞对这个一事一议不懂，钟海书记便介绍起来："村里得了这笔赞助款，想用此款修路，又没有多余的钱给占地户补偿，怎么办？就得做工作，动员这些占地户让步。你说这些人会让步吗？"

"当然不会。"

"错，多数会让，少数不会让。"

"为啥？"

"连山冲的人吃够了烂路的苦头，他们多数人会支持修路，没有赔偿也支持。再说，现在的农民，生财的门道多了，土地已经不是他们唯一的赖以生存的生产资料。"

"但是，一点赔偿没有，他们心里面肯定也有意见。"

"对，这就是一事一议的精妙之处。"

"我还是不太明白。"

钟海书记见潘飞似懂非懂，于是开始详细讲解，说："按照村民委员会组织法，本村公益事业的兴办和筹资筹劳方案及建设承包方案，十八岁以上村民，三分之二以上的人参加，过半数通过，即可作出决议。"潘飞看着钟海书记，没有说话。"修公路就是公益事业，其中有人会反对，那么，就把这些人统统归到三分之一中，再归入参会的半数以上之外，你说，决议案还不能通过吗？决议案形成后，存入档案，就是项目报批的基础依据。决议案通过了，就意味着村民自发申请修路，不是政府投资修建，占了地的，当然没理由要求赔偿。"钟海书记说完，用手指头把头发往后用力梳了几下，牙齿咬得乒乓响。

潘飞倒不是怀疑决议案能不能通过，而是对没有赔偿的事，总觉得过意不去。村里搞建设，让村民牺牲自己的利益，这样的建设项目，倒不如不做。但是，就目前这点资金来说，得来不容易，扶贫资金本来就打紧，不用上去，村里这条路，就不知要拖到何年何月了。看来，还得按照钟书记讲的老办法行事。

潘飞还是第一次经历一事一议。会议之前，潘飞已经把话说到明处，但还是有村民反对，尤其是占了地的户，就有拒绝签字的，其中还有老村主任黄连山。虽然决议案通过了，也上报招投标，但潘飞心里很不踏实。钟海书记这个一事一议的招数，看似比钟先锋的"紧箍咒"狠，实则存在漏洞。而且修路是伤筋动骨的事，牵扯的人数多、范围广，比精准识别贫困户难多了。潘飞始终心神不宁，感觉有一场暴风骤雨即将来临。

扶贫项目很快推进了。包工头路安的挖机在半山腰的工地上施工，挖掘机师傅大声对路安喊话："路老板，我们今天刚进场，就遇到石山，看来这是一段难啃的硬骨头。"

路安回答："这是扶贫路，标的额很低。就是这样的路，竞争都大，好不容易才弄到手，再难也要啃，而且进度加快。昨天乡政府催过，必须在合同期内完工，而且保证一次性验收过关。"

"放心吧路老板，我一定加班加点地干，保证按时完成任务。"

"好，别分心了，抓紧时间施工，注意安全。"

路老板跟挖机师傅说完话，正要离开工地，突然看见一拨人，手持锄头、鹰嘴刀、木棍，气势汹汹地向工地走来。这不是黄连山、古河清吗？他们来干吗？

路安老远就听见古河清招呼："谁叫你们在这里施工的？快停下来！快停下来！"

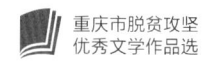

黄连山、古河清走得满头大汗，直接站到挖机下，不准施工，大声问道："请问谁是施工方老板，请站出来。"

路安递上一支烟，被黄连山拒绝，便说道："我是承包老板，我叫路安，请问有什么事吗？"

古河清站到黄连山身前，把手里的锄头一扬说："你们施工的地段是我家的林地，你们未经我允许，属于擅自施工。"

路安一脸委屈，说："我公司通过公开招投标中的标，有合同，有开工令，合法经营，请问，有什么不妥吗？"路安说着就从挎包里掏出一本资料，高举着扬了扬。

古河清见路安拿出盖着鲜红印章的合同书，顿时找不到理由回敬，于是挪到黄连山身后。黄连山看着路安说："我不管你合不合法，有没有合同，这是人家的林地，就得取得承包户的同意。"

路安是知道这个黄连山的底细的，于是求情似的口吻说："听说您当过村主任，道理比我懂得多。我们在进场之前，乡里村里不是征求过您的意见吗？一事一议的时候？"

"的确，一事一议时，征求过我黄某的意见，但是，我没同意。"

古河清突然又站到黄连山前面说："那个叫征求意见吗？哼，就是决定了的事，通知一下我吧。我没同意，也没摁手印。"站在黄连山身后的几位老农，此时异口同声地说："我们都没同意也没摁手印。"

路安一听傻眼了，此时面对这伙人，他也无可奈何，于是问道："你们为什么不同意修路？这个路修好了，你们不是也出行方便吗？"

黄连山把右手伸出来，在胸前比画几下说："路老板，你有所不知，这条老路中有三公里，是我们修的，二十六个村民，出钱出力，花了三年才修通。你们现在要改扩建，该不该补偿我们？挖机款两万元，还是我垫支的。"

路安听黄连山这么一说，不知所措，心里叫苦不迭。蹲在地上好一阵，打了两个电话，才站起来说："你们讲的情况我不知道，我们是按照合同进场施工的。至于你们的补偿问题，可找政府，或者走司法程序。"

黄连山双唇用力抿了抿说："不管谁同意施工的，都必须给修路的人补偿，否则就不准施工。"

路安开始有些沮丧了，站得远远地说："我是合法施工的，你们阻挡，就是犯法。我们与政府签订了合同，这又是一条扶贫路，时间要求很紧，要是误了工期，你我都承担不起的。"

黄连山不紧不慢地说："我们现在就要求对修路民工适当补偿，什么青苗费、安置费、赔偿费呀，这些还没提呢？"

路安翻开合同说："您看，这合同上写得明明白白，公路改扩建的民事纠纷由政府负责协调处理。"

黄连山把头一摆说："欸，你不说还好，既然说到这个份上了，我也跟你摊牌。都知道我是上访户，上访过多次，可是，没人解决嘛。现在谁在这里施工，我们就找谁。"

"完全是无理取闹！"路安说完就叫挖机师傅开挖。

黄连山手一招，几位老农民都站到挖机下。路安这边，也闻讯赶来几个壮汉。双方僵持不下，眼看就要爆发冲突时，乡长潘飞带着村支书黄雪花，村主任丁华，驻村队长江涛等赶到，才及时制止。

潘飞把黄连山和路安带到村委会，落座之后，驻村队长江涛向路安介绍道："这位是新来的乡长潘飞，现在因为扶贫，蹲点连山冲村。你们双方有啥意见，就当着潘乡长的面说吧。"

江涛的话没落音，路安就开始抱怨："潘乡长、江队长，我们公司通过合法招投标承包了本标段工程，有合同、施工许可证、开

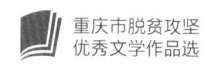

工令，我们才施工的。今天第一天进场，这伙人不明不白来捣乱，不准施工。哼，这可是扶贫路哇，谁敢破坏。"

潘飞转头问道："老黄，是你作代表吗？"

黄连山毫不示弱，冷静地回答："我是代表，这次阻拦修路，是我通知他们来的，也是我不准施工的。"

潘飞看着黄连山说："人家是合法施工，你们凭什么阻止施工？"

黄连山回答道："我们不是非要阻止修路，修路是好事，我们都知道。但是，这段路是我们修的，二十六个人，修了三年，每人一万元的补偿，不过分吧？可是，我上访过多次，没有补偿，也没有青苗费、占地赔偿费，一样都没有得到，他们就贸然施工，你说，我们怎么办？"

潘飞转过脸问江涛："究竟咋回事呢？"

江涛回答说："这个事我也不清楚。一事一议时，黄连山也没提到这件事。"

路安接过话说："这些民事纠纷，哪能由我们来承担呢？"

潘飞点起一支烟说："黄连山、路安，你们两个暂时休息两天，等我把情况了解清楚再处理，好吗？"

黄连山有些不信任，临走丢了一句："那又要拖多久才来处理呢？"

潘飞见黄连山和路安离开了，对黄雪花说："通知一下村组干部，晚上七点开个会。"黄雪花答应一声，便拿起手机拨起了电话。

潘飞清楚，当初一事一议时，就有人不同意修路，这些人就是占地农户。由于要把老路拉直变宽，新占土地多，几乎把有的农户的田土占完了。这些人就是信访隐患，像今天黄连山阻拦修路，这是早晚都会发生的事，根本无法回避。

黄连山当过村主任，按说是明大理的人，今年六十五岁了，一把年纪了,他为何一根筋地跟改扩建村道路过不去呢?当然,他家田土被占了,也是事实,但是,就他的经济收入看,几乎没靠土地生活,大片的田地都荒芜了。而且他也抱怨过,路不好,酒和牛运输成本加大,利润微薄。那么,黄连山为何要来挑这个头呢?潘飞觉得这里面必有隐情。

村支书黄雪花多次讲过,过去修路,没有这么多程序讲究,也没有遇上阻力,为何现在修条扶贫路,还没有开工,就像捅了马蜂窝,沿途的纠纷就像马蜂一样钻出来,叮得人心慌,就这几天,她在村委值班,每天都要接待几起上访人。黄家在连山冲村也算大家族,仅一组一百二十人中,黄家人占一半。过去黄家人为修路,自发组织,出工出力,表现积极,没闹过赔偿,为何这次村道路的改扩建,却引发黄家族人如此剧烈反弹?这里面究竟有什么过节?

乡村干部已经多次去过黄连山家,谈心交心,但黄连山就是油盐不进,反而变本加厉,把告状信捅到了互联网,似乎故意将矛盾升级。

遇到这样的顽固分子,面临如此决绝的对抗,潘飞开始焦躁。他没有突发事件的处理经验,心理承受力还比较脆弱,甚至认为这个黄连山就是冲他年轻无知,明显欺辱和羞辱他的。思来想去,潘飞就没有一套成熟的方案。而村里的干部们似乎也正在观望。如果处理不下去,路修不了,那就沦为笑柄,无能的表现,必然被搞得灰溜溜的,今后还能在连山冲村待下去吗?

潘飞虽然气恼,但是有一点,他是理智的,那就是他明白"解铃还须系铃人"。既然黄连山是牵头人,就从黄连山身上寻找解决问题的突破口。潘飞虽然对黄连山极端不满,还是决定硬着头皮去找他。

但最终潘飞还是没有勇气和底气直接面对黄连山,他大脑中对这个黄连山还是一片空白,不好把握。于是他与黄雪花商量,先由

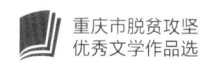

黄支书与黄连山谈一次，摸一下底，也缓和一下气氛。

黄雪花最先没有应承这件事，虽然她那张嘴很会说话，但是，在黄连山那里就说不上，他们曾经有过对话，都被黄连山怼得哑口无言，败下阵来。但是，这一次是潘乡长交代的任务，自己又是村支书，就是碰一鼻子灰，也得去。

黄连山的屋檐下堆满了杂物，一排蜜蜂桶并排着，放置于街沿，蜜蜂进进出出，十分忙碌，仿佛没把黄雪花的到来当回事。黄雪花首先看见黄连山的妻子，背着一捆树枝回来，满头大汗。黄雪花趁机套近乎。两人正家长里短说得热闹时，黄连山回来了。

"连山大叔，您煮酒了吗？"待黄连山坐下，黄雪花问。

"今天下雨，地里的活放下了，煮锅酒。二村的丁家办喜事，定做的一百斤苞谷酒。"

"连山大叔，我是您的侄女，也是您培养出来的村干部，过去没少接受您的教育。"

黄连山一听，举起手摆动几下说："好汉不提当年勇。"

黄雪花感觉自己这个开场白还不至于引起黄连山的反感，于是跟进说："连山大叔哇，您咋就身体那么好呢？开酒坊，养牛，还做庄稼，农林牧副渔，您就占了四个。"

"嗯，树活一张皮，人活一口气。我当干部时，带得起头，不当干部也带得起头。"

黄雪花就对这句话敏感，因为黄连山曾经指责过她，做事拖沓，没有吃苦耐劳精神。但是，此时却不能有任何表露。"连山大叔，您也年轻过，年轻人做事毛毛躁躁的，您多担待点。您看我现在也不懒惰了，家里副业搞得不错哦。"黄雪花说。

"你们这一代人再苦，也无法跟我们那代人相比。"黄连山回答。

"一代比一代强嘛，未必您还想我们回去过苦日子么？"

"那也是，现在好多了。"

说到这里，黄雪花见有了空隙，便钻了进去："连山大叔，您说这路要是修好了，咱们连山冲人的日子不就更好过了吗？"黄连山听了黄雪花的话，没有回答，把袖子挽了一圈又一圈。"叔，您是知道的，咱们村这条路，盼了多少年，现在潘乡长上任，借了扶贫这个东风，争取了一点资金，决定修了。全村老百姓从内心讲，没有一个不高兴的。"黄雪花试探着一步一步跟进，见黄连山没有说话，便知道自己的话说到点子上了，她想抓住火候，把要说的话说彻底："叔哇，我这个当侄女的要批评您了，全村任何一个人阻拦，我都理解，唯有您牵这个头，我不赞同。为啥呢？您是什么身份？老主任，两届老主任，在村里也是有头有脸的人。再说，现在是您侄女当村支书，您就这么跟潘乡长针锋相对，我夹在中间，怎么好相处呢？再说，人家潘乡长初来乍到，跟你我无冤无仇，千方百计争取资金修路，人家有什么过错？"

突然吹过一股山风，黄连山像打了个冷噤，脸色霎时变得冷酷起来，向后倒着的一头白发，被风吹乱，几根长发在额上飘着。

黄雪花看着眼前的老人，心里过意不去，自己的这番话，虽然触及老人的灵魂，但是，他是尊者，当晚辈竟然这么直言不讳，肯定有伤老人的自尊心。

突然，黄连山开了口说："黄雪花，我对你，对潘乡长，对所有的干部，都没有意见。但是，这三公里老路，是二十六个村民修的，他们难道就这么白白付出吗？总要给个说法吧？"黄雪花当然清楚黄连山说的事，但是目前这点修路资金，捉襟见肘，拿不出钱赔偿，怎么办？只能做说服工作。

"叔，修这条路，是在阳光下运作的，每一分钱都用到修路上，我就把话说断，没有一分钱的赔偿，再怎么折腾，也没有，但是路还必须修，谁都阻挡不了。叔，这次修路，跟往常不一样，过去预

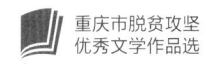

算有工作经费，村里干部们一阵忙完，还多少发点辛苦费，现在修这条路，一分钱都没有。潘乡长，我，都没有参与修路，路是承包给人家的。村组干部们要做很多工作，跑很多路，但只有付出，没有回报。我就跟您实话实说吧，时代变了，人也在变。"黄雪花为啥要这么说呢，因为黄连山那句"带得起头"的话，她一定要把话说敞亮。黄连山最看不惯的，也是他心里最大的痛，就是村组干部苍蝇似的腐败。过去一段时间，谭前进驻村，就像这过山风一样，把人心吹得乱糟糟的，也把他黄连山吹到一边歇凉。所以，黄连山对此刻骨铭心。

"就说修这条路吧，就是在为村里的人做好事，您说是不是？"

黄雪花说完，黄连山连忙摆手说："我为二十六个村民挣一点辛苦钱，也是在为村里的人做好事。"

"可是，您那个好事，没有这个好事更好，您说呢？没有别的选择，您就得让步。时代在变，人也在变，您也要变。"黄雪花说到这个份上，就不再遮遮掩掩了，"叔，你看起来瘦弱，其实一身的硬骨头，就没有一根是软的，一辈子都硬气。侄女也在当干部，也想硬气，但有时候不得不低头，不得不转弯。尤其是两难选择时，必然有一方作牺牲，作奉献。连山冲村占土地的农户那么多，也包括村组干部，他们都能理解，都让了步，就您和古河清还在硬撑着，说不过去呀。"黄雪花最后说的几句话，也是大实话。见黄连山不再开口了，便告辞离开。

黄雪花在电话上跟潘飞汇报了劝说黄连山的成果，潘飞心里总算有个眉目。但是，潘飞还是觉得先搁置一下黄连山的事，因为他的脑子较为混乱，他必须进一步思考出对策。因此，他决定先解决黄连地的事情。

三

今天是星期天，潘飞头天就与黄连地约好，第二天上午九点，他在县城等，带他一起到县医院做手术。他早上八点半就赶到县医院门诊窗口，排队挂号。

但是，等到九点半了，轮次都让了几茬人了，就是不见黄连地。他拿出电话，给黄连地打，关机，一连打了三次，都关机。潘飞只好在窗口一直等着。到了十一点，黄连地还是关机。潘飞刚把电话放进口袋，黄连地突然打来电话。

"喂，潘乡长吗？"

"对呀，我在医院挂号处，我等你很久了。"

"哎呀，不好意思，电话不知何故，关机了，哎呀，这个烂电话。你说我这个人啰唆不，本来是早班车，九点钟到的车站。下车后，辨不清方向，路不熟哇，就问路边的警察，才知道医院在哪里。"

"从车站到医院，走路只要一个小时，打车十分钟就到了。前次做鉴定，不是带你来过吗？"

"哎哟，早就忘得一干二净。我问了，要十块钱才能打的，太贵了，只有走路了。"

"走路也花不了两个小时吧？"

"都是我老婆搞出的事，把时间耽误了。"

潘飞电话里听说黄连地还带了老婆，就有些埋怨地说："你是专程来做手术的，不是来旅游的，带老婆干吗？"

"嗨，我那个老婆子神叨叨的，没来过县城，听说有潘大乡长在县城带路，硬是要进城开一下眼界，不怕你乡长笑话，我们都不

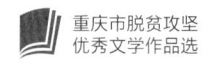

晓得路，出的丑不少。"

"嘴是江山脚是路，问呗。"

"路是问清楚了，我就说打的，快一些，我那个老婆硬是不拿钱。"

"你身上没带钱？"

"我没闲工夫带钱，我就怕被摸包客搞去了，我这一辈子都不管钱。"

潘飞接着电话，走出医院大门，远远地看见黄连地两口子，便挂断电话，大声招呼。黄连地走到潘飞跟前，满脸的怒气，向潘飞告起状来："潘乡长，你说哪有这个理，我在前面走，老婆子在后头，我就只顾走，走了一阵，回头看，嘿，没人。"

潘飞笑着说："走丢了？"黄连地连连摇头。

"我在路上看见个熟人，跟人家没聊上几句，转过头来，这个老不死的不见了人影，我就往前追，追了一阵，还是没发现，就慌了神，在路边坐了一阵，才想起回到走岔的地方。"黄连地老婆咯咯咯地笑个不停。

"哼，你还没傻彻底，晓得回头。"黄连地气鼓鼓地说。

"我回来就看见黄连地坐在路边等，就晓得要挨骂。哎呀，不说了，真是出丑。"黄连地老婆说完又咯咯咯地笑起来。

潘飞看了一下时间，十一点半，于是说："这个点了，医生要下班吃饭，只好下午两点来挂号了。"

黄连地在荷包里摸了一阵，突然说："你看这样，时间不早了，我们走了这半天，也饿了。我刚才走路时，看见有蒸馒头的，我问了价钱，一块钱一个，又大又白，还赠送豆浆。"黄连地说完便用手指向馒头店。

潘飞望着黄连地两口子就想笑，但还是忍住了，说："我请你们吃顿牛肉汤锅。"

三人就在医院旁边的一家餐馆坐下,潘飞要了一个小火锅,很快上了桌。三人烫起菜来,也聊起家常。

"听说你身体的问题是做手术留下的后遗症?"潘飞问道。

"应该是吧。手术之前,手术之后,没有得过病。"黄连地回答。

"这么多年,你都没到大医院检查么?"潘飞问。

"没有,不是要命的病,不进医院的,农村人都有这个习惯。"黄连地说完,就打开话匣子,"我两口子一年四季在高山种植黄连,搭了个临时工棚,住在黄连地里,没有时间去看病。"

潘飞突然看见黄连地的手掌上有老茧,而且开裂了,有一处还渗血,由于常年在高山种黄连,脸上都有了高原红。

"种黄连很苦吧?"潘飞问。

"谁说不苦呢,每次上山,我们都得准备东西,背到工棚,一般住一个月,遇上天气不好,住一两个月也是有的。"黄连地望着潘飞,仿佛回想着什么。

"种植黄连虽然辛苦,可也赚钱吧?"

黄连地的老婆哈哈地笑道:"别人种黄连赚钱,我们种黄连亏。"

潘飞觉得奇怪,问道:"怎么会亏呢?"

黄连地掰起指头算账:"就以现在的行情,每斤黄连五十元,我三亩黄连,每亩六百斤,九万块钱。黄连要五年一收,也就是说,这九万块钱摊到五个年头上,每年有多少?"

潘飞听黄连地算完账说:"连年种,连年收,不就赚钱吗?"

黄连地又掰起指头说:"黄连市场不稳,今年看涨,明年就落,价格不定。价格还是次要的,有的年份卖不出去,这就亏大了。因为没有收入,就只靠借债,指望第二年行情变好。"

潘飞点点头说:"市场不稳,的确是个问题。你的黄连还有库

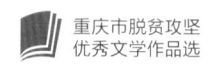

存吗?"

黄连地摇了摇头说:"库存倒是没有,我家的主要问题是规模小,只有这个气候,经不住市场波动。"说到这里,黄连地又算起账来:"种植黄连,如果把劳力算进去,就不赚钱,只有亏。黄连苦,种黄连的人更苦。哎呀,胎投错了,生在这样的穷地方,只能靠种黄连求生,没办法。"

说着话,已经吃完。黄连地扯了一下老婆衣服,示意结账。可他老婆装作没看见,放下碗筷,就出了门。黄连地在口袋里摸了半天,拿出十元人民币说:"潘乡长,这十块钱肯定是不够的,你先垫着。这次手术如果成功,我顺利当上低保户,我向你保证,第一个月的工资,全给你。"

"你身上只有十元钱吧?"

"嗯,只有这点。要不然,我就赶出租车了。"

黄连地拿着十元纸币,很勉强,手有些抖,想递给潘飞,又有点舍不得。潘飞忍不住笑出了声,掏出一百五十元结了饭钱。"能报销不?"黄连地弱弱地问。潘飞摆了一下头,没有回答,就领着黄连地夫妇到医院。

因为有"贫困户窗口"和一站式服务,黄连地顺利地住了院。临走,潘飞对黄连地说:"你能否打电话,让两个儿子回来一个照看。"

黄连地两口子一听连连摆手,说:"都在外地打工,这个年头钱不好找,自身难保,谁顾得了谁呐。不通知他们还好,通知回来就会吵架,不欢而散。"

潘飞"哦"了一声,说:"还好,有贫困户特殊服务,没有人照看无妨。"

潘乡长说完就要离开。黄连地老婆跟了过来说:"潘乡长,我跟你回去。"

潘飞惊讶地看着这个女人说:"您还是留下照看老黄吧!"

"不,不,有护士轮流看着,难道我还不放心么,我还要回家喂猪。"

潘飞想了想,也没别的办法,只好带着她走了。

黄连地手术后回来的第二天,天下起大雨。潘飞吃过早饭,便开车来到黄连山家里。打前战的黄雪花,已经报告了与黄连山谈话的效果,潘飞多少有了些信心。

黄连山正在煮酒,听见车子的喇叭声,从苞谷酒小灶作坊里钻出来。一头蓬松白发,向后胡乱飘散,一张瘦削的黝黑的老脸上,挂着汗珠,蓝色旧衬衣里穿着一件崭新的白背心,有些显眼,脚上一双解放鞋还沾着酒糟。在潘飞眼里,黄连山就是一位地地道道的农民,与自己从前见过的"信访大V"根本没有可比性。

黄连山把潘飞邀进酒坊,坐了几分钟,黄连山便将开关拧紧,说:"这是尾子酒,低于三十七度,不要了。哎,今年的苞谷质量差,一百斤只能煮四十斤酒,只够成本,往年能煮五六十斤呢。"说完就接了半碗酒,递给潘飞说:"尝尝吧,这是我煮的。"潘飞接过碗,喝了一口,觉得老黄的酒口感好,回甜,炭烧味儿浓,连声称赞。见老人忙完,便递上一支烟,老人摆摆手,拒绝,一脸清冷地说:"我的酒,谁喝了都是这个评价,就一个字'好'。你刚才也看见了,三十七度以下的酒,我不要了。你知道为啥?就是必须保证质量,哪怕这一锅煮不出量,亏了就亏了,绝不会把劣次酒拿来充数的。我黄连山就是这个性格。人家买我的酒,是买我这个人,我卖我的酒,也是卖我这个人。"

"老黄,我今天是专程来拜访您的。我刚来连山,对村里的情况不熟悉,我跟您无任何矛盾,您今天就放宽心地跟我摆一摆龙门阵,我也想把村里的真实情况摸一摸。"

潘飞说完,黄连山将两只手放在木凳上撑着精瘦的身体,转头

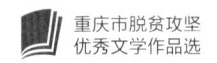

望了一眼门外，然后低声说："我从小读书很用功的，不是吹牛，那个时候，我是班长，成绩名列前茅，但就是家里穷了，读不起书，十六岁初中毕业就回了家。要是继续读，我也会成为国家干部。我的同班同学，有的上了中专，有的升了高中、大学，他们还没我成绩好呢。"黄连山瞟了一眼潘飞，继续说道："回家后，我心情很糟糕，时常一个人坐在连山冲的刀背梁上，望着穷山恶水，不知如何是好。不读书了，就只能种地，永远面朝黄土背朝天，这辈子想走出这道大梁，恐怕都难了。"黄连山说完，摇了一下头。

"您读书很用功，只是家庭穷了，没读下去。初中毕业，在当时也算知识分子了。"潘飞赞扬了一句。

"是啊，我还写过诗呢，嘿嘿。"黄连山进入了回忆状态，"夏天的雨后，雾从水沟底慢慢升起，往连山上爬，一直爬到天上，和云相会。看着云，看着天，我老是幻想，能像云一样自由，能离开这里多好。这就是我写的第一首诗。哎，见笑了，那个时候，年轻嘛，尽想好事。"潘飞暗自惊讶，一位上访人，竟然会写诗歌。"是的，当时这个村只有我读完了初中。回家后不久，生产队长便安排我当会计，记工分。逐渐农活多了，也就没时间想这些。人到了这个地步，浪漫就被人耻笑。村里的人没文化，无人欣赏，写诗就当放屁，不值半碗野大麦，生存才重要。"黄连山说完，失望中还是露出渴望的眼神。显然，老人对辍学这件事耿耿于怀。

"长大成人，结婚生子，迫于生计，不得不钻研一些发家致富的门道，总想改变点什么。生产队里的男女老少，文盲半文盲占了多数，也参加了扫盲班，但扫了那么多年，他们能记住几个字？今天扫了，明天就忘。由于不通公路，这里的农民几乎没走出过连山的大丫门，眼巴巴地盼着我这个知识分子，能带来点变化。"黄连山说到这里，便两眼放光，"那个时候年轻，干劲足哇。我从报纸上读到这么一篇文章，河南省林县的乡亲们，在艰苦的条件下，用双手修建了红旗渠。于是，我也有了这个想法。你也看见的，山上有股泉水，我就领着大伙修渠。但我修的水渠比不了人家的红旗渠，太小了。将山上的水引到生产队后，我首先就想到建一个打米机房。过去，稻谷要背到乡场上加工，一百斤米，要走三十五里路，得花上一整天时间。现在好了，有了打米机，就地解决。嘿，这件事就在我手里做成了，没有一家不翘大拇指的，都说我读的书多点，硬是不一样。"

黄连山细声细气地讲述着，虽然年近古稀，却有条不紊，思路清晰："那个时候，干起事来不要命哟。接着，建起了小型水电站。水电站呀，我都能建，多亏了我初中学过的那点知识。晚上发电，供应照明。嘿，后来，竟然有人办红白喜事，白天也发了电。那个高音喇叭响起来，嗬哟，耳朵都被震聋，整个连山冲的人都能听到。这是生产队里第一次，第一次响起那么嘹亮的歌声。"

潘飞听到这里，好奇起来，问了一句："那个时候不是有农村广播吗？"

黄连山叹了一口气说："有广播，但只是通到村支书家里。我去听过一回，一只小喇叭，绑在柱头上，像说悄悄话，必须坐在跟前才能听见。那杂音才叫多哟，突然像打雷，突然又像刮风，突然又像流水。然而，就是这样的小喇叭，都没通到我们队。太远了，深山密林，荆棘丛生，立一根桩，拉两条线，多难啊。"

"80后"的潘飞点了点头，循着老人的思路，努力想象着当时山寨的闭塞和落后。

"有了加工房，有了电站，点上电灯，队里的年轻人也能讨到老婆，打光棍的少了。尝到了甜头，我便决定修路。嗯，尝到甜头，他们愿意跟我干了。"黄连山继续着他的回忆。

"二十六个人，三年修了三公里，没有任何外援，完全靠锄挖手抠，肩挑背磨，终于接通了山下的乡道路。那几年就算创业吧，

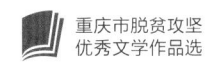

那个苦哇,简直没法形容。没有过好一个春节,亲戚来拜年,都得参加劳动,帮忙背石运泥。路修通了,但不到两年,就被山洪冲毁。原来路基不牢,经不住雨水冲刷浸泡。"

黄连山说到这里,潘飞甚感好奇,问道:"山洪冲毁的路就是这条老路吧?"

"就是。不得已,我又求村民集资,请来挖机疏通。但是,整整三年,把大伙折腾得够惨了,没人再愿意出钱了。怎么办?"黄连山停顿了一下,特别强调说,"我们修这条路,没要国家一分钱的。"说到这里,他举起手来,在胸前摇晃,继续说道:"我就只好带头,把自家的过年猪卖掉筹集资金。大家见我这样了,东一家西一家的,还是勉强筹齐两万元,请来挖机挖通了路。"

"不过,好人总是有好报,我付出了,群众的眼睛是雪亮的,当年选我当队长,后来又选举我当了村主任。我是靠苦干当上村主任的,我是村民真心实意推选上的。"说到这里,黄连山的脸上仍然没有一丝笑容,但是,此时,潘飞感觉到,黄连山虽显得老气横秋,长相平庸,但浑身上下似乎有一股刚正之气。"我现在上访,没有别的,只要求对二十六位参加修路的人,每人补偿一万元。修路占地赔偿问题,我们认了,不追究。"黄连山最后一句话,说得斩钉截铁,诉求表达一气呵成,酣畅淋漓。

潘飞听到这里,心里一咯噔,暗暗吃惊,原来这位老上访户不简单。在潘飞看来,黄连山斯斯文文,健谈,思维清晰,语言表达流利,跟自己见过的冲动型信访人截然不同。村里有人背地里骂他"神经病",得了什么"上访综合征",与政府为敌,给公益事业使绊。此时,在潘飞眼里,这个老头非但没有神经病;相反,出奇地冷静,出奇地理智。老人的谈吐间,全然看不出任何神经紊乱之处。临了,黄连山补充了一句:"谢谢潘乡长能理解我的苦衷,如果解决不了我们的问题,我还会继续上访。"这几句冷不丁的话,直说得潘飞瞠目结舌,好半天都回不过神来。这个老头太固执,似乎毫无回旋余地,让潘飞碰了钉子。

从黄连山家回到村委,潘飞有了一种不祥的预感,老黄的信访,与过去乡上的研判大相径庭。究竟根源何在?政府应该在信访人身上寻找答案,还是应该在自己身上找呢?

其实,潘飞造访黄连山家后,黄连山心里起了涟漪,这块坚冰开始融化。黄连山要的不是钱,而是乡上的一个姿态,三句好话暖人心,潘飞堂堂乡长,亲自登门拜访,这个面子给得够大的,黄连山不是傻子。

潘飞走访后的当天晚上,黄连山便来到古河清家里。古河清刚从圈舍回来,正要洗手洗脚吃饭,便招呼黄连山一起吃。二两苞谷烧下肚,两人便开始聊村道路的改扩建。

"潘乡长今天来我家了,坐了几个小时。"黄连山呷口酒说,脸上毫无表情。古河清一听,眼睛瞪着黄连山,两道眉毛直竖,额心皱成菱形。他知道黄连山这句话的分量。

"但是,没在家吃饭。"黄连山说。

古河清把眼光移向酒杯,端了起来说:"大哥,这意味着什么?"

黄连山没有急于开口,夹了一块腊肉,在嘴里慢慢咀嚼着,直到吞下去,才说道:"自从谭前进进了班房,四年了,就没有干部踏过我家门槛。潘乡长是第一个。他真有胆量。"

"但是,他没吃饭,这……"

"不吃饭,并不是瞧不起我黄连山,因为有八项规定。"

"八项规定?八项纪律吧。"

"嗯,差不多吧,廉政规定。"

"乡干部到农户家不吃饭,有点新鲜。"

"我把我们的要求都讲了。"

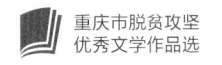

"潘乡长什么态度？"

"没个态度。"

古河清再次睁大眼睛，疑惑地盯着黄连山说："不吃饭就还是没贴心。没个态度，就不会有结果。"

黄连山摆了一下头说："形势变了，现在时兴这个。"

"我不信，在连山，进了门不吃饭，肯定有心思。"

"不不不，你不懂。"

"他就是怕咱们告发。"

"不不不，你真不懂。在连山，你见过谁告发吃农家饭的干部吗？"

"没有，确实没有，不吃农家饭的才告呢。"

"这就对了，他潘飞初来乍到，哪知道这里的规矩呢？他不吃饭，是不了解我黄连山，不了解连山的规矩。他能进我家门，就已经打破禁忌。我看好这个年轻人，他虽然缺乏农村工作经验，但是人很年轻，很正派，是一张白纸。"

两人聊了半天才进入正题。"我今天来找你，一是告诉你，潘乡长进了我家的门。二是关于修路的事。"黄连山说。

"大哥，你想怎样？"古河清问道。

"你说潘乡长都来了，我……"

黄连山还没说完，就被古河清抢过去说："大哥，你绝不能让步，这关系到二十六位难兄难弟的利益。"

"嗯嗯。我不是想让步，既然他潘乡长有这个诚意，看得起我黄连山，我得给他面子，是不是？"

古河清听了黄连山的话，大为不满，很生气地说："我不同意，他没在你家吃饭，也没个态度，这说明什么？"

两人喝完了杯中的酒，古河清就叫老婆上饭。"河清兄弟，你我上访，为了什么？是为了钱吗？不是。是为了权吗？也不是。我们告翻了谭前进，把他送进大牢，我们得到什么？什么都没得到，倒落得个孤家寡人的境地，干部们都不敢进我家门了。你说，这是个什么结局？"黄连山边吃边说，"我就是不信邪。"

古河清把一大口洋芋饭吞掉后，把筷子在桌沿上磕了一下，说："我就不信，村道路是我们自己修的，现在改扩建，就一点不赔偿。"

"兄弟，昨晚，我又一次研究了一事一议。"

"哎，不提那个一事一议好了，烦。"

"你就是个大老粗，你听我说完好不？"

"你能说什么呢？还议个屁呀，把我的赔偿给议掉了。"古河清明显地反感。

黄连山用手抹了一下嘴巴，搁下筷子说："你我是村里的老板凳，你也知道这个一事一议什么来历。过去搞农税提留，村里从每家每户收取的农业税，截留一部分，统筹开支，用于修路、修水渠等公益事业。因为这个钱是家家户户出的，怎么用，也得家家户户来定，大家都关心。比如修一条路，就涉及投地投资投劳，哪家投多少，就得议，达成一致意见才开工。这就是一事一议的来历。"

"现在不是取消农税提留了吗？"

"对，取消了农税提留，村里就没钱了，多少年了，这一事一议也就没有再提了。但是，村里的公益事业还得做，咋办？找国家要点钱吧。国家那个钱，就是给村里的，村里怎么花，还得一事一议。这个资金，相当于农业税了。这么说，你能明白吗？"

"我还是不明白，现在国家有钱了，为啥不做项目，要给村里自己做？变个花样不赔吧？"

"嗨，你没当家，怎知柴米油盐贵。县财政的钱，用的地方多呢，就这么点钱，乡里都争取了多少次。全县八十多个贫困村，还有一个深度贫困乡，都要扶贫，都要投资，需要多少钱呐。这三百

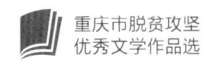

五十万能拿到手,就已经不容易了。"

"你的意思就是说,这个修路的钱,等于是国家赞助的?"

"对,赞助。"

"新鲜,真是新鲜。"

"懂了么?人家赞助的钱,咱们村里用来修路,你说,还能让人家赔偿你的土地、青苗?"

"我只道是国家的钱,原来是村里的钱。"古河清有些恍然大悟,但总觉得不对劲,稍停一会,若有所思地说,"哎,大哥,既然是村里的钱,你当过村干部,就是过去,一事一议,也有赔的,占了土地的,调配,毁了房子的,大伙帮忙修建,铲了的小麦、玉米,也折成现金补偿。就拿我们修的那条老公路来说,三公里,占了黄连棚的土地,他死活不准修,最后还不是你用自己的地换的,哪有一毛不拔的道理。"古河清随后又加了一句,"就说占地不赔也罢,这条路明明是咱们修的,总该给点血汗钱吧?难道一分钱也不给?"

黄连山听完不置可否,只是把头摆得像拨浪鼓。"我还得做一回磨刀石,潘乡长这把刀,是不是好钢,我得磨一磨。"黄连山临走时说了一句,古河清听了也就不再说什么了。

当初,村道路改扩建一事一议时,黄连山投了反对票,协议书也没有签字。他在会上提出,要对原来参与修路的二十六个人,予以补偿,每人一万元。合理合法地为村民争取点利益,再正当不过了,但是无人理睬,甚至招来非议。他顿时感觉到,自己不是村干部了,说话不管用,黄雪花、丁华这伙人,成为多数派,自己成了少数派。发表的意见,没人愿意听,还时常被人讥笑嘲讽,老村主任的面子早已荡然无存。

从古河清家里出来,黄连山一路回忆这个一事一议过程,还有古河清的不满,便打定主意,继续阻挡修路,利用自己尚存的一点威信，为村里人争点利。黄连山就是这样一个人，外表羸弱，但犟起来，就像一头牛，十个人都拉不回来。此后，他的上访变本加厉，如一块寒冷的坚冰，成了村道路建设的拦路虎。

潘飞虽然还缺乏农村工作经验，但是他用心，脑袋还不愚笨。既然不能在黄连山身上寻求突破，就在自己身上另辟蹊径。他大动了一番脑筋，也有了新的思路：既然是一事一议项目，还得靠议的方法解决。他来到江涛办公室，递上一支烟说："江队长，今天我接触了黄连山，听了他的创业经历，我倒同情起他来。他为村里作出那么大的贡献，可我们连老人提出的起码要求都满足不了，难怪他愤而上访。这次村道路改扩建，他跳出来阻拦，事出有因的。"

江涛其实也多少了解一些黄连山的信访问题，听了潘飞的话，回答道："如此说来，黄连山的信访和阻路的事，有其合理性。"

两人正聊着，丁华插进话来："如果他的诉求解决不了，他还会上访，还会阻拦修路，势必影响扶贫工作。"

黄雪花建议道："我们召开一次党员大会，听一听大家的意见，再统一一下思想，如何？"

潘飞点了点头，说："这正是我思考的问题。听听村里面这些老板凳的意见，兴许能找到共同点，找到破解之策。"

村委会议室，挤满了人，黄雪花直奔主题："今天请大家来开个会，就目前村里出现的阻拦修路的事，讨论一下，究竟怎么办。在讨论之前，我先抛出三个问题，请大家思考。第一个，村道路的改扩建，为什么要修？第二个，修好后受益最多的是谁？第三个，不修这条路的后果有哪些？"黄雪花想借用这次会议，转弯抹角地好好讨论一下黄连山反映的问题。

丁华看了一眼笔记本，便抬起头来说："依我看，全村党员干部，在台面上讲话，没一个不赞成修路的。这是明摆起的事，路就是给咱们村修的，修好以后，主要是村民用。我估计，没有人会说

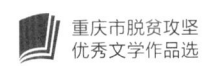

不愿意修这个话。如果不修，咱们村再落后十年。这些道理很简单，谁都想得通。问题的症结在于，明知道改扩建的这条路，就是扶贫路，使用的也是扶贫资金，开工前也搞了一事一议，没有任何征地赔偿，偏偏有人想从中揩油。黄连山就是如此，他的目的动机不纯，工程上马，想捞一把。"

丁华是去年换届选举出的村主任，三十岁出头，四方脸，浓眉大眼，长得敦实，喜欢穿花格子衬衣，因为绷得紧，稍微一仰头，肚脐眼就露了出来。他是个实诚的人，看问题比较简单，没有那些花花肠子，说话直截了当，从不转弯抹角。此时，他也没认真思考过黄连山的事，在他看来，只要上了访，就是给村里抹黑，不管告贪官也好，捞点钱也好，就是不对的。所以，他接过支书黄雪花的话，也不会好听。"我多次找了黄连山谈，他就是石头不应錾子，扭住二十六万元补偿款不松口。我看，他是存心与国家建设过不去，与脱贫攻坚过不去。哼，哪像当过村干部的人呢？"丁华显然对黄连山有了成见。

党员们发言完毕，几乎一边倒，一致谴责黄连山，愤怒加辱骂，充斥着会场。而此时，潘飞倒是很冷静，坐着一言不发，等待大家说完，才抬起头，问道："当时黄连山他们修路，乡、村支持过没有？"会场上顿时消停下来。

黄雪花沉默了一下说："说到这个事，我们是饱汉不知饿汉饥，好了伤疤忘了疼。当时修路，国家没出钱，村里也没出力，黄连山一个人在捣鼓。谭前进冷眼旁观，还说了些风凉话，量死他黄连山办不成。嘿，他竟然就办成了。从这个角度看，老主任这个人真不简单。"

丁华用手摸了一下大脑袋，也仿佛想起了点什么，说："仅就修路的事看，黄连山确实费尽心力。哎呀，那就是作贡献，做好事嘛。我们在座的，不都作过奉献吗？但是，功是功，过是过，一分为二地看,全乡乃至全县,自发修路的多如牛毛,可人家没有闹,偏偏黄连山闹。做好事是不计名利的,要名要利,还叫做好事吗?再说,那条路,主要就是上边住的人用,也是他黄连山十几户人用。"

潘飞听到这里,眼睛望着丁华说:"丁主任谈到的奉献问题,我倒是赞同。既然是奉献,公路修通十年了,我们村里又是怎么评价的?"会场上又一次静下来。"我们现在也在奉献,今后也会有人评价的。"潘飞补充了一句。

会场上突然安静下来,党员们齐刷刷地向潘飞看去,很是惊讶,他们头一回听见乡上的领导说出这样的话,他们也不甚明白,潘飞为啥会这么说,就当这个年轻人是个愣头青吧。黄支书和丁华也感觉莫名其妙,讨论黄连山阻挡修路的事,突然话题变了,担心潘飞乡长没有经验,控制不住会场节奏。

此时,一组组长徐张飞大声说道:"乡上没个说法,这很正常。谁敢说奉献二字,谁就得拿钱补框。"

潘飞显然看见会场有异动,果然,一位白发苍苍的老党员站了起来说:"说到这个奉献,就很对不起黄连山。作为一级政府,有钱,钱打发,无钱,话打发。人家作了奉献,总要给个说法。好事被埋没,今后谁还会做好事,瞒了人家的情,伤了人的心。政府眼下没钱,但话必须讲明白。过去我们这些老党员老同志,作的奉献还少吗?思想不也通了吗?我相信,他黄连山当过村干部,不是为了钱,他要的是个说法。那么,我们为啥不敢去说呢?大家心知肚明,这里面藏有猫腻,不好开口嘛!"

黄雪花见话都说到这个份上,索性捅开那一层纸,不再遮遮掩掩,张开口便如竹筒倒豆子:"潘乡长你有所不知,六年前,乡政府的副乡长谭前进,来村里开会,就是要改扩建这条村道路。当时,黄连山还是村主任,提出要对挖机款两万元予以补偿,还没提

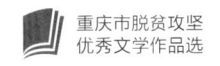

二十六人投资投劳的事。呵,谭前进一听,直翻白眼,手一挥,眼睛斜视着黄主任,直接就拍板,另开一条路,绕过去。后来真就这么绕了。结果修了一条断头路,根本就无人走。国家投入的四十万元打了水漂。"

潘飞听完,头皮一阵发麻,竟然还有这档子事?当时乡上就补偿两万元,在老路基上改扩建,路修好了,村民的投入得到补偿,也不至于浪费掉国家的钱,几全其美的事,为何谭前进非要绕道呢?

刚才发过言的老党员看见潘飞在本子上记录,激动起来,接过黄雪花的话,突然声音高八度,大声地说:"我有个耳朵坏了,听不见,我不知道我的话你们能听见不?我尽量大声一点。谭前进决定改道,丝毫不给黄主任面子,黄主任那一次伤透了心。啊,潘乡长,你想想,他能不伤心吗?挖机款两万元不给,新开一条路,又没修通,修进山林里,钱花光了,路就搁在那儿没人管了,白白丢了四十万。那条路早就被山洪冲毁,长满树木杂草。四十万呢,我的天,国家的钱就不是钱吗?宁愿大把大把地丢钱,不愿补给原先修路的人,这件事摆在那里,叫黄连山怎么想?就是个傻子,他也能看明白,政府与老百姓对着干吗,这哪是老百姓的错呢!不仅是黄连山,在座的谁又想得通?"

黄雪花听完,站起来说:"当时有人就提出疑问,这个路怎么通过验收的?现在我们都一头雾水。但是,那位副乡长谭前进神通广大,修了一条断头路,竟然验收合格。这件事也就过了,我们这些种田种地穿草鞋的人,又能把人家穿皮鞋的咋办呢?但是,老天爷没放过他,他也没落得个好下场。修条断头路受贿,被判刑八年。他修了条断头路,也把自己的大好前程断送了。"

丁华摸了一下大脸盘,接过黄支书的话说:"验收这件事,看似复杂,其实简单。验收的人,只看这笔钱修了多长的路,他们才不管断头不断头呢。问题不出在验收上，出在谭前进身上，路是他安排修的，对不对？过去咱们村，民风淳朴，人也齐心，自从谭前进来过后，完全变了。潘乡长，我得把话说透。那个时候，要找谭前进办点事，就得送钱。凡是没送的，事后他都要找上门去索要，实在拿不出钱的，一块腊肉，几个鸡蛋他都不放过，搜走。连山冲村人心乱到这个地步，我们心里也不好受。冤有头债有主，一定程度上说，咱们村成为全乡后进村，变成贫困村，就是拜谭前进所赐。"丁华话音一落，会场上顿时像开了锅，七嘴八舌，交头接耳，怒骂声呵斥声，此起彼伏。

潘飞心乱如麻，因为自己此时听到的，比之前的"道听途说"更加直接。谭前进，竟然可以为祸乡里那么多年而无人问津，要不是黄连山、古河清告状，还不知道延续到何时，真是山高皇帝远，任他胡作非为。他顿觉心灰意冷，有些坐不住了，便手一挥，宣布散会。

会后，潘飞独自一个人坐在会议室里，点上一支烟，边吸烟，边思考。突然，他丢了烟屁股，翻开笔记本，迅速写了起来。谭前进的做派，对潘飞心理上的撞击，远比黄连山的信访阻路强烈。在村里的两天里，年轻人的心被深深刺痛。让他感到更可怕的是，谭前进的这道阴影，会像尼古丁一样融入村民肺腑，极难清除，这笔历史的旧账正等待他去偿还。因为自己不仅仅是扶贫队员，还是乡长，对于乡干部曾经犯下的罪孽，给村民造成的伤害，自己有责任面对。但是，自己有勇气直面愤怒而执拗的黄连山吗？潘飞写了一页，感觉不满意，撕下来，接着写，断断续续地抽了三支烟才写完。

回到乡里，潘飞向乡党委书记钟海作了汇报，表达了自己完全不同的看法。钟海肯定地说："你到村里蹲点后，把情况掌握得这么准，而且有了自己的独特见解。"

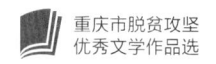

潘飞回答说:"钟书记,我刚到村里,情况还不怎么熟。那天,黄连山就与路安差点打起来,如果不是及时制止,后果不堪设想。"

钟海表扬说:"此事你们化解及时,防止了事态的进一步扩大。"

潘飞开始进入正题说:"我跟黄连山做了推心置腹的谈话,了解到了黄连山的过去,也召开了党员大会,统一了思想。"

"对于黄连山的信访,你是怎么认识的?"

"关于黄连山,我们的干部只关注到老人的上访,却完全忽略他的奉献和应得的尊重。黄连山提出的诉求,有其合理性,但是,我们现有的政策又无法解决,只能通过思想工作慢慢化解。另外,连山冲村的群怨,不是黄连山,而是谭前进。现在的工作思路和方法,要作出重大调整。"

书记钟海是一位扎根基层二十多年的干部,洞悉农村工作,虽然换届到连山乡不久,乡里过去也有人提过黄连山的信访问题,但是,对黄连山的事还没有做深入调研。听了潘飞的汇报,瘦削的脸上顿显严肃,说:"过去我们就信访而研究信访,没有进一步了解信访人为何信访,难以从根子上找准问题。即或找到问题的实质,也尽量回避。你的分析,可以说看到了症结。"钟海书记说完便拿出一支烟递给潘飞,继续说道:"既然看清问题的实质,我们就要有针对性地化解。黄连山的信访诉求,是在为二十六个村民争取利益,这本无可厚非,国家建设,也应当考虑到这一点。但是,从全县情况看,要推进脱贫攻坚工作,为贫困户解决八难,为贫困村实现八有,把致贫因素都要解决掉,把所有贫困的短板都要补齐,啃下这些硬骨头,这得花多少钱?万不得已,咱们乡才动用一事一议。"

潘飞其实对这个一事一议也有研究,这虽然是解决农村公益事业的一个选项,在经济短缺的时候,这样的办法的确能发挥奇效。

但是，这个机制，也有它的局限，不能从根本上化解矛盾。于是说道："黄连山的信访，就突破了一事一议规则。要消融黄连山这块坚冰，得投入情感，慢慢化解，不是一朝一夕就能奏效的。连山冲村的老百姓被谭前进搞怕了，对乡政府失去基本的信任，可以说，谭前进才是祸根。"

钟海书记接过话说："这不是黄连山与政府某个人简单的过节，而是乡政府决策失误所形成的干群之间的矛盾。任何一个干部腐败造成的恶劣影响，政府始终要为此买单的。要上升到这个层面看待问题的复杂性。我们这一届，就得还这笔债。比如谭前进绕道修路这件事，修了条断头路，这叫老百姓咋想，给村民带来了多大的伤害。路是绕过去了，人心能绕过去吗？破裂的社会关系，断了的连心桥，还得靠我们去修复。"听了老书记的这番话，潘飞的心里托了底。

潘飞虽然年轻，农村工作经验差，但也是一个性格执着的人，遇强则强。黄连山的倔劲，反而激发他冲劲，他决定蹚这浑水，而且探个水落石出，撩开黄连山神秘面纱，识得庐山真面目。这样做，潘飞可能会被碰得头破血流。

第二天，潘飞再次走进黄连山的家，两人在门前的坝子里坐下。此时的黄连山并不了解潘飞思想的变化，他还必须审视考问这位年轻人。于是他用眼睛幽幽地盯住他，始终压低声音，鼓动如簧嘴唇，讲述着纠纷的缘由和诉求。他除了嘴角泛起的唾沫，眼睛流露出愤怒外，一脸冰霜。

"自从上了访，干部不再跨我家门槛，你是第一个，你是初生牛犊不怕虎，我佩服你。我当村主任那会儿，家里客人不断，现在，他们全拿我当外人，全拿我当敌人！"黄连山的瘦脸黑如锅底。潘飞知道，他的情绪很低落，他必须听完老人的讲述。"创业维艰啊，整整三年，没过个清净年。修一条路，多么大的事，没有炸药

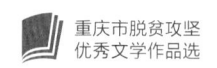

雷管，没有外援，我们还是把路修通了。我只要一想到那艰难的三年，过的那些个苦日子……"黄连山说到这里，却突然埋下头，双手捂住脸，老泪纵横。

"可他们，尤其是那个副乡长谭前进，来来去去，没有说过一句好话，反倒恨起我来。难道是我挡了人家的财路？我看不懂，我实在看不懂，他绕道修路，是在给谁修呢？就是在为他自己修。我看不惯，就要到处说，就要管，他谭前进能不恨我么？潘乡长，我憋屈啊！"黄连山说到这里，急忙用粗糙的手把满面的泪擦干，"我当村主任，一干就是两届，六十二岁卸任后，搞起了烧酒坊，养牛场，勤劳致富。我这辈子当干部，不贪不占，清清白白。当干部时带得起头，不当干部也带得起头。"

潘飞极力安慰着黄连山，可黄连山仿佛要把埋藏心底多年的积怨抖落出来，向眼前这位没有受到玷污的年轻人尽情倾诉。"我阻挡修路，就为二十六个农民挣点利，何错之有，何错之有啊。"说完，他抬起头，仰望蓝天。潘飞已然明白，这位老人不是"上访疯子"。

"我知道胳膊拗不过大腿，但我还是要拼命一搏。你不知道啊，黄雪花这伙年轻人，很会玩花样，推出一事一议决策机制。多数人同意修，就得修，少数人不同意，只能保留意见。保留，就是说出的话别人不采纳，收回来放在自己包里，没事说给自己听。黄雪花的理由很简单，这是村民要求修的，不是政府的意思。他们这样做的目的只有一个，不给我们二十六个人补偿，变着法儿修路。潘乡长，我想问一句，这跟谭前进的绕道走，有区别吗？"黄连山圆睁双眼，气呼呼地质问道。

潘飞本该无言应对才是，但他心里清楚，公路改扩建，真没赔偿款，这是现实问题，容不得犹豫，还得硬着头皮做思想工作。"乡政府能争取到的这笔建设资金很不容易，仅够修路，确实没有占地赔偿预算。如果有这笔款，乡里克扣了，或者我潘飞截留贪污了，您可以举报。"潘飞生硬地解释道。

说完，潘飞突然想到签字的事，就把话题转移一下，说："老黄，我想起来了，农村土地承包法里有规定，一事一议时，每一个集体经济组织成员都有资格签字的。"

黄连山一听，马上把头一扬说："没资格。如果谁家划出一块地给我，他才有资格。"

黄连山尽力争辩道："为什么？现在是什么时代，修建公路，应该对占地农民依法赔偿。为什么轮到我们村修路，就没有赔偿呢？再说，占了地的不赔偿，没占地的，不是得了便宜吗？何况那些签字的，绝大多数没占地，根本与他们无关，他们就能决定我们被占地户的事情？没有任何损失，甚至都没划一分地出来，有什么资格签字？"

"老黄，您也知道，为改扩建这条路，如果调整土地，就像割人的心头肉。你当过村主任，真要闹调整，过去修的机耕道、人行道、塘堰、水渠，也占了人家的山林田土，这一合计，重新分派，您能占多少便宜？而扶贫路确实没有赔偿，项目就这么点钱。这是一条扶贫路，改扩建后，主要供村民使用，这叫解决贫困村出行难问题。"潘飞进一步疏导着。

"没钱？没钱为啥修条断头路？没钱就不能超前规划，这叫项目安排精准吗？那个什么一事一议，再怎么议，也不能无视老百姓利益。"黄连山对自己仍然充满信心。

潘飞第二次与黄连山谈话，就明显感觉吃力。黄连山的信访坚如磐石，这是干部们的一般判断。他当过村主任，有文化，有威信，有自尊心。因为受到无礼藐视，伤了自尊，所以，老黄性情也偏执起来。而乡村干部们也与他对立，几乎不跟他沟通。

潘飞在黄连山家里还发现一大摞法律书籍，他还在钻研法律。

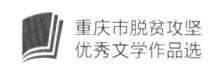

紧随其后的那些曾经三年挖路的人，明里暗里支持，成了他的铁杆粉丝。怪不得潘飞在走访农户时，常听人说"黄主任懂法"，他的话正确。不知什么时候开始，那个法，在这些老农心中比神灵还管用。但是，他们没有真正读过法律，也不知道打官司的程序，也根本就没想过进法庭。遇到难事，他们能干的就是信访，也就是被村民视为下作的告黑状。

潘飞在走访他们时，总是听到这样的赞美："我什么都不懂，但有人懂。"这个人就是黄连山，他是这群人的精神领袖。过去，他们靠黄连山抱团创业，现在，他们靠他"维权"。

黄连山似乎无法撼动，潘飞总感觉自己遭遇到前所未有的阻力。但是，直觉告诉他，作为乡长，决不能灰心丧气，应该迎难而上。他始终认为，黄连山的身上有与众不同的特质，并非一个冥顽不化的石头，他就是一座大山，自己无论如何，也得攻上去。

不得已，他也学黄连山，钻研起法律来。从内心讲，潘飞不想动摇黄连山构筑的"法"的理想基础，也不想破坏善良老农心中对"法"的崇拜，这是国家多少年普法的成果，这样的成果无疑是必须维护的。但是，既然黄连山懂法，自己就得懂法，不然，就被"黄连山们"瞧不起。

三年鏖战，国家没有一分钱投入，修成了一条公路，多么伟大的壮举，就为争一点利益，而今被"一事一议"轻而易举否决掉。黄连山和他的支持者们，虽然没有签字，却无可奈何，抵挡不了全村的"大多数"。他在这个一事一议面前目瞪口呆，自己无力也不愿走司法程序，他想到的最便捷的方法，就是信访。

说真心话，潘飞认为，老黄提出二十六万元的民工工资补偿，就三公里路来说，合情合理，并不算过分。他甚至都有这样的冲动，托朋友化点缘，弄笔钱来，还清这笔旧账，了结一桩旷日持久的恩怨。但这样处理之后，全乡自发修路的农民都会找上门来，甚至搜肠刮肚地将陈年旧账翻出来，他就算有三头六臂也无法阻挡，所以断不可行。迫于压力，他还是决定跟老黄摊牌，论证法理，实事求是，从根本上说服老黄。但是，就自己学习掌握的法律知识，还是无法与黄连山抗衡的，唯一的办法就是聘请律师。虽然潘飞极其不情愿动用政府公共资源对付一介老农，但还是这么做了。

在村委党员活动室，潘飞第三次与黄连山谈话，其实就是一场法律对垒，身边坐着一位懂法的律师。

当律师抛出诉讼主体、诉讼时效时，黄连山明显应对吃力，脸如炭灰一般黑。的确，修建这条路，没有人批准，向谁去索赔，找自己吗？都过了十年，打官司，超过诉讼时效，得到的只能是驳回诉讼请求。律师的分析无论是对是错，但用于对付黄连山，绰绰有余。就诉讼时效这个话题，就绕得黄连山眼花缭乱，云里雾里。这样的法律辩论，显然戳中了黄连山的软肋。最后，黄连山自己也认可，主张赔偿，在法律上存在明显障碍。因为这条路是他带头修的，弄不好，那些修路的人就反过来找他索赔。

听着律师讲述的显而易见的法律事实，黄连山的眼睛慢慢地闭合上了，一脸颓然之色。潘飞知道，黄连山精心构筑的"法"的工事，瞬间坍塌。黄连山慢慢转过头去，望着白粉墙上的字发呆，那几个字十分抢眼——"为人民服务"。潘飞收住了嘴唇，也霎时怔住。他开始自责，感觉聘用律师，用这么强大的政府资源，对付一位手无缚鸡之力的老农，未免残忍。潘飞的内心是痛苦的，甚至比黄连山更痛苦，他伤害了一位老人，一位曾经作出过无私奉献的老人。此时，自己在黄连山面前，只是一个极端自私的政客，没有一丝同情心的冷面杀手，正在无理剥夺老农的正当权益。

黄连山沉默良久，抬起头来，盯着潘飞的眼睛说："你和那个副乡长谭前进没有两样！我只是要个说法而已，别以为真就是为那点钱。我黄连山，国家拿钱也干，不拿钱照样干。现在谁还愿意去

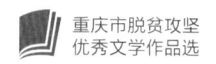

无偿地修一条路呢？"黄连山几乎在呐喊，洪亮的声音好像震得屋子抖动起来，将手里的纸杯子捏瘪，往地上一丢，愤然离去。

公路建设必须推进，不管遇到多大阻力，潘飞已经打定了决心。动工那天，黄连山一个人来到工地。让潘飞意外的是，他的身后没人，曾经一歪一拐地跟着他闹事的老头老太们不见了踪影。潘飞走过去，与黄连山握了握手，寒暄了几句，便转身大声指挥挖机工作。

黄连山望着挖机，站了一阵，似乎想起什么，走到路中间，捡起一块石头。潘飞见了黄连山这个举动，心里顿时紧张起来，几步跨过去，站在老人身边紧张地问："老黄，您这是？"

黄连山把石头放进上衣口袋，说："留个纪念吧。"接着，黄连山看着满头大汗气喘吁吁的潘飞，微微一笑，说："我总算看明白了，这次你修扶贫路，跟谭前进修断头路，两码事。我想通了，你们修路是为了村民，我阻路也是为村民，一个目标。两相权衡，我同意修路。"

黄连山说完带着石头走了，潘飞才松了一口气，用手抹了一下额头汗水，看着黄连山在公路转弯处消失，才转身对村主任丁华说："一场激烈的上访案件总算了结，可我们欠老黄的情，还没还呢。他是开路先锋，他们的功过是非，我们在评说，而我们不也在修路吗，我们的功过是非，我们的后人会如何评说呢？"潘飞这几句话是极其平淡的，但是，丁华听了，却很扎心，脸突然红了。此时，丁华才完全体会到了潘飞这段时间对于黄连山态度的陡然转变。

一场"法"的较量之后，黄连山不再上访，也不阻止修路了。挖掘机持续工作，发出巨大的轰鸣声，潘飞却背上沉甸甸的包袱。虽然书记钟海和干部们多次登门道谢，甚至有人提议为二十六位修路农民立一块碑，作为开路先锋以示褒奖，也难掩潘飞心中对老人的愧疚。潘飞用生硬的"法"击溃了一位花甲老人的法理防线,平息了一桩信访案,但是,在黄连山的呐喊面前,在开路先锋面前,潘飞始终感觉到输得一塌糊涂。"谁还愿意去无偿地修一条路呢?"黄连山的这句话,像幽灵一样潜进潘飞脑海,搅得他不得安宁,刺激着这位年轻人敏感的神经。

四

　　一连几天，黄连地的问题，始终在潘飞脑海里闪现，心里叫苦不迭。说实在话，他潘飞不到连山冲，不是精准扶贫走进这山旮旯儿，哪能看见这些揪心事呢。如果这次看不见，黄连地知道什么是"医疗事故"？钻进坟墓他都不会明白。这太恐怖了。好在黄连地动了康复手术，借助扶贫政策，他重新获得做一个男人的尊严和权利。

　　潘飞买了礼物，特地看望黄连地。刚进到院坝，黄连地迎了出来，把潘飞引到正堂屋坐定，黄连地衣衫飘飘地退后几步，竟然双膝跪地，向潘飞磕头。潘飞吃惊不小，赶忙扶黄连地说："老黄，你这是干吗？"

　　黄连地叫出老婆，还是跪地不起说："要不是扶贫政策好，要不是潘乡长进了我家的门，我黄连地可能背着残疾进坟墓。想我当初泼粪……"潘飞见黄连地说话开始吐字不清，便让他老婆弄碗热水，待他喝下，心情稍微平静，才告辞回到村委。

　　但是，恐怖的事还在发生。贫困户黄连棚家发生的事更加怪诞了，潘飞就像看了一场惊悚剧，脑子里翻江倒海，全是那个冻成冰团的婴儿。两天了，潘飞还是吃不下饭，作呕。晚上也惊吓得睡不着觉，只要闭上眼睛，那个冰团便从远处飞来，撞击他的额头，然后悬浮在眼前，挥之不去。他可是从未见过这等腌臜事。潘飞感觉自己快要崩溃了，好事没见着，痛心疾首的事，竟然接二连三碰上。

　　八月份，正是火烧火燎的季节。中午时分，潘飞倒在木椅上，正要睡午觉，突然电话铃响起。"潘乡长啊，请政府赶紧派人到连山冲三组来一趟，有重大案件发生。"村主任丁华在电话里急促地报告。

"到底什么事，你倒是说清楚。"潘飞反问了一句，神经顿时紧张起来。

"嘀哟，不得了，死人了。黄连棚，还记得这个人不？黄瘸子，低保贫困户。嘀哟，他那个智障老婆，把自己儿子抱进冰柜里，冻死了！"

潘飞一听毛发直竖，立即意识到问题的严重性，翻身坐起来，给书记钟海打过电话，便叫上分管安全的副乡长、安监科长、驻乡民警、乡医院医生，火速赶到案发地。

进到黄连棚的院坝里，潘飞看见站满了人，远远地听见黄瘸子在大声哭叫："叫我咋办吧，你们说，我今天不劈死她，我还活人不？孩子才八个月，我早上出门的时候，还抱着亲热了一阵。哎哟！"黄连棚拿着一把鹰头刀，歪歪扭扭地向他的女人走去。在院坝的角落里，潘飞看见黄连棚的老婆，穿着一件红色布料衬衣，坐在院坝的石坎上，一会儿傻笑，一会儿又惊慌异常。

看见乡里来人了，黄连棚一歪一扭地走近潘乡长，气得嘴角都在流口水，说："潘乡长，我今天不想活了，不活了，就是挨枪子儿，今天老子也要与那个疯婆娘同归于尽。"潘飞让安监科长万能夺下黄连棚的柴刀，让他进屋说话。

黄连棚进了屋，顿时发了狂，走到冰柜边，弯腰提起孩子的一只脚，呼天抢地哭起来。潘飞吓得不敢正眼看，赶紧转头问医生："还有救不？"

黄连棚一听，仿佛抓到一根救命稻草，急促地说："医生，快，快，把冰敲开，有救，有救。"

医生从黄连棚手里接过孩子，问道："冰冻多久了？"

黄连棚一边抹泪一边说："还用问，全身都冻结了。"

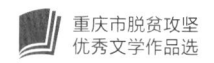

医生摸了一下，口气很肯定地说："确实就是一团冰了，没法救了，老黄，孩子死了。从尸体脸色看，先窒息而亡，然后才冻僵的。"

黄连棚迅速抢过儿子，放到心口上，紧紧地抱着，说："你们别走，我偎一会儿，冰化了，再抢救。"说完，走到卧室里，拿出一件棉衣，把孩子捂住，"别急，你们等一等，焐热了，冰化了，救他一下。我的儿哟，你咋就这么命苦呀，你是被你的亲妈害死的。呜——"

无论医生怎么劝说，黄连棚抱着孩子就是不松手。焐了一阵，黄连棚突然叫起来："快，快，医生，头发软了。"潘飞听见叫声，叫医生趁势接过孩子，安监科长万能迅速将黄连棚架到另一间屋子。

潘飞还是第一次近距离地看见死亡的婴儿，而且还是被冻成块的，心里十分害怕，勉强地眯着眼睛看。他清晰地看见被黄连棚焐热后的孩子的头，圆圆的胖胖的，眼睛紧闭，脸红扑扑的，像在熟睡中，头发松软，不似之前如针刺一样坚硬，手和脚紧紧地挨在一起，蜷缩着，好像还在母亲肚子里的模样。

一台白色的冰柜放置在堂屋的右角，里面有一块腊肉，已经冻成一块冰。看见民警和安监办的人拍了照片，潘飞便召集几个干部，商量安埋的事。

黄连山走了过来，对黄连棚说："黄连棚呐，你的儿子，昨天我还看见的，怎么就死了？"

黄连棚低头看着地，突然抬起头，嘴角有口水流出来，便用手拭了一下，喋喋不休起来："还用说吗，天气热，人都受不了，傻子也受不了，她知道热，孩子哭闹，她就以为怕热。她傻呀，孩子哭，孩子怕热，拿把扇子扇一扇，嘿，装进冰柜。冰柜凉快，但她傻呀，知道装进去，不知道抱出来。这个死婆娘。呜——还是我大意了哟，呜——"

黄连山埋怨说："我早就提醒过你，孩子出生就送走，或者托付你妈妈照看，你就是舍不得出钱。你老婆怎能带孩子呢？你说，出了这样的事，能怪谁呢？"

站在院坝里的村民，此时已经被火辣的太阳逼进黄连棚的屋里，听见说要安埋孩子，便知道没救了，长吁短叹起来。

"黄连棚真是倒霉。"

"找个不长心的女人，他不倒霉才怪呢。"

"哎，一个瘸子，五十岁的老光棍，能讨到老婆就不错。"

"这次是冰柜，下次是茅厕，说不好。"

"与其说生下来整死，倒不如不生。"

"那个女人脑子本就不正常，她哪知道儿子是不是她的。再说，她更不知道放进冰柜会死人的。"

"你看看，刚扶了贫，却出这档子事。那个冰柜听说是结对帮扶人买的，现在死了人，怎么背书哟。"

"哼，结对帮扶人不可能天天住他家里吧，再说，又不是冰柜出的事，是他亲妈抱进柜子的，与结对帮扶人何干？"

"但是，现在这样的扶贫高压之下说不准的，我看，就是那位潘乡长，极有可能脱不了干系的。"

"没那么严重吧。"

"哼，这家是低保贫困户，生怕出点事的。"

潘飞此时哪还有闲心听村民的议论，理智告诉他，必须第一时间内处理掉这件伤心事，迅速安埋孩子；否则，黄连棚可能会疯掉，这样的打击谁都受不了。而且，后期的工作必须跟进，让黄连棚慢慢地从痛苦中走出来。

黄连棚在左邻右舍的劝说下，同意安埋孩子。他把刚才焐孩子的那件棉大衣拿出来，包裹好，便伏在儿子尸体上，放声哀号

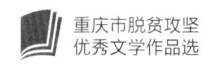

起来。

安埋孩子的时候，黄连棚被黄连山劝阻在家，没一起送葬。但是，孩子的母亲却跟了去。难道，这位亲手杀死儿子的母亲，此时良心发现？潘飞让丁华看住她，不让她进入墓地。潘飞看见这个女人，仍然一会儿傻笑、一会儿发呆、一会儿惊慌失措，嘴里不停地念叨："冰柜凉快些，冰柜凉快些，怕热，怕热。"一边说一边摊开双手，似乎想抱住儿子。

潘飞到乡不久，着手贫困户清查时，将黄连棚家的木房子鉴定为D级危房，鉴于黄连棚家为低保贫困户，居住在深山峡谷，出行极端不便，拟实施易地扶贫搬迁。

但经历丧子之痛后，黄连棚性情大变，心灰意冷。

为了落实搬迁工作，潘飞来到黄连棚家，说明了情况后，黄连棚却并未表现出支持态度，反而懒懒地回答："建什么房，不如把建房的钱给我，让我手头宽裕点，能舒心过几天就过几天吧。我对建房之事不感兴趣。"说完就闭了嘴，任凭潘飞苦口婆心开导，就是不开口。

回到乡上后，潘飞为此大伤脑筋。这家贫困户单家独居，没有公路，如果按照现行的"八难八有"扶贫政策，要脱贫，必须修建一条公路，测算下来就得投入三百万元。为一家贫困户投资这么大，实在不划算，而且根本就不可能争取到资金，唯一的办法只有易地扶贫搬迁。但这个黄连棚不知咋想的，死活不愿意。在别人眼里就是天上掉馅饼的好事，黄连棚却无动于衷。潘飞意识到，要做通黄连棚的工作，可能要踏破铁鞋。

潘飞紧接着第二次到黄连棚家，跟他交涉时，便从其他话题切入："黄连棚，你想过没有，你目前的状况，住在深山老林中，住房成了危房，万一倒塌，把人压着了，你就不害怕？"

黄连棚放下手里的活，把衣服扣子解开散热，然后双手一摊说:"我现在一无所有,怎么建房?"

潘飞见黄连棚的抵触情绪有所缓和,便乘势说道:"按照现有的扶贫政策,必须先自己建房,经过验收合格,才能得到政府补贴。你的情况特殊,家里的确困难,这样子,我垫资两万元,到时候建设款划拨后,你还我,如何?"

黄连棚迫不及待地回答:"你就把钱直接给我吧。"

潘飞一听这话,顿时起了戒心,就这么给了钱,黄连棚挥霍了,不建房,咋办?于是潘飞灵机一动说:"驻村队员们帮你组织施工,材料钱、工钱,由我直接支付。你不出一分钱。房子建好,经你验收入住,如何?"

"咯……"黄连棚话到喉咙没出口,略有所思,点点头。

"修建过程中,你要到场监督。"潘飞稳了一句。

潘飞和丁华当天就带着黄连棚选了址,便吩咐驻村队长江涛、驻村队员白帆,帮助黄连棚建房。潘飞回来后,黄连棚打来电话说差脚手架和推车,潘飞赶紧就安排人送去。然而,黄连棚表面上在应付,内心根本无意修房。在潘飞的再三催促下,仍然行动迟缓。

潘飞急了,扶贫任务紧迫,脱贫时限很短,这么僵持下去,黄连棚这个贫困户,就势必拖了全村后腿。更为糟糕的是,黄连棚不实施搬迁,意味着这块短板没补齐,国家脱贫验收一定过不了关。过不了关,影响的不只是连山乡,还会影响全县脱贫摘帽。扶贫路上,一个都不能少,问题就那么严重,非同小可。

已经是火烧眉毛的事了,开弓没有回头箭,潘飞只好安排丁华和江涛,先把房子建起再说,而建房款由潘飞私人垫资。

黄连棚的新房子建好了,村里通知他接钥匙。谁知黄连棚竟然不同意搬迁,也不接钥匙。潘飞前思后想,总觉得不对劲。这个黄连棚,究竟怎么了?自己的热脸竟然贴上他的冷屁股,而且他倒不乐意。今年年底就会接受脱贫验收,这个节骨眼上,怎能拖延。易

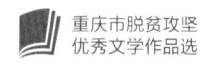

地扶贫搬迁房，没有人生活过的迹象，根本经不住检查验收的，如果定个弄虚作假之名，自己百口难辩。

吃过早饭，潘飞带着村主任丁华，驻村队长江涛，到黄连棚家里做工作，好歹也要让他接钥匙。

连山冲巴盐古道已经很少人走了，两边高大的树木将路挤得严严实实，看不见天日，路上阴暗潮湿。好在去年乡里准备恢复古道，清理出了路面，但亮出的路却被牛羊踩得坑坑洼洼，一路泥泞。走出约十分钟，潘飞就滑了一跤。整整一个小时，才钻出山林，看见山沟里一栋孤零零的木列子房时，潘飞已经汗流浃背，头上冒着热气。

黄连棚正在砌街沿的堡坎，见了潘飞他们，也不予理睬，在潘飞的招呼下，才停工。他进到屋里，提出一条木凳，自己坐下，也不管潘飞几个。他的智障老婆坐在门槛上。丁华问道："黄连棚，新房子建完了，你去看过吗？"黄连棚没有直接回答，眼睛打量着潘飞。丁华继续问道："潘乡长这次来，是最后一次问你，你到底什么意思？厨房厕所烤火炉都为你备齐了，你打算什么时候搬迁？"

黄连棚拉过背篼，一只手搭在上面，突然说出一句不着边际的话："乡政府平白无故给我修房子，绝不是好事，我怀疑里面有问题，有人定然从中捞钱。你们不如把捞的钱给我，维修旧房。我这旧房子能住人，房前屋后的土地，我想做多少就做多少，自给自足，这么宽敞的地方，我是不愿搬的。"

丁华大声呵斥道："哼，早知道好心讨不得好报，就不该给你家修房子，反正你有低保，就在山林里自生自灭。真是咸吃萝卜淡操心。"

潘飞听了黄连棚的话，一股莫名的怒火升腾起来。可以说，政府确实是好心，也办了好事，那么，为何黄连棚不接受？真的就是他公开的那个古怪的想法？或者面对突如其来的红利，让他错愕，倒认为是不义之财，甚至怀疑有猫腻。这个黄连棚，难道跟他老婆一样，大脑出了问题？潘飞飞快地思索着。一阵沉默之后，潘飞的怒气才平息下去。

潘飞没有说话，在黄连棚的房子周围转了一圈，发现栽种的土豆、苞米、四季豆、大蒜等，足有三亩，这在连山乡的高山峡谷中极其少见。于是，潘飞觉得，黄连棚是勤劳的。房子前面是一条小河，河边有大片的冲积平地，虽然荒芜着，但地势开阔，如世外桃源一般。潘飞此时想到一个情景，如果有一条公路，这里确实是居家福地，黄连棚故土难迁，与这里能提供足够的生产生活条件密切相关。果然，在接下来的交谈中，黄连棚表达了这样的忧虑：如果搬迁到居民点后，今后的经济来源靠什么？难道这才是他真实的一面？失去眼前的生存环境，而住到要地没地、要田没田的山腰上，换了谁都不干，黄连棚应该不傻。

黄连棚坐在背篼上，与潘飞保持着距离，编着竹背带，爱理不理。潘飞提了一条凳子，靠近些，谁知黄连棚不领情，迅速地坐到一堆木柴上，依然与他保持距离。潘飞站起来，说想进屋看看，还没踏进门槛，黄连棚就在身后跟了进去，显得十分机警，生怕潘飞看见什么隐私。其实，他的家没什么值钱的东西，什物摆放凌乱。潘飞对黄连棚的举动又感觉好笑，未必他还不放心一位堂堂的乡长吗？

潘飞开始迅速思考对策。黄连棚两口子居住在一起，由于远居深山，与外界交流少，儿子死后，他变得孤僻自卑。这是他的痛点。突然想到黄连棚的丧子事件，潘飞又开始对黄连棚怜惜起来。这样的低保贫困户，靠自身的力量已经无法站立，这个时候，政府就是垫脚石。这句话钟海书记讲过多次，潘飞拿来与黄连棚作比对后，总算有了印证。

但是，说服工作还得进行，就是没有效果，也要把责任尽到。

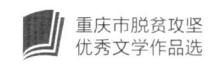

"你这样做，伤了政府干部的心。"潘飞看着黄连棚。

黄连棚摆了一下头，意思很明显，他并不认同，说道："黄鼠狼给鸡拜年，没安好心。给贫困户修房子，从来就没听说过，你们这些政府干部，就是想从中赚钱。"黄连棚牙缝里蹦出几句话来，简直不堪入耳。

潘飞极力压抑着情绪，坚持正面引导："黄连棚，如果明道理，你总该想得通的，比如亲戚送你一斤面条，你还得说声'谢谢'吧，现在政府送你一套房，这么大个礼，未必不该说声'谢谢'。再说，修这幢房子，只有六万块钱，这么大这么宽敞的房子，你都能掰起指头算账的，包工头到底赚不赚钱。还有，那是扶贫房，政府干部谁敢贪污受贿呀。"

黄连棚摇了一下头，回答道："这里面肯定有问题，为啥平白无故地给我修房，未必我家有个亲戚当了大官？"

潘飞立马回应道："这是国家扶贫政策好，因为你是贫困户，按照扶贫政策，除了不愁吃不愁穿，教育医疗有保障外，必须住房安稳。你也感受到了，而且也享受到了，有低保兜底，你一家人吃穿不愁，有医疗保险、大病救助政策，住院治病不花钱，如果今后再有小孩了，读书也不花钱。还有产业帮扶政策，你家有固定分红。嗯，黄连棚，这些好处，你是实实在在享受了的，你未必都不领情吗？现在，要补齐你家的贫困短板，解决你一家人的出行难题，让你家过上山外村民一样的生活，不让你在深山密林中单家独居，政府才决定给你换个地方，给你家修新房。黄连棚，这都是国家的扶贫政策，不是天下掉馅饼。没有这么好的扶贫政策，你就是眼睛望穿，也得不到。黄连棚，我这么说，你明白么？"黄连棚抓挠了一下耳朵，突然站了起来，就要离开，丁华叫他坐下。潘飞莫名其妙，刚才一席话等于白说了，这么明白的话，黄连棚却没听进去。

潘飞见黄连棚坐定，就又开始劝说："黄连棚，你这段时间得到的这些好处，你难道都认为是不义之财？你都感到意外了吗？的确出乎你的意料，也出乎政府干部们的意料。没想到，这次扶贫，国家会出台这么好的、又这么实在的政策措施。这是历朝历代都没有过的事，现在政府都为贫困村贫困户考虑到了。就说让贫困户住房有保障这事，就是国家出钱给你建的房，就是政策好。我这么说你还不明白么？另外，你觉得里面有猫腻，可以举报。"潘飞说完，眼神都变了，几乎变成了祈求。在已经站不起来的贫困户面前，他希望做一块垫脚石，他希望黄连棚此时就站到他的身上，背着他走。但是，黄连棚不想站，根本就不愿意站。

"我明白政策好，但是，里面有问题。举报？我没有证据。"黄连棚半天又吐出一句。

"没有证据的事就不能乱说。乡上村上的干部为你操心修房子，究竟错在哪里？椅子打调坐，你当村干部，听到你刚才说的这些话，心里好受不？"丁华反问道。

"反正我不相信，乡政府的干部，没油水的事会白干。"黄连棚针锋相对。

"你对政府就这么个认识？对政府就这么的不信任？摆在眼前的房子，就白送你了，你还在怀疑什么？你搬到上面公路边，就是看个病，离医院也近些。你看看你一家，好孤独，想说个话、串个门都没人家。你想过没有，你百年后，住在这深山里，死了都没人喊山。"见黄连棚不说话，潘飞继续跟进，"只要你愿意搬到上面，政府协调，有田有地，二毛山都荒着，你想做就做。你还可以到路老板手下打工，一天挣个百十块，生活绝对有保障。就是你出了门，你老婆也有人照看着。"潘飞感觉这个黄连棚不是贫困户，而是一尊菩萨，他都要下跪了。

潘飞打的是亲情牌，一阵劝说，好像每一句都戳到黄连棚的心

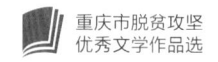

窝子，沟通是到位的。果然，黄连棚的态度来了一百八十度的转弯，嘴里喊着要泡茶办招待。他的智障老婆也从门里出来，没头没脑地嘻嘻笑着，说："搬，搬。"真是山重水复疑无路，柳暗花明又一村。黄连棚的细微变化，此时都会令潘飞惊喜万分，感激涕零。见黄连棚同意搬迁，潘飞几乎手舞足蹈起来。

潘飞见黄连棚不再与他保持距离，便和他握了握手。正准备离开，黄连棚却拦住潘飞说："你都和我握手了，你看我手上的泥巴，把你手弄脏了不？我来冲一碗蜂蜜水，做饭。嗯，你是不知道哇，乡上每次来人，对我一吓二哄三骗的，我就感觉里面有问题，害怕上当。我始终怀疑，你们挂羊头卖狗肉，借我的名修房，暗中捞钱。要是每一个人都有你潘乡长这个态度，我早搬了。"黄连棚说完，用眼光瞟了一下丁华。

"怎么会那样呢？"潘飞忽然问道。

"会的，谭前进都来过几次，我家里的生蛋母鸡，他都不放过。我就怕这次接了房，你们这些乡干部后头来找我要钱。像谭前进那些个章法，我宁愿不要房，不背人情债。"潘乡长对谭前进的腐败行为早有耳闻，听了黄连棚的话，突然就觉得心里添堵。

黄连棚还真就给潘飞三人冲泡了一大碗蜂蜜水，丁华边喝水边开起玩笑："黄连棚，我们几次来，你都不让坐，不给水喝，不准进屋，还给脸色看，今天好像变天了，你不抠门啊。"

黄连棚用一双筷子在茶壶里搅着，没有说一句话，但明显地，脸上多了笑容，还有点羞涩。

按照约定，十月三十日，潘飞联系了货车，停放在树林外，带着人再次去黄连棚家搬家。但意想不到的事发生了，黄连棚突然变卦，断然拒绝，而且话说得更加决绝，不搬迁，不要房。在劝说过程中，黄连棚明显呈现出让人难以置信的戒备和排斥，几次打断潘飞的话，手一扬，叫潘飞不说了，他不要房了，这难道有错？

潘飞有些迷糊了，明明是一块到嘴的肥肉，黄连棚不吃，拒绝吃，还心里来气，他这不是犯傻吗？潘飞实在想不明白，不由得焦躁不安起来。

回到村委，潘飞感觉好窝囊。黄连棚突然变卦，反复无常，让一行人蒙上了阴影，大家都不说话，但心里肯定不好受。

这件事，被黄连山看在眼里。黄连棚虽然不是亲兄弟，可祖根是一个。自己虽然不当村干部了，村里有事，他还是习惯性地想管，尤其是曾经为闹赔偿，跟在他后面的那些人，他不得不管。他也听说了黄连棚的事，政府真心实意地修幢新楼给他，他为啥就不要呢？这个黄连棚，自从儿子死后，很少出门，好长时间没看见他了，出现这样的状况，极不正常。黄连山决定走一趟，一探究竟。

黄连山砍了一根金竹，拿在手里拄着，一个人走进森林中。下到山底，看见黄连棚坐在坝子里，走近一看，黄连棚双眼迷离，神情呆滞，见了黄连山也不打招呼。就这一点反常举动，让黄连山大为诧异，心里顿生疑窦。

黄连山提了一条凳子，想挨着黄连棚坐下，黄连棚却闪身起来，离得远远的，找一根树桩蹲着。"哎，连棚兄弟，哥来了，咱们说说话。"黄连山招呼道。

"有啥好说的。"黄连棚冷冰冰的。

"你坐过来吧。"

"黄主任，你有话就说，我能听得见。"

"兄弟呀，不是哥要说你，谁家愿意给你修个新房子？"

"知道你大老远来，就是说这个事，不说了，好么？我决定不要了。"

"连棚兄弟，这就是你的不对了，你听说过没有，哪个朝代像现在这样扶贫，像现在这样修个房子给贫困户住？"

"你别说了，我知道里面有问题。"

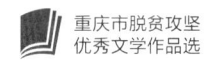

"嘿，不管里面有无问题，这个房子给你了，有问题吗？"

"有。"

"什么问题？"

"今天给，明天要回去。"

"什么意思？"

"我求谭前进办了个准生证，就这点小事，他给办了。可是，从此以后，我就欠了别人的情。他找我几次，要钱，我没给，他就找上门来，提走了家里的下蛋母鸡。这个事你是知道的。"

"现在还有人来提鸡吗？"

"这倒没有，房子还没交呢。"

"其他的易地扶贫搬迁房都交了，也没听说乡干部要钱提鸡的。"

"不不，哥你不懂，我一天不接房，他们就一天不敢找我要钱。"

"你是被谭前进搞怕了吧。"

"只要是干部，我都害怕。"

黄连山站起来，说："进屋看看，房子都成这样了，漏雨了吧？"黄连棚见黄连山要进屋，像猴子似的蹿过来，挡在门口，惊恐地看着黄连山。

"连棚兄弟，你怎么啦？我是你哥呀。"黄连山看着黄连棚紧绷的炭灰似的脸，吓了一跳，黄连棚怎么会如此无礼呢？这根本不是原先的黄连棚了，他究竟发生了什么？黄连山顿时有了一种不祥的预感。

从黄连棚家里回到村委，黄连山就找到潘飞，告诉他："黄连棚病了。"

"病了？什么病？"

"精神病。"

"啊，精神病？什么时候得的？"

"就在他儿子死后吧。"

"奇怪，我们都去过他家几次，没发现他有病。"

黄连山用手在胸前比画，这个手势，是黄连山的专用手势，表明他胸有成竹，接着说道："他是我黄家兄弟，兄弟连心，我了解。他现在只记得谭前进抓鸡的事，说明这件事对他刺激很大，他不接房，是被谭前进搞怕了。"

黄连山说完，潘飞着急地问："他究竟怕什么？"

黄连山回答说："怕接了房，干部到他家要钱捉鸡。他就记住这个事，他不是病了，是什么？"

黄连山走后，潘飞顿时如泼了一瓢冰水，坐了一阵，突然，一巴掌打在办公桌上。"我怎么就没看出来呢？幼稚，幼稚。"潘飞开始自责起来。

十一月三日，周六，潘飞在日记本上记下这个让他刻骨铭心的日子。晚上，他躺在床上，外面冷风飕飕，刮得他心慌意乱。他索性坐起来，在手机上搜看新闻。突然，一则信息跳了出来：《性格孤僻的人如何走出心理困境》。上面列举了几种心理孤僻人的表现：离群索居、自我禁锢、戒备惶恐、冷漠厌烦、多疑易变、独往独来等。潘飞与黄连棚一一对照后，大吃一惊，黄连棚难道就是孤僻症患者？他长年隐居山里，不与外界联系，极少走出大山，不到亲戚家走动，对外界充满戒备，甚至有人好心相助，他却揣测人家动机，这些表现还不够吗？

潘飞开始反思，原来自己对黄连棚的认识存在偏差，他应该还没有上升到与人耍心机、弄手腕、玩对抗的层次，他其实就是一个病人。如果真是这样，乡村干部和驻村工作队，就有义务进行引导，让他拆掉心上的篱笆，不仅人走出深山，而且心理走出阴影，恢复健康。目前在黄连棚的身上发生的事，还不是精神扶贫的范

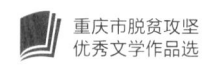

畴，主要是健康扶贫。黄连棚自儿子死后，悲观厌世，导致心理出现障碍。但是，这样的心理矫正何其漫长，何其艰难与烦琐，仅仅走他家这段充满荆棘泥泞的山路，就会望而生畏。

"扶贫也要扶志，再难，也得去做。"潘飞在心里打定主意，第二天上午，潘飞亲自拟定出《关于黄连棚孤僻心理干预方案》，上报县健康扶贫指挥部审定后，便开始工作。他明白，黄连棚的健康扶贫之路艰辛漫长，但需要坚持走，走下去，决不放弃。这又是一块难啃的硬骨头。

黄连棚的易地扶贫搬迁房建好了，乡里给配备了生活用品，完全具备居住条件。从扶贫这个角度看，已经完成了任务。虽然黄连棚没有接钥匙，那不是政府的不作为，责任完全在贫困户身上。后面的脱贫验收、巡视、督查，等等，乡政府是没啥可挑剔的。关于这一点，潘飞能坦然面对，即使今后黄连棚的疾病得不到治愈，黄连棚不能入住新房，他也没有遗憾。

但是，黄连棚这个家庭是真的贫困，就是给他一块垫脚石都无法站立了，只能靠政府扶助。黄连棚病了，潘飞跟着也急出了心病，陷入焦虑、迷茫之中。

好一阵子，潘飞跟两位心理学研究专家定时到黄连棚家开展疏导工作。真是功夫不负有心人，潘飞的心理干预措施见了效，黄连棚有所好转。

潘飞感觉自己快要崩溃了。为了黄连棚的易地扶贫搬迁，住房安稳，他操了多少心呐，三番五次走那段山路，已经让他精疲力竭。黄连棚反复无常，每一次都会使潘飞无比沮丧。一颗年轻的心，遭受无情地摧残，还绝对不能有负面情绪宣泄，否则都将前功尽弃。巨大的压抑，长时间的烦闷、郁积，一出惊心动魄拉锯战、心理战，不比任何一场攻坚战逊色。

黄连棚变成这个样子，作为村支书的黄雪花看在眼里，急在心里。黄连棚家是典型的贫困户，仅凭低保，只能维持基本生活，但是，要做到扶站起来、扶富起来，还差得远呢。黄支书绞尽脑汁，想了多种致富门道，最后还是归于种植黄连中药材。于是她专程来到黄连棚家里，说到种黄连的事，黄连棚满口应承下来。

黄连棚说："我没文化，动不了大脑筋，发不起个大财，只能靠下苦力找点钱。目前，这个家已经不像个家了，我鬼使神差地病了一场，差点就没活过来。就说种黄连的事，我确实想种，就是没钱买种苗。"

黄雪花见黄连棚有发展产业的劲头，咬了咬牙，说："连棚叔，我家有种苗，你得花工夫上山扯。"

"几年的苗？"

"两年苗，还是我前年在后山林子里撒下的种子，应该够一亩地吧。"

"你爸爸同意不？"

"您就别管我爸爸同意不同意，只管上山扯。"

"你爸爸那个人不好惹。"

"叔，您听我的。"

"价钱谈好。"

"不要钱，送。"

"这事你爸爸知道不？"

"哎，叔啊，我黄雪花现在是村支书，难道还做不了主？再说，爸爸老了，干不动了，就是想上山种黄连，身体也不允许了。那一片苗子，是我撒的，不关爸爸的事，明天您就背个背篼去扯。"

第二天，黄连棚两口子真就背着个背篼扯黄连苗。他特地从黄连树家里经过，还进了屋，把黄雪花支书的话告诉黄连树。让他没想到的是，黄连树好像根本就不在乎，黄连棚才放心地上了山。

下午四点钟，黄雪花来到后山，老远地看见黄连棚两口子背着

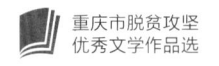

沉甸甸的苗子下来，叫了一声："叔，您吃饭了吗？"

黄连棚大声回答："没有，马上回……"

黄连棚"家"字还没说出口，突然身体一歪，连人带背篼摔下一丈高的土坎子。黄雪花见状，飞奔过去，扶起黄连棚。黄连棚无声无息地躺在地上，头上一道大口，流出了鲜血。黄雪花喊了几声，没有应答，便惊慌起来，直接给潘飞打了电话。"潘乡长，黄连棚受伤了，救人要紧，我这里安排人，把连棚叔轮换背下山，你安排车子在山下接，打120电话，两头走，抢时间。"黄雪花一个电话打完，便将黄连苗倒在一边，将黄连棚抱起来，放进背篼，给村主任丁华打过电话，背起黄连棚就往山下走。

黄雪花喘着大气，汗如雨下，正当累得背不动的时候，丁华上来，接着背，走了一阵，潘飞带着江涛、白帆匆匆赶到，四人轮番背，硬是把黄连棚背下山来。

丁华把黄连棚平放在驾驶室后座上，叫黄雪花蹲在旁边扶着，开车向县城方向驶去。

黄雪花当天把黄连棚送上救护车后，赶紧返回原地，把黄连棚扯下的黄连苗重新装好，跟潘飞、江涛、白帆一起，背到黄连棚的家里。

黄雪花放下背篼，走到自来水管边，接了一大瓢水，咕噜咕噜地喝了几大口，便一屁股坐到木凳上，白帆突然看见凳上灰尘密布，便要拿纸擦拭，谁知黄雪花并不在乎，只顾说话："潘乡长，我们几个明天帮忙把黄连秧子栽下去。"黄雪花一脸忧伤，她担心黄连秧子，更担心黄连棚。要是黄连棚有个三长两短，她黄雪花一辈子都不得安宁。说完便站起来离开。

第二天清晨，黄雪花、潘飞、江涛、白帆跟黄连棚女人一起正在插苗，丁华打来电话说，黄连棚脑震荡加上脾挫伤，人还在昏迷中，不过医生说了，已经脱离生命危险。黄雪花叹了一口气，不自觉地把沾满汗水的头发撩了一下，顿时，脸上出现两道泥土印。潘飞望着黄雪花的大花脸，知道她心情不好，便安慰道："黄支书，连棚叔已经脱离危险，你就别担心了。"

黄雪花突然双手抓了一把土，站起来，使劲地捏，看着潘飞说："老子魂都吓掉了。村干部有啥当头。"潘飞、江涛、白帆惊愕地看着黄雪花，不知如何是好。

一场接力赛跑，救下黄连棚的命。黄连棚在县医院重症监护室昏迷两天，终于活了过来。出院之后，黄连棚仿佛变了个人似的，孤独症无影无踪，不仅搬了家，还种上黄连产业。潘飞悬着的一颗心终于落了地。

五

刚到乡里，潘飞就听说了"连山冲"，单听这名字，潘飞就咂舌。第一次爬到连山冲上，心里直犯怵，仿佛一夜之间，有人将自己从县城的滨河公园，猛地推上了大山坳。

今天是公元二〇一七年五月二日，国际劳动节后上班的第一天，潘飞和驻村队长兼村支部第一书记江涛、驻村队员白帆一道，上了连山冲古道。

潘飞边走边回想着往事。村里花了一年时间，化解了黄连山信访案件，完成了逐户走访排查和贫困户的精准识别。感觉扶贫的事情越来越多，就跟上了连山冲巴盐古道一样，只能前进不能后退。这是他来连山乡的第二个年头了，开始有了切身体验。谈到扶贫，还需攻坚，自然不会太轻松。因为接触的皆为"地平线"以下的农民，进入眼帘的，就是贫困户。这跟过去在宣传部做记者工作，尽找光鲜事报道不一样，现在接触的都是最底层的贫困群体。潘飞所看见的人间苦难，比想象的更为糟糕。

从上任开始，按照乡里分工，党委书记钟海和他各联系一个贫困村，他联系了连山冲村。自此，他多数时间便沉到村里。明年年底就要脱贫摘帽验收，连山冲村的"两不愁三保障"，解决贫困户"八难"，实现贫困村"八有"，各项扶贫措施推进有序，水电路房讯，环境整治，农林牧副产业规划，无不亲力亲为，心中有数。但生性谨慎的潘飞却总是提心吊胆，他深陷扶贫之中不能自拔，患上了"焦虑症"。有的驻村队员吃不了这个苦头，申请回了县城，而自己仿佛才刚刚开始。

连山冲上有口小水井，叫"一碗水"，出水量虽不大，却四季不断，泉水干净清冽，足够过往的行人饮用。在泉水边上，两只"天使蚕蛾"停靠在树叶上，伸出长长的粉红的尾翼，绿色而宽大的翅膀上生着两只黑色的假眼。这种美丽的长尾蛾，潘飞在大山外从未见过。

此时，潘飞因为爬山，有些渴了，便俯下身子，将头伸进石碗里，喝了几口水，擦了擦额头汗珠，便站在井边歇息。突然，一头老山羊"咩咩"叫着，从密林中钻了出来，一摇一摆地靠近后，突然头一低，朝潘飞撞去。潘飞猝不及防，被撞得人仰马翻。大黑羊撞倒了潘飞，才转过身来，将头伸进一碗水，喝起水来。原来，潘飞站的位置，挡了老山羊的道，潘飞实实在在着了一记"山羊冲"。

潘飞坐了起来，直愣愣地看着老山羊，直到老山羊摇头晃脑从容离去，消失在树林中，潘飞方才记起此行的目的。

已经两天没看见古河清了，这次，潘飞是特地去走访他家的。贫困户评选时，他意见最大，闹得最凶，争着要当贫困户。原本他也跟黄连山一起闹事，阻挡修路，近来发现黄连山不再闹了，心气反而大了起来。不知道潘飞喂的哪服药，竟然制住了黄连山的脾气，真是奇了怪了。就在公路修建中途，古河清反了性，撇开黄连山，独自行动。无论黄连山如何劝说，他就是不听。他其实心里老大的不服气，就认为黄连山吃了潘飞的好处，见利忘义，抛下昔日的难兄难弟不管。

古河清五十四岁，一米六八的个子，头大腰粗，身体壮实，宽大的额头上，长着三道深纹，中间弯折，只要皱一下眉头，额心上便如盖了个菱形章。

连山土家族人把性格有缺陷的人叫作"红苕"，古河清因生性鲁莽，性格偏执，脑筋不转弯，于是有人给他取了个诨名"苕二爷"。把一个人称为"苕"，在土家寨子里，可是极其贬损人的话。古河清是唯一一个被叫作"苕"的人。

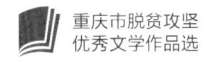

但古河清其实不"苕",他知道自己在第一轮筛选时没进入"建档贫困户",就开始急。第二轮评选"低保户"时又落选,"苕"脾气才全面发作。他不是缺根筋,而是一根筋。此时,他不是"苕二爷",是"苕大爷"。自打"低保户"落选,他看谁都不顺眼,脾气越来越大,性格越来越古怪。额头上的几道皱纹,时常竖起像两根牛角,随时会顶出去。尤其是去年评定的低保贫困户邹二宝,简直成了他的眼中钉,只要看见他,嘴里就没一句好话,出口就带刺:"好脚好手的,白拿国家的钱,凭啥?精准扶贫扶了一年多,尽扶那没用的,唯独对我古河清一家不扶。"的确,古河清没有沾上扶贫的光,包里没进一个子儿,结对帮扶部门慰问的糖酒油米,从他门前一批一批地扛过,他看得眼球都要爆了。

就在昨天夜里,连山冲村村主任丁华打来急电,邹二宝家的自来水管被人割了。

"这不是古河清干的,还能是谁?"潘飞拿出一支烟点着,心里一急,手便有些颤抖,猛吸一口烟,就把烟在嘴唇上滚动。"这要在过去,就得开全村批斗大会,斗死他龟儿子!"潘飞骂了一句,就开始思考对策。他想利用这个事,整治一下古河清,在村里树立正能量。

潘飞正在沉思间,看见古河清从山坡下的映山红树丛中冒了出来,便心里发毛。"古河清,我正要找你,是不是你割了邹二宝家的水管子!"远远地,潘飞就吼上了。但古河清并没有回答,走近了点,潘飞突然看见古河清的手里提着一把开山斧,大气昂昂的,阴沉的脸上,菱形章异常清晰,牛角皱飞了起来,那阵势就是要干架。潘飞情知不妙,此时真要对垒,说不定古河清的斧子抡起来就会剁人。他选择避让,便招呼江涛、白帆赶忙起身,抄一条小径,进入林中,往村委方向而去。

"你们跑什么?怕什么?我又不吃人!嚯嚯嚯——"古河清雷

鸣般的吼叫如鬼哭狼嚎，在山谷里回荡。潘飞感觉到，古河清的声音很特别，就跟连山冲的黑老鸦一样，呱呱呱，阴森森的，令人浑身起鸡皮疙瘩。

一阵疾走，潘飞回到村委办公室。突然，他看见眼前的一幕，顿时傻了眼。办公桌正中间，一道深深的斧口，电脑键盘已被砸坏，零件散乱一地，砍掉的书柜门，歪斜着挂在柜子上。潘飞看得心惊胆战，毛发直竖。他手忙脚乱地从口袋里取出一支烟，点上，吐出一口浓烟后，开始在嘴唇衔着"滚烟"。滚了几转后，烟就吸完了，他又从口袋里取出第二支烟，叼着，却不点燃，坐在那里发呆。很快，那根烟便竖在下巴上。原来烟头上的唾沫已干，竟然把烟粘在下唇上，就这么吊着，他也不点燃。

村主任丁华报了案，他非常痛恨这个"村霸"，嘴里经常咬牙切齿地说要依法打击，这下可是抓住了机会。这个"刁民"，竟然敢砸村委的办公桌，就是讨死。很快，古河清被警察带走。

夜已经很深了，潘飞虽然感觉身心疲惫，却无法入眠，躺在床上辗转反侧，思绪万千。他索性披衣起床，来到办公室，望着那道斧痕，浮想联翩。

"究竟自己做错了什么，让古河清产生了深仇大恨，还砸烂公物泄愤？"潘飞思前想后，自己在乡上一年多，除了黄连山外，从未与村民发生如此剧烈的矛盾冲突，精准扶贫精准脱贫工作开展近三年，为何政府干部干得越多，非贫困户古河清越不满意呢？潘飞虽然没完全想明白，但有一个信号很强烈，以问题为导向，非贫困户有意见，就得有相应措施跟进；否则，群众满意度，尤其是非贫困户的满意度无法提升，扶贫的社会效果就会打折扣。

第二天天刚亮，潘飞给做家具和卖电脑的朋友打了电话，请他们尽快更换新的办公桌、文件柜和电脑键盘。这一算下来，需要三千元。这个钱，潘飞决定自己掏腰包。忙了一个上午，所有的事情

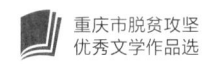

搞定之后，潘飞请示了乡党委书记钟海，决定将古河清保释。于是，他给村主任丁华打了电话。丁华很快赶到。

潘飞对丁华说："我想去看看古河清。"

丁华用手摸着大脑袋，眼睛一鼓，回答道："看他干吗？算了吧，这样的村霸恶势力，进了监狱，天下太平。"

潘飞咬了一下牙，脸上明显掠过一丝难堪，说："丁主任，吃过午饭，用一下你的皮卡车，我要去一趟看守所，把古河清保释出来。"

丁华听完，一脸的疑惑，反问道："你不会也'茗'吧？这种人，你还要救他？他出来再提斧伤人咋办？"

潘飞此时反而很镇静，说："我已经想好了，损坏的公物我替他赔偿，村委出具一份谅解书，就可以把古河清保释出来。"

丁华大叫道："我不谅解。"

潘飞用手摸着桌面斧痕，声音压抑得极其低沉："丁主任，咱是干部，有点思想境界好不？古河清是老百姓，他有情绪，他挑事闹事，说明我们的工作没做好，懂吗？"

从未进过看守所的古河清，这一天一夜并不好受。夏天不冷，睡在监舍的大床上感觉很闷热，他于是靠着墙坐着，抬头望着天窗，心里后悔。他开始担心今后的日子，坐了牢，家中妻儿更难过，在连山冲村还有何颜面见人呢？自己虽然对干部有怨气，但平心而论，潘飞不是坏人，自己为何那么冲动，把气撒到了他的头上呢？

下午三时，监舍门打开，看守人员站在门口喊："五十四号，你被释放了，出来回家。"古河清还没反应过来，"五十四号"这个代号，竟然跟他的年龄吻合，令他很不爽，昨天进来时，他就被编成这个代号，连名字都不叫了。坐在旁边的囚犯推了他一下，他才慢慢走了出去。来到前厅，古河清看见了潘飞和丁华，便低头不语。

这时，看守民警喊道："五十四号，姓名？"

古河清迅速作答："报告，我叫古河清。"

民警打开了手铐说："古河清，你听清楚，这两个人担的保，交的保证金，你可以出去了。但是，你的案子还没了结，在此期间，你必须老老实实在家待着，随传随到。"

古河清做了个立正姿势说："我保证做到。"

民警转身走了，丁华望着一脸晦气的古河清说："谁给你这个胆的？损坏公物不说，你竟然还敢杀人？"古河清没有回答，丁华接着说："要不是潘乡长私人掏腰包替你赔了，我才懒得理你，村上哪来钱买新办公桌！在连山冲村，你老实巴交了几十年，咋这一回，你就想不通呢？有什么坎翻不过去的？"

古河清听了丁华的话，抬起头，脸上明显留存着惊慌之色，回答道："我就是看不惯邹二宝。"

丁华一听，瞪大了眼睛说："邹二宝都快六十岁了，劳动能力减弱，很快就成孤寡老人，这样的人当个建卡贫困户，吃个低保，你干吗要跟他过不去？"

古河清扬了扬眉，额头的菱形章瞬间被拉直，情绪高昂起来，回答说："哼，什么孤寡老人，什么贫困户，什么低保，对他来讲，全是扯淡。连山冲村谁不知道，他邹二宝曾经赌博成性。嘿，这下倒好，政策一变，政府像活菩萨一样把他给供了起来，而且一家四代人全兜了。我们这些靠勤劳致富的人，却被冷落一边，不闻不问。他邹二宝是贫困户，就能免费安装自来水，我是非贫困户，就得干瞪眼？我现在回去，就不干农活，不养猪。穷吧，反正穷了就有政府包。"

潘飞听到这里，已然明了古河清的心结，也肯定了自己的判断，也肯定了自己的做法，于是故意问道："老古，我潘飞扶贫近

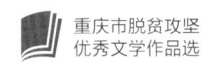

两年，除了没关心过你家困难之外，你对我的工作还有什么意见建议？"

古河清犟起头，眼睛里放射出凶光，说："村里的干部，包括黄雪花、丁华在内，都是扯淡的，这些人在我眼里，算个啥。"说到这里，古河清转头盯住丁华，说："过去你们的扶贫，怎么扶的？提虚劲，喊口号，扶富不扶贫，想个歪点子，套住国家的钱，是不是这样扶的？"古河清越说越激动，感觉有些凌乱，便调整了一下思绪说："可这次不一样的，谁都知道'精准'二字，货真价实。我没纳入，没有意见，其他人纳入，我还是没有意见，唯独把邹二宝纳入，我有意见。自扶贫开始后，你们踏进我家门了吗？没有。我看见邹二宝一次，我就恨你们一次。"

潘飞听到这里，也整理了一下思绪，继续问道："老古，除了对邹二宝纳入贫困户有意见外，我个人做错过什么，竟然让你产生这么大的仇恨？你为何非要置我于死地呢？"

古河清一听，像大热天被冰水激了一下，眼睛一鼓，愣住了，但很快反应过来，说："潘乡长，我绝对不是针对你个人，谁当乡长都不好使。我砸你办公桌是真，但要说杀人，给我十个胆也不敢，最多就是吓唬一下，杀人这个话，可不能乱说的。"

"驻村工作队要怎么做你才满意呢？"

"只要你不偏心就行，我要求接通自来水。你看看他邹二宝，什么人呢？自从有了低保金，农活不干了，经常下馆子，苞谷烧喝起，过起了神仙日子。哼，这就是你们扶出的贫困户。"

听说古河清回了家，黄连山连夜赶到他家中。古河清刚清洁完圈舍的猪粪，看见黄连山进来，招呼了一声，就在水桶里舀水洗手。一阵忙完，提了条木凳子，让黄连山坐下。两人就在养猪场外聊了起来。

"河清老弟呀，你的性格我是清楚的，就跟你的名字一样清白，在村里这么多年，也没见跟人有深仇大恨，为啥你就跟潘乡长他们闹得如此之僵呢？"古河清拿出一卷叶子烟裹着，半晌不说话。"我早就提醒过你，要克制，君子动口不动手，你居然像发了神经病，敢提斧行凶。"黄连山见古河清不答话，就故意把话说得难听点。

古河清突然一个大摆头，狠狠地瞪了黄连山一眼，说："黄主任，我尊敬你，称你一声'老哥'。我古河清在这件事上，鬼迷心窍，犯糊涂，进了派出所。嗯，我一辈子第一次进牢子，我冲动，我鲁莽。"

黄连山问道："你究竟出于什么意图，跟潘乡长他们无理取闹？"

"老哥，我不是无理取闹。首先一条，这条路该不该给我赔偿？第二条，邹二宝该不该进贫困户吃低保？第三条，自来水为啥只给贫困户家安装？第四条，慰问物资现金，为啥就没有非贫困户的份？还有第五条，贫困户创业，有无息贷款，有扶贫项目资助，我同样在创业，为啥就没有？"古河清一口气说完，突然站了起来，双手一摊，继续发问，"老哥，你说，这公平吗？"

黄连山赶忙招呼古河清坐下，双手撑在木凳上，说："君子不吃嗟来之食，我黄连山硬气，我才不当贫困户呢。嗯，我黄连山活一辈子，决不靠施舍过日子。"

古河清一听，就不太认同，回答道："你是硬气，但是，你也吃亏。"

黄连山说："我吃什么亏？"

古河清犹豫了一下，还是说了出来："哼，那个谭前进，在村里搞了不少钱，有你的一份么？"

黄连山一听，脸色顿时黑下来，举起右手在胸前不停摆动，嘴唇哑吧一下说："谭前进搞了钱，但进了大牢，我黄连山没搞钱，自由自在。"

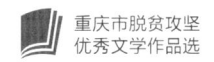

古河清见说不过黄连山，就岔开话题："老哥子，你当过村干部，你给评个理，过去我在村里，干事创业，总要压倒一批人，那叫能人，现在变了天，那些被我压了几十年的贫困户，反倒翻将起来，压我一筹。我靠自己，而他们靠国家。"

黄连山还是不太明白，于是问道："你开办了养猪场，过去在外打工，还当过老板，到现在，你还是压过一大批人的。你这么能干，为何还去争当贫困户呢？"

古河清白了一眼黄连山说："不争就是傻帽，现在的贫困户实惠多，可不比往年的贫困户了，只挂个名，你未必没看见吗？贫困户要风得风，要雨得雨，非贫困户再大的困难没人理。这跟过去搞运动有啥区别。"

黄连山也看着古河清说："贫困户家究竟得了多少好处，你问过吗？我问过，其实就是一点产业补贴，一年不到两千元，你还差那点钱么？另外，读书、看病不花钱，但是，谁愿意生病呢？再说，我们非贫困户不是也有农村医保吗？真有个三长两短，国家会管的。黄连地就是先例，他查出问题，需要手术，不是重新纳入建卡贫困户了吗？"

古河清见黄连山很不理解，只能实话实说了："老哥呀，我也不瞒你，我在外面当老板，是搞亏了才回来的。原本就认为扶贫有新政策，修路就得赔偿，指望能挽回点损失，殊不知，竹篮打水一场空。眼下这养猪场，交通不便，饲料运输，肥猪出栏，加大了成本，已经出现亏损。这半年来，就没有盈利，亏空部分，还跟弟弟古河满借了债。别人看我荡秋千，我其实在上吊。我撑不住了。"

黄连山听了古河清的话，总算摸清了底细，呵呵一笑说："你搞这场事，就是为了找垫背的。"

古河清吐了一口烟说："没有路走了哇。"

黄连山也知道干事创业之艰难，他联想到自己的酒厂、养牛场，虽然也有收入，但是，细算下来，赚的钱，就是自己的劳力。本小利微，要想发财致富，甚至像古河清一样想一口吃个金娃娃，不太可能。黄连山想到这里，也叹息一声说："在连山，创业何其艰难，要资金没资金，要市场没市场，要人脉没人脉。靠你我这点实力，创出一番事业来，简直不可想象。"

古河清低头猛吸旱烟，吸完却被呛得直咳嗽。他磕掉烟袋里的烟灰说："贫困户有个创业贷，国家贴息。"

黄连山显然也对贫困户创业无息贷款政策感兴趣，但是，他的性格决定了，不会往这方面想。他挪动了一下屁股，转头望着古河清说："河清兄弟，你闹的这场事，到底也没闹出个名堂来，心里想的事也没个结果，看来这条路走不通。但是，你这么冒冒失失地干，就叫犯法，就得坐牢。好在人家潘乡长大人大量，给你圆了场子。不然，你不仅仅是养猪场不保，你的身家性命恐已不保。你要当心哟。"古河清望着养猪场，没有回答。

古河清割断邹二宝家的水管后不到半个月，连山冲村居民全部安装上自来水。但是运行不到一个月，全面停水。在县督查办组织的"饮水安全"督查时，满意度突然下滑至全县最后一名。潘飞好生纳闷，这不都接上自来水了吗，咋还在"饮水保障"上出问题了呢？原先没有安装自来水时，满意度测评均在前十名，安装后，名次反而倒退。

潘飞跟钟海书记商量一番后，决定深入连山冲村实地调查一下。

潘飞带着驻村队长江涛、驻村队员白帆，来到黄连山家里。潘飞因为对黄连山有了新的认识，就坚持自己的做法，他必须与这位信访老人建立信任。而要建立信任，根本的做法就是像亲戚一样走动，一次次贴近，一次次地弥合破损，一次次融化这块坚冰。而这正合了黄连山的胃口。逐渐地，黄连山对潘飞不再反感不仅打消了

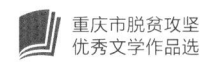

对乡干部的成见，而且跟潘飞成了无话不说的忘年之交。

黄连山正在后山坡的黄连地里打窝，潘飞三人进到地里，帮忙把黄连苗子插进土里。潘飞边劳动边聊起自来水停供的事。

"自来水接到家家户户，天底下哪有这等好事。"黄连山说。

"为什么督查的时候，满意度那么低呢？"潘飞问。

"这事儿提起来就丢人，要是我当村干部，断然不会搞到这步田地。你是不知道哇，都停水半个月了。"

"停水？"

"经常性停水。"

"是不是哪里堵了吧？"

"堵了。"

"堵了，疏通一下吧，这有何难？"

"没人疏通。"黄连山瘪着嘴巴，望了一眼潘飞。

见潘飞问个不停，黄连山走了过去，抓了一把黄连苗子，挨着潘飞插了起来。"本来自来水家家通，但是下了几场大雨，水管堵了。组长冉崇山疏通过几次，通了又堵。"

"检查到原因没有？"

"自来水虽然接的是泉水，却没有过滤池。山洪暴发，泉水挟带泥沙，很快将水池填满。一次大雨，就得清池。"

"这是个新问题。"潘飞回答道。

黄连山说到这里便叫苦不迭："哪有这个理，你给评评，水池填了，该干部去搞吧？他冉崇山每月有四百块钱的工资，论理应该。嘿，有的农户，竟然自家的水管堵了，也传信带信地非要他去弄。你说气不气人。扶贫啊，把人扶得变态。"

白帆突然插进话来说："确实没这个理的。冉组长就不去呗，看他吃不吃水。"

黄连山边插苗边说道："不去？人家有充足的理由，水管是政府安装的，就该政府维护。他不去行吗？就是那个民调，满意率达不到，你咋整？水管明明安在那里，不出水，上级一旦来人检查，就抓个现行。就像这一次督查，就被抓了个全县落后典型。嗨，没安装水管，还没有把柄，这水管一装呀，倒成了证据。哎，更气人的是，有家三改户，屋上的瓦被猫刨了个洞，漏雨，硬是逼着冉崇山上房盖瓦呀。嗨，你看这个组长当的，哼。"潘飞怔怔地看着黄连山，疑惑不解。"人家也是这个理儿，瓦是政府盖的，该政府维护。"黄连山进一步说明。

"哼，过去政府没盖瓦，谁在维护？"潘飞问道。

"呵呵，这个可不管，既然政府管上了，就得一管到底，这叫兜底。"

"荒唐逻辑，可笑之极！"潘飞显然被激怒。

听了黄连山的话，民调的事才真相大白，潘飞简直不敢相信自己的耳朵。这正是"一个和尚挑水吃，两个和尚抬水吃，三个和尚没水吃"。

"潘乡长，冉崇山要辞职。过去没安装自来水，他还轻松些，担水做饭，各管各家。自从安上自来水，他的麻烦就来了，三天两头围着水管转，他还活不活？所以他也撒手了，恢复水井供水，各人自扫门前雪，哪管他人瓦上霜哟。冉崇山撂挑子了，他可是一位忠厚老实的人，从来都是任劳任怨的，如果不是遇上难处的事，断不至此。我看，这白白得来的好事，大家都不当回事，自己挣来的，才金贵。"

潘飞走了三个组，出现的情况几乎一致。到了晚上，各组选出的代表来到村委会开会。

潘飞首先做了个开场白："大家都知道，饮水无保障的问题出现在我们村，而且被县委督查组全县通报，作为反馈问题，要求采取有效措施，予以整改。今天，请大家来，就是商议此事，出出

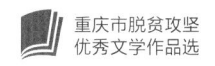

主意。"

此时会场上有异动，二组组长罗辉煌首先举手发言："我看这事就应该由政府兜起，贫困户的事都是政府兜底，贫困村的饮水，该不该一兜到底？"

罗辉煌发言后，会场上七嘴八舌地嚷嚷起来。"政府不是在设置什么护林员、护路工吗？何不增设一名护水员呢？"

"设个护水员，还真是个办法。"

"啥事都指望政府，政府不是财神菩萨。"

"我看就是惯出的毛病。"

好的、不好的议论，潘飞都听见了，他的脑子里还没有一个成熟的方案，需要聆听。

此时，冉崇山忽地站了起来，说："潘乡长，请容我说几句。"看见潘飞点了点头，冉崇山接着说："大家清楚，古河清割了邹二宝家的水管，为了平衡关系，缓和矛盾，乡上才决定给每家每户安装自来水。我想问问大家，政府这是在做善事，还是做恶事？"会场上立即有人回答当然是善事。冉崇山不紧不慢地说："那为何在我们村变成了恶事？"会场上议论纷纷，都不承认这是恶事。冉崇山接着说："为何民调时，有人说饮水不满意呢？"听了冉崇山的几个问题，会场上的发言开始变得谨慎起来。

"这个这个，我们没说过不满意的。"

"不知道是谁，那么讨嫌，哼。"

冉崇山又开始说话："明明白白的事，安好的水管不出水，还用说吗，扶贫项目不精准嘛。"

突然有人蹦出一句："就是嘛，水管不出水，是督查组亲眼所见，不是谁举报的，别冤枉好人了。"

冉崇山发了狠，脸立刻阴沉下来，望着潘飞说："容易得来的，就不知珍惜，本来是个宝，却当成废品。我看，像城里人一样，缴纳水费。家家户户出了钱的，我看谁还不当回事？"冉崇山说完，一屁股坐了下去。

会场上迅速冷静。潘飞见讨论有了新的突破，便调整思路。"缴纳水费，好主意，但怎么缴？大家围绕这个谈。"潘飞眼睛盯向黄雪花。

黄雪花也在整理凌乱的思维，这件事她感触良多，也在尽力地搜寻破解之策，见潘飞的眼神瞟了过来，便放下笔，说："饮水的民调满意度，出现这么严重的后果，这是我们村的耻辱。政府一片好意，出资为我们安上自来水，我们几位村干部，连这点事都管不好，真是丢人。政府造个福，我们却无福消受。我的意见是，用水交钱，以水养水。"

听黄雪花说完，丁华接过话来："用水交钱，以水养水，不能白吃白喝，走大锅饭的老路。这个主意我举双手赞成。我建议，政府再花一点钱，建一个大的过滤池，每家安装一只水表。选举一名责任心很强的人，担任水管员，水管员的工资从水费里支付。水管员必须定时维护，保质保量供水。具体的方案，村委干部和驻村队一起再细化。"

潘飞扫视一下会场，然后点上一支烟，抽了一口，说："大家还有什么好的意见建议，请发表。"见大家没话说了，潘飞便总结性地发言："我同意用水交钱、以水养水的主意。村民委员会是自治组织，必须发挥自治的作用，有什么事，大家商量着办。刚才谈到的具体困难，比如增建一个过滤池，安装水表的事，由我负责协调，政府筹资解决。自来水的管理维护等，村委会按照一事一议程序，形成一个决议案，也给乡政府报送一份备查。今后其他村发生类似情况，完全可以借鉴。今天的村民自治会议很好，集中了大家的智慧，解决了一个大问题，是值得肯定的。好吧，散会。"

六

从连山顶到山腰的乡政府所在地，就是一面大坡，十一公里老公路，凿在悬崖绝壁上，竟有五十四道拐，堪称九曲回肠。要是雨后天晴，那就更加神奇，峡谷里升腾起一层大雾，把整个乡捂得严严实实。因为被连山冲这道梁子分割，两边的云像两只巨型的翅膀悬在两侧，好似要带着这匹骏马翱翔。而山林间，仿佛有无数推云童子，架着云车在尽情地玩耍。上山下山，都要穿过这层云。在云海里盘旋穿梭，人都会蒙头，因为除了一条若隐若现的路，别的什么都看不见。谷底的雾汇聚成厚实的云海，缓缓上升，当这层浓雾翻越连山大梁子后，像决堤河水，向山的西边奔涌而下，变成蔚为壮观的云瀑。潘飞时常记起村主任丁华挂在嘴边的那首民谣："好个连山冲，不上就是下，上山在云里，下山在河中。"

潘飞觉得这脱贫攻坚就有点像这山路一样，弯道多，像这云雾一般迷离。关于贫困户与非贫困户、贫困村与非贫困村的矛盾日益显现，引起了潘飞的焦虑。为了配合脱贫攻坚，县交通扶贫指挥部要求，把农村公路建好、管好、护好、运营好，行政村通达率、通畅率、通客率均达到百分之百，消除制约农村发展的交通瓶颈，为脱贫致富奔小康提供更好的保障。为了完成这"四好"路，首先就得建好路。但是，乡里为不通公路的贫困户规划了人行便道，却没有惠及非贫困户。因为资金短缺。

坐在村委办公室里，潘飞陷入沉思，他必须整理反思一下前期的工作。县委将脱贫攻坚统揽全县工作大局，这就是一项全新的事业，全新的事业，就会有全新的思路，全新的措施，全新的路径。

这是一条从未走过的新路，就得探索前行。

当前，人行便道的建设，无疑又会引发新一轮的矛盾。但是，面对随时都可能爆发的阻路或者上访，自己显然没做好思想准备。自开展脱贫攻坚以来近两年的时间里，潘飞已然明白，精准扶贫是一项新的国家行动，必然是一次利益格局的重新调整，是攻坚战，更是一场史无前例的革命斗争。潘飞显然已经摸到了新的时代剧烈跳动的脉搏，尝到了没有硝烟的战场上反复较量的滋味。他从古河清身上看到了自私狭隘，拼死相争，也从黄连山身上看到了铮铮铁骨，看到了宽容与大义。他用一双年轻的眼睛敏锐地观察到，农民是最无赖的，也是最慷慨的。

潘飞用双手捂住眼睛，还在探究着。新的事业，新的思路，新的举措，就得在探索中前行，在矛盾运动中，劈波斩浪。他就是新时代的愚公，把贫困村的问题一个一个挖掉，才能搬掉贫困这座大山，最终实现减贫销号。

果然不出潘飞所料，黄连地家的人行便道开工，黄连树指桑骂槐地闹了一阵子。邹二宝家开工，必须经过古河清的一块山林，古河清不让。潘飞简直就要开口骂娘了。

就这么僵持着，扶贫路修不下去，好端端的惠民政策，竟然遭遇掐脖。潘飞简直要疯了，年轻人再也无法忍受这没完没了的纠缠。但是，骂人的话到了嘴边就得打住，理智告诉他，在扶贫的前沿阵地上，任何感情冲动，都可能导致失败。扶贫得投入情感，却不能有情绪，这场战争必须让情绪走开。

强忍下怒火，潘飞和江涛、白帆，与古河清展开拉锯战。这段时间，这三个男人把工作阵地前移至修路点，只要有前来阻路或者上访者，三个男人便现场调处。古河清眼看人行便道推进正常，自己的行为显然已经无法阻止，到后来，他自己都觉得在村里备受孤立。尤其是邹二宝，隔三差五地就在工地上谩骂，有一句话就让他

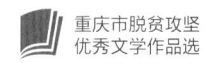

受不了。"谁断我的路,谁家生儿不长屁眼。"

古河清经不住邹二宝的辱骂,而且觉得就剩下自己还在死扛外,其他已经打了退堂鼓。本次人行便道建设,原本就没有占他家多少林地,在原路上稍加平整,不损坏一根树木,再说,自己直接面对的是邹二宝,虽然极其看不惯这个贫困户,但断人家的路,自古以来都是输理的,人家定然会找自己拼命。再不收手,就没有台阶可下了。但是,古河清又心有不甘。

这一次黄连山也看在眼里,他知道古河清跟施工队干上了,知道古河清的目的,但他没有出面。原因很简单,他看穿了古河清那点事,占一块林地,就大闹一场,不值得,古河清早晚都会自讨没趣。

连山冲村山高坡陡,交通闭塞,只有一条泥石路与外界相连,只要下雨下雪,全村的路就像浇灌了一层油,而且经常大雾笼罩,瘴气弥漫。潘飞记起一首民谣:"天无三日晴,地无三尺平,风吹石头滚,云深不见人。"面对这穷山恶水,村民无计可施,唯有把路修好,才会改变命运,村子里的土家人才有个盼头。

本来修建扶贫路,是一件造福村民的善事,但是,就有人从中作梗。黄连山的上访才平息,古河清又开始了,弄不好,古河清还会捅出些马蜂窝来。提起信访,潘飞心里就有阴影。但是,这是连山乡能争取到的一个最好结果,无论如何,修总比不修好。村道公路一旦与乡道路连通,那么,连山冲村的"出行难"问题得到根本解决,由通达变为通畅,将彻底改变交通落后状况。但是,改扩建公路没有任何赔偿,这意味着,老百姓切身利益受到损害,这个冲突就大了。潘飞意识到,这又是一场攻坚战,唯一可供选择的,就是在矛盾运动中伺机突破。

腊月二十六,临近春节了,乡长潘飞也极想回家,他想念妻子儿子,想念父母亲人。夜里,鹅毛般的大雪纷纷扬扬地下着,夏季里喜欢歌唱的蛐蛐、岩蛙、蝉、嘟嘟虫,此时早已经无影无踪,冰雪的世界里变得异常寂静。潘飞想象着,那一群群步态轻盈的锦鸡,那只林间滑翔的飞狐,蹦蹦跳跳的小松鼠,此时此刻,在雨雪之中正瑟瑟发抖吧。潘飞听着窗外雪花飘落击打树叶的"沙沙"声,拿出笔记本记录下一天的收获。

第二天,全乡总结表彰大会后,他决定去一趟村里。他想趁外出打工的村民回家过年之际,开一次会,就公路改扩建和硬化方案再次做思想工作。目前,最急的事就是修路,如果不抓紧落实,路安的施工进度提不起来,就是回家,心里也不踏实。潘飞已经有了黄连山的教训,他务必在说服上下足功夫,把没有占地赔偿的事再次阐明,每一家都打招呼,尽可能把一些突出的矛盾化解在萌芽状态。

因为修建县道公路,截断了乡政府去连山冲村的路,潘飞只好改道,从其他乡绕行。他一路上跟车里的江涛、白帆聊天。要进入连山冲,得翻越海拔一千七百五十米的连山大丫门。时令已经进入深冬,昨晚下了一场大雪,山上的悬泉瀑布,一夜间变成了冰柱冰瀑,从公路上方拉过的电线电缆,裹上厚厚的一层冰,变成一根根粗大的冰柱。潘飞开着车,提心吊胆,生怕从上面掉下一块。潘飞的车是一台"普桑",到了连山才买的二手货,经过改造,走山路正当时。

刚进入雪路,就被一辆横着的皮卡车拦住。皮卡车的驾驶员正在用一把大夹钳,捶打车轮下的地面结冰。敲开一段后,将车倒出。潘飞见让出了路,便启动车子准备前行,但几次挂挡,车却止步不前。潘飞骂了一声,将车倒回到平地上,缓慢向上开去。

车绕过一道急弯,前面就是一道陡坡。"这段路最险,只要冲上去,就好了。"潘飞说着话,任凭车身如何漂移,他双手紧紧抓住方向盘,只顾往前冲。"不好!"潘飞叫了一声,前面突然出现两

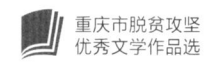

只锦鸡慢悠悠地横穿马路,潘飞只好停下。让过锦鸡后,加油,但驱动轮飞转,溅起的冰渣打得车身乒乒乓乓响,车却像受伤的老牛,趴着不动。"今天真是倒霉哟,雪路停车,注定开不走,上链。"潘飞下了车,打开后备箱,提出千斤顶和铁链。潘飞先用千斤顶支撑起左轮,再将链子套上。

突然,电话响起,潘飞抓了一把雪,搓了一下手上的泥巴,拿出电话,用肩膀和下巴压住,双手则继续安装防滑链:"喂,老婆,我正在换车胎呢,忙着呢。"

潘飞妻子金竹在电话里说:"我就是担心你,这么冷的天,冰天雪地的,你要注意安全。"

潘飞回答:"不用担心,啊,挂了,啊,车,我的车,啊——"

金竹惊问:"怎么了?你倒是说话呀?潘飞,你哑巴了?发生什么事了?"

潘飞丧气地回答:"哎,车没了,千斤顶没顶住,车滑向路边,掉到深沟去了。"

金竹叫了起来:"啊!你人呐,人都没问题吧!"

潘飞顿了好一会才回答:"没有。"

原来就在潘飞拧最后一扣时,用力过猛,车突然向后滑去,千斤顶"嘭"的一声倒下,车滑向悬崖。"哐当——哐当——"几声巨响,潘飞的车瞬间消失在深壑中。这来得太快,潘飞、江涛、白帆三个人都没反应过来,吓得目瞪口呆。

潘飞傻愣愣地站着,手已经冻得通红,嘴里却喘着粗气,头发上凝结了一层霜,望着悬崖,好一阵,才回过神来,"呵呵"地干笑两下。江涛、白帆望着山下,心口咚咚直跳。潘飞见吓着了两人,便尴尬地打趣说:"嘿嘿,只要上了这条道,生死就交给大雪山。今天还算幸运,车丢了,人没事。走吧,路还远呢。"

潘飞丢了车,很无奈。他也看到这个恶劣的地理环境,在这么陡峭的山上修路，何其艰难。而连山冲村要彻底摆脱贫困，这个路还必须修，顶着再大的压力也要修通。如果错过精准扶贫这次机会，连山冲村就很难冲出连山了。但是，由于黄连山、古河清阻扰，致使路老板修修停停，潘飞看着也忧心忡忡，急在心里。

越是担心的事越会发生，古河清看到路老板就要动他的山林了，终于还是按捺不住怒火，开始闹事。这是潘飞预料之中的事，只是时间的早晚而已。黄连山不再闹了，他毕竟当过村干部，他与古河清是有区别的。古河清放不下，也就是他跟黄连山说过的那句话，养猪场亏了，想在修路上捞回本钱。所以，他拼命也要闹下去。

潘飞刚接到黄雪花电话，古河清带着两个儿子跟包工头路安干上了。他知道这个电话的分量，便急着赶往连山冲村。看来，这个一事一议之前虽然下了一番功夫，但还是未能把矛盾纠纷完全议掉。潘飞脑子非常清晰，就是当时议掉了，之后人家反悔，他也无可奈何。

现场看起来很平静，挖掘机才挖了不到五十米，公路上方，古河清站在一根快要被挖空了的树桩上，后面是他八十岁的老娘，两个儿子站得远远的，抡着锄头。而公路上包工头路安这一边，三个彪形大汉，戴着墨镜，手持铁棍，准备迎战。此时，路安见乡长潘飞到了，手一招，挖机在古河清站的树桩下刨着，发出一阵阵轰鸣声，像一头发狂的雄狮，怒吼着。

"停下，停下！"潘飞远远地招呼着，路安很快叫停挖机。

站在一边的村支书黄雪花叫苦不迭，待潘飞走近了，说："潘乡长，我无能为力，场面完全失控，再挖，就得出人命。"

潘飞将包工头路安叫到一边说："路安，挖机暂停，跟我到黄支书家坐坐。"

接着，潘飞朝古河清喊："老古，你让老母亲先回家，你赶紧

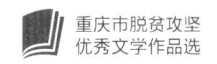

到黄雪花家里来，我有话要说。"

黄雪花将一干人安排在堂屋里，刚落座，路安就开始诉苦："我中了标，就得按照工期赶进度。潘乡长，这春雨发了，好不容易等到天晴，才挖了几十米，就被古河清挡了。耽误一天，挖机租赁费，工人工资，我这损失谁补？这是扶贫路，我实在是拖不起的。"

潘飞打开一瓶矿泉水喝了一口说："路老板，你是要钱不要命了，啊，你这段工程三百五十万，出了人命，赔上几十万，你还赚什么钱？"

路安双手抱起不锈钢大茶壶，咕嘟咕嘟喝了几大口，说："这是古河清逼的。"

潘飞盯着路安的眼睛："你这是在光天化日之下，公然杀人，谁给你这个胆的！"

"不敢，吓唬古河清的。"

"你指挥挖机都挖到古河清脚底了，再挖，就出人命。"

"我也实在没办法，这个工期紧迫，耽误不起。"

"可你也不能玩命。"

"我有保险。"

"保险？保险保工伤，不保故意杀人！"潘飞几句话，戳中要害，使得路安一时语塞，但潘飞心里明白，路安只是做给他看的，绝不敢把人挖下。

正说话间，古河清来了，手里还提着锄头，一进门就大叫一声："路老板，你今天黑心黑肠的，我站在上面，你竟敢指挥挖机挖，老子今天一锄头报销你！"说完，古河清扬起锄头向路安冲了过去。

潘飞见状，猛扑上去，挡在古河清前面，大喝一声："古河清，你要报销路老板，就从我身上踩过去。来吧，古河清，我这条命不值钱！"潘飞的吼声像雷电滚过，震得古河清顿时泄了气，慢慢将锄头放下。

"潘乡长，你评评理，他路老板财大气粗，不顾老百姓死活，我就是个穿草鞋的，今天就敢跟穿皮鞋的拼，拼了命，划得算。"古河清仍然牛气冲天。

"老古，你坐下，慢慢说。"潘飞招呼道。古河清收敛了满脸的凶光，把锄头丢到屋角。

黄雪花迅速将锄头拾起，拿出门外，提了一条老板凳，说："古大叔，您坐下好好说，动不动打呀杀的，您有几条命呐。再说，修路占点林地，犯得着用命去拼吗？"

见古河清坐下，潘飞问道："老古，我听说，村里这段公路，最先是你们集资修的，你还出过钱，表现积极，现在改扩建一下，不需要你再出一分钱，你就为啥不让修呢？"

古河清用衣袖擦了一下额头汗水，回答道："时代不一样，过去国家穷，现在不差钱。"

潘飞解释道："人家路安是中了标的，合法承包人。"

"我不管合法不合法，既然他路安能修路，我也能修。"

"你有公路建设承包资质吗？你看得懂设计图纸吗？你知道建设质量标准吗？"

"过去我们用锄头，照样刨出一条路。"

"那么，你为何不愿走这条烂路？锄头刨出的路，摩托车都上不去，你翻过多少次跟斗，摔过多少次跤，难道心里没数？你为何上访？"

"反正我要赔偿，不给赔偿，休想在我林地上动工。"古河清较着劲。

乡长潘飞此时已是无计可施，会场顿时僵住了。突然，潘飞厉声宣布："谁阻扰施工，就是对国家建设的破坏行为，就是阻碍脱

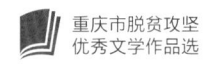

贫攻坚工作。桥归桥，路归路，你路老板按照合同施工，你古河清有意见，可以向有关部门依法反映，还可以向法院起诉。你们各行使各的权利，好吧？"

古河清听到这里，"呼"地一下站起来，目眦尽裂，大声说："引导我走司法程序是吧，恐怕案子还没判，公路早就修完结账走人了，我找谁赔偿去？你真拿我当苕二爷吧？我才不上当吧。我现在就给你潘乡长反映，请你解决。"这个阵势，古河清就差把潘飞生吞活剥。

"此事乡里做不了主，得请示。"潘飞见古河清十分恼怒，只好放出缓兵之计。

"限定时间。"古河清步步紧逼。

"两周后，仍然在这个地方，我给你答复。两周时间，路老板不会完工走人吧。两周内，路老板动工修路，你不能阻拦。如果不听招呼，造成一切后果，依法处理。"潘飞回答得很快。

"好，我等。"古河清话音一落，"噔噔噔"几步跨出了门，提了锄头，转身而去。

潘飞明白，自己摊上了事，县道路的修建，国家预算有赔偿金，而村道公路，压根就没有这一说。连山冲这样的偏远山村，历史欠账太多，累积下来的问题十分难啃。古河清哪里知道内情，他在其他乡镇复印回来的合同书，是省道路的修建合同，他就认定是村道路的标准，应该有赔偿。潘飞事后从不同途径咨询的结果都一样，这是一事一议项目，没有占地赔偿，只能进一步做好矛盾化解工作。但是，与农民经常打交道的潘飞十分清楚，没有实实在在的东西，就是磨破嘴皮子，也无济于事。

今天是三月二十八日，潘飞起床后，特地看了时间。他是全县最年轻的副处级干部，他在洗漱时再次照了照镜子，看看自己是否老了。他把右手掌横在自己的大脑门上，慢慢往下抹，还是那双深沉的眼睛，炯炯有神，一只高鼻梁，奇特的山羊下巴。看完自己的脸，他嘴里轻轻嗯了一声，自己还是年轻嘛，标准的帅哥，才到乡里，怎么就觉得老了呢？他为自己有此滑稽想法感到好笑。今天还是个特殊的日子，三十五岁生日，虽然没有亲人在身边，自己也要打扮一下。突然，他想念起妈妈。"儿奔生，娘奔死"，妈妈在痛苦挣扎中把自己生下来，所以，这个生日不是纪念自己，是感谢妈妈。

还有一件棘手的事，今天要去连山冲村给古河清回复，缓兵之计的期限到了。他心里清楚，回复就是做矛盾化解工作，迫使古河清放弃赔偿。这样的工作本身就是矛盾，一厢情愿，结果如何，可想而知。他的心里充满疑虑，到乡政府后，他感觉自己总是在疑虑中度日，在疑虑中寻找破解之法。

刚下过雨，路面泥泞湿滑，不亚于冰雪天气。"你既然替一个农民出头，你就自己掏钱摆平。"走在路上，潘飞脑海里闪现出这句刺耳的话。这句话是交委的一位干部接待他时说的，当时比挨了一闷棍还难受，但只能忍气吞声，因为自己好歹还是一个堂堂的乡长，受这样的窝囊气，说出去只会让人笑话。

"这条扶贫路，必须修建，没有任何赔偿补偿，怎么做好村民的工作，那是乡政府的事。你搁不平，要你这个乡长在那里干吗？"这句话就是请示后的答复。一路上，潘飞一想到这句话就懊恼。说话的人是上级领导，得罪不起。其实潘飞也准备了一句台词："这条路不是为他潘飞私人修的，干吗要他掏钱搁平呢？"但就是没有勇气回敬。要是当时就说了，倒还痛快，得罪与不得罪，结果还不都一样。

今天村里的院坝会很特别，驻村队员江涛、白帆参加。古河清带了男女老少五个人，坐在长木凳上。

古河清的老娘起了个开场白说："我离开老家十一年，住在县

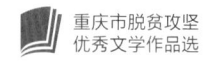

城女儿家，岁数大了，没回来过，村组干部、三亲六戚久不来往，生疏了。现在也不想回来，做事无人帮，说话无人听，人老了，也不愿给人家添麻烦。但是，村里也不要给我家找麻烦，是吧？相互理解吧？现实问题是，修路占了我的地，毁了我的林，麻烦找到我家了，嗯，你们总要有个说法吧？这么久了，你们一拖再拖，一缓再缓，这是我们的错不？嗯，还有讲理的地方吗？"老人说话时，右下眼皮不停地跳。突然，老人的手机响了，她慢慢地从口袋里掏出来一块褐色的格子花布，滚动几下，滑出一部老年手机来，半天没接上，对方已经挂了机。潘飞一看，装手机的套子是毛了口子的雨伞套，手机上的几个按键磨破了皮，特别醒目。潘飞由此推断，老人在城里，过得并不宽裕。

古河清就坐在身旁，用手扯了一下老人的衬衣袖口，见不出声，便有些急，接过话说："您真是老了，说不到点子上。修路毁掉我家的柳杉树，占了山林，该赔。"

潘飞边听边问道："那你的诉求？诉求就是你还有啥要求。"

"哦，有，我家的树毁了，包工头反而比我还凶啊。我那一片山，被石头打光了，我就那一梁子的树啊，现在白晃晃的。找过几次村文书，没个说法。干部们选出来干吗的，就是为人民服务，请问，为谁服务了？我看，就是为包工头服务。今天找你乡长解决，你许诺的两周后回复。该不该赔，今天就看你乡长怎么说。"

看见潘飞在认真听认真记录，古河清就越说越激动："我家的林、田、地，占了八处，这是哪家都没有的事。包工头想咋的？开个挖掘机，牛哄哄的，要挖我家祖坟，答应路边垒几块石头当我祖坟，哼，请问潘乡长，把你家祖坟挖了，你有何感想？还有，挖掉的树，全埋了，埋了，看不见了，就完事了吗？哄小孩吧？简直就是欺负人，我从来没见过这么霸道的包工头！呵，石头飞下来，噼里啪啦响，满山的柳杉树啊，看着看着就倒了一大片。哼，潘乡长，我兄弟古河满的林也挖了的，都挖到刀背梁上了。老子今天就不信邪，堵路！不把我的问题解决了，谁都不准修！"转头见潘飞仍然一言不发，本就有些胖的古河清，说得满脸紫涨，喘着粗气，额头上的三道皱纹不停地翘动，继续说："包工头威胁我，要对我依法治理，我呸，吓唬谁呀，警察开进来，我也不怕，毁我八处山林，全村没先例，霸占我家林地，一分钱不给，还又凶又恶。该治理的是他路安，路霸！"

潘飞听到这里，就接过话来："这些山林你家多少年没执业了？"

"执不执业它都是我的，我早就料到你有此一问。"古河清突然接了话，他的反应确实灵敏。

潘飞脸上毫无表情，皱了一下眉头说："扩建这条公路，村里一事一议，征求过你的意见。要不是扶贫，就很难修这条路，不修路，你们还愿意回这穷山沟吗？"

古河清一听，便按捺不住，抢过话说："我请你别提一事一议，只要提起这个事，我就来气。包工头说我是什么势力，要打击，反正就是这一身肉，谁想收就收吧，我都进过一回班房了。"

"我问的是一事一议开会签字的事。"

"签不签字我不管，我家十几口人，就那一梁子树，全毁了，我全家还活命不？我在不在家，我都是这个村的村民，集体经济组织成员，难道不是？我在不在家，它都是我的树，我的承包林，难道不是吗？"

"我问的是一事一议。"

"啥子一事一议哦，我没去开会，你们就叫我舅舅代签字。嗯，我舅舅能代表我吗？我的家咋个拿别人当去了？"

"不是当场打你的电话吗？"

"我没接过电话。哼，一事一议也好，一事二议也好，损害老

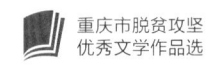

百姓利益的事就不好。占了我的林地、耕地，一分钱不赔，还理直气壮，请问，这是讲的哪门子理，又是讲的哪门子法呢？"

古河清每句话都是利剑，潘飞一脸茫然，只能继续劝说道："连山冲村山高坡陡，就是你说的锅壁壁，修个路容易吗？这次修的路是通村路改建，没有预算征地赔偿、安置补偿和青苗补偿。县上能挤出这点资金，改扩建出来，目的就是解决我们贫困村的出行难问题，你就不能理解一下？"

"我不管哪里来的资金，只要是搞建设，就得赔偿我损失，这是公民的权利。还有，毁掉的树木，与占地赔偿无关，总该赔吧？"

"这锅壁壁上修路，不倒几根树木，行吗？能不能体谅一下？再说，早就通知你，办好林木砍伐证，把树木卖了，也没什么损失。你看，公告期都过了，你没有砍伐，也有过错。"

"哼，我有过错，还是包工头有过错？你潘飞理性得摆正。我咨询过律师，损坏树木就是破坏绿水青山，就是破坏金山银山。我执行的是国法，你们执行的是村规，请问，这两者究竟谁大？"古河清说完，拿出一叠资料，高举过头。喧嚣的会场顿时变得安静。

潘飞抽了几口烟，也吐了几口烟子。此时，他明知山有虎，偏向虎山行。但是，这次他遭遇的是劲敌，古河清不依不饶，抢着说："环保，懂不？河长制，懂不？修路可以，但不能毁林，也不能堵河。"

"都是壁挂路，挖出的石头不滚下山，放到哪里去？运到山下？运费成本……"潘飞说话的音量明显小了。

"弃土场！有吗？"古河清几乎是在呐喊，话音一落，便拿起毛巾擦汗，他显然很激动，"我向河长、林长举报你们！"古河清说完，把手里的一大叠资料装入口袋。

"弃土场"，这是古河清今天提出的一个新名词。山区修路，哪有这个做法，更没有预算这笔资金。过去修路何曾顾忌林木河水，何曾有过环保的概念，路修到哪里，树木就倒在哪里，毁坏的都被承包户卖了，或者被当作柴火烧了，河水堵了，疏通一下，也没见人信访，今天居然冒出个环保问题来。

潘飞感觉调解起来很吃力，毫无主意，见古河清越说越离谱，于是便以出现新问题需要评估论证为由，约定下一次接访时间，草草宣布散会。这次院坝会，明显看得出来，古河清一方占据了上风。潘飞绞尽脑汁，却苦无应对良策。

黄雪花从小生活在农村，原本性格文静，结婚生下两个儿子后，像这里的土家族人一样，变得豪悍，成了辣妹子。她早已不是"窈窕淑女"了，一米六五的身高，粗脚、大手、蛮腰、厚唇，要不是一头长发，谁也不当她是女人。要是有人敢于激怒她，她那股子蛮劲上来，谁也不认，说话像放连珠炮，一般的男人都不是她对手。乡里就是看中她泼辣的性格，才推荐她当了村支书。

黄雪花今天非常窝火，她把古河清通知到村委。

"古河清，就挖了你家几棵树，你竟然告发我。你赢了，你胜利了，你终于把我告翻了。你古河清还害了潘乡长，这下你满意了吧？"古河清刚一落座，黄雪花就吼起来。

"我只是要求赔偿，我上访没错。"古河清也不示弱。

"但你这一状纸，直接牵连了我和潘乡长，都得受处分。"

古河清理直气壮回答道："你们不赔偿，我还要告状。"

"但人家不查你的赔偿，专查环保问题。毁了你几棵树，就要给我们处分。哼，我倒是没啥，人家潘乡长才三十多岁，前程一片大好，就是个最低的警告处分，影响期一年，这一年内都不能提拔，而且奖金绩效少了几千块。你这不是在损人吗？你那几棵柳杉树值几个钱？"

"我要求占地赔偿，我有什么错？我不是树的问题，是权利的问题。你们这些当官的，就只顾自己升官发财，不顾老百姓死活。

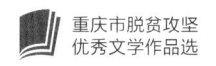

我看，仅作个警告处分还轻了，应该直接开除，回家种红薯。"

"呸！连山冲村咋就出了你这个活宝，简直就是个苕……"

"黄雪花，你再骂，我录音了。"

此时黄雪花的电话突然响起，潘乡长打来的："黄支书，我正在纪委接受调查。这次卫片执法，对我们连山冲的村道公路建设提出了严重警告，我们都要吸取深刻教训。"

"什么什么，什么卫片？"

"就是悬在天上的一颗卫星，专门监测环境污染的。"

"我们村修路有污染吗？"

"不是污染，是破坏了植被，破坏了生态。"

"树毁了，几年就长出来了，有什么破坏。"

"绿水青山就是金山银山，这个理念，我们都还没树立起来，恐怕我们都得补上这一课。"

"哎，不就几棵树吗？至于这样认真？"

"黄支书，我们看见的只有几棵树，可那些滚石泥土，把一座山都打亮出来了，卫片上看，是挺吓人的。"

"嗨，这锅壁壁上修路，山顶滚石山底见，那些石头往哪堆哟，去哪里找弃土场。"

"黄支书，你想想，路安在连山修路，我们告知过他注意生态环境保护了吗？"

"这个，这个，没注意到这个呢。他修路，未必还要别人提醒？"

"这就是了，我们没留意，说明我们失职，说明我们大脑中就没有生态环保这根弦。我们既然坐镇一方，就有监管责任，你能说没有责任？"

"喔，那，以后吸取教训吧。"

"这次我们挨的这个处分，不冤枉，确实与古河清的告状没有关系的，也别冤枉人家了。"

"这个路虽是村里一事一议项目，但不是乡政府发包的，也不是村委发包的，又与你我有多大关系？县上定的工程，县上发包的，该他们提醒，咋个让我们背黑锅。你想想，我们又不是牵牛鼻子的人，塞个牛尾巴给你，牛会听你使唤？踹你一脚很正常。哼，修路不赔钱，等于卖牛不搭尾巴，什么事儿！"

"话不能说得这么难听呢，为官一任，就有环保监管责任，这与建设工程谁发包没有关系的。"

"上面是左说有理，右说也有理，那他们修路为啥不预算环保经费？为何不预算弃土场？就算我们有监管失职责任，这个项目谁决策的，有没有监管责任？为何只处分了我们两个。这不是半夜摘柿子——专找软的捏吗？我不服，我看就是欺负人。"

"黄支书，这条路是村里一事一议项目，连山冲村能修这条路，是天大的好事，出行难的苦，你难道还没受够吗？你我挨个处分，比起修一条路来，那算啥啊。我们要想尽一切办法修路，处分的事不提了。连山冲村历史欠账太多，要不是精准扶贫，连这样的路都修不成。"

"名义上确实走了一事一议程序，但实质上，谁出钱，谁发包，我们村只是顶个壳，出了事，还得担责。这不公平。"

"黄支书，不管谁出的钱，谁发的包，项目终归落到咱们村的，这个你不否认吧？"

"那倒是。"

潘飞和黄雪花几乎在电话里吵了起来。一通电话后，黄雪花走到古河清跟前说："赔赔赔，全村占地的那么多户，人家都理解修桥修路叫行善积德，黄连山这个老顽固都让步了，就你在那里死缠烂打。现在好了，帮你说话的人都没了，处分了，找谁去？谁还敢替你出头？为你那几棵树，潘乡长求爹告奶的，指望能给你弄点

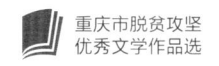

钱，得罪了人，结果冤里冤枉地挨了个处分，以后谁还把你的事当回事？"黄雪花没头没脑发泄一通。

黄雪花本想出口恶气，倒被古河清怼了回来，心头堵得慌，撩起袖子，直接就想干架。"黄雪花黄支书，我刚才听了半天，始终没听明白，我根本就没告你什么环保的事，你完全是污蔑。"

黄雪花一巴掌打在办公桌上，说："你不告状，谁管这个环保，啧啧啧，深山峡谷的，谁稀罕你那几棵树哇。"黄雪花闹了一通，出门跨上摩托车走了。

古河清一听这话，心里也打起了鼓，坐在老板凳上，看着黄雪花气冲冲地走了，便低头不语。"是啊，看起来一座梁子都毁了，但都是灌木丛，山崖上葛藤茅草，原本就没有树，要不是修路推泥石，也亮不出来，其实就六棵柳杉树值点钱，损失一千多块，至于这么闹吗？搞到现在，害得乡长、村支书受了处分，今后在村上乡上办事可就难了。再说，修桥补路，自古以来就是做好事，哪来赔偿一说呢？应该感恩才对。自己的林地有一百多亩，损失这一点又算什么呢？就不能让一下？真是因小失大。"古河清拿出一支烟点着，默默地回想着，坐了一阵，悻悻地离开了。

古河清走后，潘飞、江涛、白帆也回到村委。黄雪花还在生闷气，潘飞便接了一杯水递给她说："事情都已经过去了，咱们就当看书，翻过这一页。"

黄雪花猛地把桌上的台历"沙"地一下撕掉，站起来，恶狠狠地盯着潘飞，吼出一句："老子要打人！"潘飞知道，这句话，黄支书早就憋在心头，难受已极。

回到乡政府，潘飞将情况给书记钟海作了汇报。钟海知道，年轻的潘飞受了处分，心里肯定不好受。他安慰一番后说："小潘呐，扶贫遇到的事，很令人头疼，不仅你我头疼，县委政府头疼，国家也头疼。不头疼，干吗要花这么大的功夫脱贫攻坚呢？"

潘飞低着头，好半天才回答："搬掉贫穷这座大山确实不易，就是这些历史欠账，都难以偿还。扶贫工作搞了这么多年，为何还问题成堆呢？过去扶贫，没这么多矛盾吧？"

钟海见潘飞情绪十分低落，便开导道："累积下来的，都是难啃的硬骨头，脱贫攻坚历史性地落到我们这一届，既光荣又艰巨，但是，我们别无选择，得拧住一根绳，劲往一处使，顶着骂声也要干。比如修路占地无赔偿这个事，本身就是一对矛盾，但是，我们必须要克服这个矛盾。如何克服呢？就是要给老百姓讲清楚，咱们是特困地区，也是革命老区，过去为了革命，为建立新中国，作出了牺牲，现在，为了国家建设，为了脱贫攻坚，还得作出牺牲。我们要在眼前利益与长远利益之间权衡，在矛盾运动中寻找突破契机。无论花多大的代价，受多大委屈，都得修唯。过去打仗没有路，搭人梯也要上，现在，你我就是贫困村的人梯，面对明枪暗炮，拼命也要搭出一条扶贫路来。老百姓在作牺牲，当干部的也要作牺牲。"

潘飞为钟书记的鼓励暗暗叫好，他望着老书记那张没有一点肉的脸，不再说话。眼前这位老书记，平时言语不多，不喜欢显山露水，却总能在关键节点、关键问题上果断出手，想出金点子，化干戈为玉帛，而自己却难以做到。潘飞也感觉到，自己每遇上急难险情，背后有一只手扶着、撑着、推着。这只手，就是老书记伸出的。

早上天还没大亮，潘飞就起了床。昨夜下了一场雨，地上湿漉漉的，路灯下的飞蛾，有的还在飞扑，但大多数已经精疲力竭，匍匐在地上、电杆上，数量大约有几百只，黑压压一片。突然，一只麻雀飞来，扑腾一下啄走了一只鹰背蛾，接着，喜鹊来了，衔走了一只红粉色的天使蚕蛾，不大工夫，地上就剩下一两个外形恐怖的枯枝蛾。潘飞出神地看着路灯下的这一幕猎杀，简直如风卷残云一

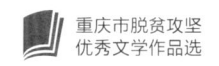

般，慨叹着连山生灵惊心动魄的生存法则。天空还是灰蒙蒙的，潘飞的心情也一样沉闷。

就在这个灰蒙蒙的天空下，村民古河清也起得很早，他到自己的黄连地锄草，突然，他看见弟弟扛着锄头过来，坐在地角，拿出一支烟抽了起来。他的弟弟古河满也是近期才回到村里，恢复了农业生产。

古河清走了过去，古河满便递了一支烟，说："哥，村里这条路，确实也该硬化了。这么多年，我都不回家，就是因为交通不便。没有固定班车，到了乡政府，要回家，还得租摩托。这段村道路，被雨水冲得坑坑洼洼，人家摩托车都不愿走。好不容易回一趟家，走这样的路，还有什么好心情。"古河清抽了一口烟，没有说话。"哥，你能不能放手，不再闹了。你想想，这条路其实就是为我村修的，受益最大的是当地村民。那些个修路的人，政府官员，今后很可能不再踏上这条路的。"

古河清狠狠地盯了弟弟一眼，说："你懂啥，你没看见吗？什么扶贫工程，我看就是腐败工程。能拿到工程的根本不做，抽取点子，坐收渔利，层层转包，最后落到真正修路者身上时，中间已经掏去了一个窟窿。这个窟窿用什么弥补，还用说吗？偷工减料，搞豆腐渣工程。这些浪费掉的钱，足够给我们赔偿的。"

古河满点了点头，见说服不了哥哥，便把话扯到其他方面："哥，我打算回老家居住了，你和我都年过半百，半截身子都入土了，漂泊了半生，可还是觉得老家好，金窝银窝不如自己的狗窝。我准备把农业恢复起来，把黄连、重楼中药材产业发展起来，我还想养蜜蜂。"

古河清一听，连连摆头说："看来，你还是农民，就这点出息，走到哪里都是农民，丢不下这片土地，摆脱不了这个命运。哥指望你走出连山，为古家人争口气，看来是指望不上了。说起搞农业这一套，我比你在行。你看，最近养殖业不景气，非洲猪瘟来了，我这个养殖场可能要关闭。农民还是修地球靠谱。"

古河清说完，古河满望着下面远处的公路，说："哥，什么腐败呀转包呀，我们一介平民，管不了那么多。再说，人家再贪，没贪咱的钱，与我何干？而公路硬化，这是眼前的好处，骑摩托车上山种黄连，也方便。"

古河清斜着眼看着弟弟说："他们克扣了赔偿款，咋就与我无关呢？转包的点子钱，到哪里去了，鬼才知道。我就是气不过，才大闹这一场。你想想，他们可以挥霍掉四十万，修一条断头路，为何就不把土地征用赔偿预算在内？我算了一个账，本次改扩建，新占地不过十亩，就是足额赔偿，也花不了四十万。这不是明摆着不把老百姓利益放在眼里吗？"

"但是，现在有个一事一议制度，你我是少数派，说话不算数。"

"我不管，宪法规定了，要保护公民合法权益。一事一议也不能违宪侵权。"

"哥，你我胳膊拧不过大腿，还是别去闹了，闹了也白闹。咱当个小老百姓，平平安安，多好。"

古河满没说动哥哥放弃阻止修路行动，便起身告辞，说："哥，我买了一台微耕机，但没使用过，你下午抽空来教我一下。"古河清做了个手势，表示同意。

古河清这几天总是看见连山冲的乌鸦飞到院坝上空来，"呱呱呱"乱叫，让他心烦意乱。弟弟走后，他刚把锄头拿起，又看见两只乌鸦飞过，叫得浑身起鸡皮疙瘩，便捡起一颗石头扔去。乌鸦飞得太高，根本打不着。他便索性放下锄头不干了，回到家中。

下午一点钟，古河清刚吃了午饭，突然听见古河满的老婆在后山吼叫："大哥，大哥吔，古河满出事了，快来救他。"古河清赶忙

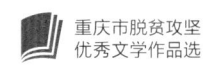

奔去。

走到田里一看，古河清吓了一跳。古河满的左腿被微耕机的铧口铰断，就剩一点皮连着，血流如注。而弟媳则坐在一边，浑身发抖。他赶紧抱住弟弟，急忙扯下身上的背心，包扎起来。但无济于事，鲜血很快染红了衣服，瞬间沾满了双手。慌乱中，古河清叫弟媳打120求救，此时，弟媳才想起电话，手忙脚乱地从古河满的荷包拿出电话后，却怎么也拨不出去，原来欠了话费。古河清叫弟媳赶紧回家，拿自己手机。

弟媳回家后，古河清将弟弟背着，吃力地下到公路，一步一步地往家里走去。看见弟媳急匆匆赶来，便把弟弟放下，赶紧拨打了急救电话。

弟弟伤情十分严重，古河清心急如焚，抱住弟弟，安慰几句后，望着伤口上的血发呆，滴在街沿上的血都凝成"血旺"。

这时，古河满讲了受伤的经过。原来，古河满夫妇将微耕机抬至自己承包田，发动起来，放开刹车后，往前耕了两米，发现深耕刀片上卷进了塑料带，便一只手抓住车柄，弯腰扯那塑料带，谁知脚底打滑，跌倒，那微耕机车身突然调转，后面的深耕刀直接卷到了古河满的大腿上。古河满奋力坐起来，抓住车柄，把车熄了火。低头一看，自己的大腿已经血肉模糊，夫妇俩顿时吓得惊慌失措。这个事故就在一瞬间发生了。

乡卫生院接到电话后，发现到连山冲村道路已经封闭施工，院长熊健康便与邻乡卫生院取得联系，派出救护车紧急驰援。由于路面不平，救护车隔了一个小时才开到村里，在上一段陡坡时，由于路面湿滑，冲了几次都没上去。

闻讯赶来的黄雪花、丁华，仔细查看了古河满的伤情，见大腿只有一点皮肉连着，看着都心疼，赶紧找来一床棉絮，一人一只角，将古河满抬下去，放到车里，看见医生在对伤口进行包扎，这才松了一口气。救护车很快启动出发,但驶出不到一公里,车胎被尖石划伤漏气。驾驶员只好呼叫县医院。黄雪花退到公路边上对古河清说,能不能用人力抬,抢时间。古河清不干,说有医生在,弟弟不会有事。

此时,古河清见古河满脸色惨白,问道:"弟弟,弟弟,你怎么了?"

古河满有气无力地说:"哥哥,拉住我的手,哥哥,好冷,好冷,给我裹上被子。"

"弟弟,弟弟,你的手咋个这么冰凉。"

"喔,看来天要收我,阴差阳错,在劫难逃,我可能到不了县医院了。冷,冷。"古河满说完眼角冒了一滴眼泪出来。古河清握住弟弟的手,都不敢看他的脸了,等待着县医院的车,焦急万分。

这一拖延就是一个小时,终于盼来了县医院的车。古河清把弟弟转运到救护车上说:"弟弟,弟弟,你不要睡,你把眼睛睁开,挺住,一定挺住,马上到县医院了。"

古河满用力抓了一下他的手。古河清把耳朵贴近,听见弟弟微弱的声音,也是最后一句话:"修……公……路……"古河满说完便闭上眼睛,没到一分钟咽了气。

"弟弟,弟弟,古河满,你怎么了?医生,快,快,救人哪!"

医生测了一下古河满的脉搏,翻看着古河满的眼皮说:"失血过多,乡里的救护车没有急救物资设备,耽误了抢救时间。其实,我们的救护车到达时,已经晚了。古河满已经停止心跳,救护车返回,你准备后事吧。节哀。"古河清"呜"的一声大哭起来。

救护车只好返回,在坎坷不平的老路上颠簸着,古河清放声大哭起来。

到了连山冲大丫门,古河清下了车。他在路边扯下三根薯草,对着大山跪下:"风嘞、云嘞、雨嘞——水嘞、树嘞、山嘞——古

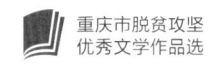

河满走啰——"那声音格外苍凉，格外悲戚，划破苍穹，在山谷回荡，像连山冲的乌鸦声，尖厉刺耳。听见喊山声，坡上种植黄连的人，从山林里钻了出来，聚在古河满的尸体边，大声喊了起来。一阵喊山后，大伙便齐心协力将古河满尸体抬回了家。

好端端的一个人，突然就死了，这在连山土家人看来是不吉利的，称"暴亡"，他的家人们内心充满恐惧与不安，村子便笼罩着极度晦暗的气氛。这个时候，阴气重，得靠活着的人驱散。到了夜间，山寨的土家人不请自来，陪着古河满的家人夜坐，打个堆，凑个热闹，聚集阳气，消除丧家人的痛苦。埋葬古河满的那天晚上，黄连山自然也去陪坐。

黄连山提了一壶苞谷烧，他给陪坐的男人每人倒了一杯，就着花生米和几碟小菜，便开始喝酒聊天。

黄连地喝下一口酒，两眼直视着黄连山，说："哥，你给评个理，乡上安装的自来水，堵了，没人管，潘乡长组织开会，定了规矩，用水缴钱，以水养水。我这半年算下来，多开支了上百元的水费。我就不明白，贫困户有医疗保障、教育保障、住房保障，为何没有用水安全保障？"

黄连山听了黄连地一席话，没有开腔，眼睛扫了一眼冉崇山。冉崇山听了黄连地的言论，心里很不舒服，从黄连山的眼神看，就是希望自己阐述观点，于是开腔说话："我说黄连地，这个自来水管护，是村里的一事一议决策，当时你也在协议上签了字，就得执行。"

黄连地大声地申辩道："我不反悔，村里的一事一议协议，我黄连地坚决执行。我的意思你还没明白，就是那个'两不愁三保障'，你看，贫困人口读书看病不花钱，为何饮水还得交钱？既然还得掏钱，那饮水保障从何谈起？如果水费不兜底，那个民调……"黄连地说到民调，猛地看见黄连山脸色不对，便打住。

黄连棚听了黄连地的话，站起来敬了黄连山一杯酒，说："哥，黄连地说得在理。"

黄连山夹了一颗花生米，在嘴里嚼着，眼睛不停地往冉崇山身上看。冉崇山是个急性子，接过黄连棚的话说："谁给你宣传过饮水不交钱的政策？就说医疗问题，秦大牛家里，三个残疾人，这一年下来，住院花销上万，如果不是医疗保障政策，他承受得了吗？这才是大头，你黄连地大病手术，摸着你的良心说话，你开支了多少钱？就这自来水说，你半年才一百多元水费，值个啥？我在这里申明一点，这个饮水保障，就是说，政府出钱把水管安装到家，一年四季不断，龙头一开，水就哗哗响，它方便呐。政府都做到这个份上了，还叫无保障？总比那挑水吃强吧。再说，每月十几元的水费，对于你黄连地、黄连棚来说，屁大点事呀，就这点钱，你们还想着兜底，我看就是得寸进尺，茅厕插秤杆——过分（粪）。"

黄连地一听，很不是滋味，独自饮下一口酒说："冉崇山，我不管，我也说不过你，但是，有一点我必须提醒你，此时不争，更待何时？扶贫就是搞运动，一阵风，过了这个村就没这个店。我们就是要抓住那个民调，那就是乡政府的软肋，逼他们就范。"说完，黄连地将了一下长胡须，眯着眼看黄连山。

黄连山盯着黄连地说："你在县医院做手术，得了好处，你不知恩图报，反而变本加厉，跟政府伸手，你就不脸红？"见黄连地不再反击，黄连山咕隆一声喝下一小杯酒，把杯子往桌上一放说："我黄连山今年六十六岁，当过两任村主任，你们都看见的，我没得过冤枉钱，修路、建打米机房、搞水电站，国家没有投入，我黄连山倒贴一把米也愿干。我是干干净净退的位。从领导岗位退下来，我煮酒养牛，没有向国家伸手要一分钱。嘿，这日子不是照样过，而且并不比你黄连地、黄连棚这些贫困户差。就说这个自来水，我是第一次享受这样的待遇，既然每家每户都通了自来水，我

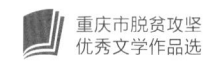

当然接受，这是国家惠农政策的体现，有何不好呢。我那口煮酒的大锅，龙头一开，水直接灌进去，过去得一桶一桶地担，一桶一桶地往大锅里倒哇。就这一点，我就得感谢，就得感恩。你们懂个啥呢？国家在扶，我们就得站起来。政策这么好，我们就得跟着跑。七爷子八条心，这个扶贫还咋搞？"

黄连山说完，满桌的人便不再开口。古河清是后来的，他跟黄连山打了招呼，就在黄连地身边坐着。听了黄连山的话，总是觉得有点刺耳，便不阴不阳地说："说大话，谁都会说，遇到事了，打退堂鼓，抛下兄弟，不管不顾，我就不认可这种搞法。"

黄连山用力摆了一下头，其实他在压抑怒火，但说出的话，还是不紧不慢："古河清老弟，我必须跟你说清楚，我黄连山做任何事，绝对不是为个人。前些日子，我上访闹事，为的谁？大家心知肚明，为的是二十六个人三年的血汗钱。但是，我后来胸口一抹，不闹了，为什么？我黄连山上访，是为了大家，修桥补路也是为大家，我懂这个大道理。为国家建设，为解决村民的出行难问题，我必须让步；否则，村道路修不通，我就当了历史的罪人，你们都不会放过我的。"

听完黄连山的话，古河清仍然不服气，横眉冷对，就像牯牛的角，那个神情就是要顶撞，气鼓鼓地说："我就要闹到底。"

黄连山此时也来了火，指着古河清的脸说："古河满的死，你我都脱不了干系。"古河清是个大老粗，行事鲁莽，但历来就尊敬黄连山，从未看见过黄连山这样说话，他总是轻言细语开导，这次竟然把手指向他了，他顿时感到吃惊。"古河清，要不是你我闹这场事，水泥路早就修成了，救护车不在路上耽误，抢救及时，你的亲弟弟古河满，他会死吗？"

古河清低下头，不再言语，满桌的人不再言语，只听得花生米被咬破的脆响。此时，每个人都应该在想着死去的古河满，在心底里喊山，挣扎着，悲伤着。而古河清呢，听了黄连山的埋怨，等于把古河满的死，推到上访堵路上来了，等于在他的心脏戳了一个洞，难受至极。

弟弟古河满死了，古河清很不好受，伤心了好长一段时间，加上黄连山的责问，他感到内疚，暂停了信访，村子里也变得平静，公路建设加快了速度。潘飞决定趁此机会，把产业发展规划落实下去。

七

连山的夜晚除了冬季外，都很热闹。林子里，草丛中，田野上，到处都能听见虫鸟的鸣叫，它们尽情地演奏着大连山的天籁之音。

潘飞刚躺到床上，就赶紧给老婆金竹打了个电话："喂，老婆，你忙吗？女儿咋样了？"

金竹没好气地回答："哎呀，你还记得打个电话？早给你说过，这个二胎不要，你偏要我生，生下了，你又去了连山。你倒好，把女儿丢给我就不闻不问。我告诉你吧，乡上安排我当驻村队长兼村支部第一书记。我只能每天背着女儿干扶贫。"

潘飞安慰道："老婆你辛苦了，周末回去，我给你做金竹笋炖老母鸡，你的本家菜，补补身子。"

潘飞妻子咯咯一笑回答："别那么说，怪不好意思的。你也是的，干吗要去连山呢？宣传部的工作好好的。你看，现在一个家分成三个家了。还好，儿子争气，住校读书。要不然，我也撑不住了。"

潘飞调侃道："国家放开二胎，我们也要响应号召嘛，独生子女太孤单了，我们两个就是独生子女，不是吗？有个什么事，帮手都没有一个。"

金竹最后叮嘱道："你在连山还好吗？那里山高坡陡路难行，冬天结冰，雨天滚石，毒蛇猛兽出没，你要特别小心。"

潘飞呵呵笑道："我会好好照顾自己，你别担心。孩子的事情，实在坚持不了，就请我妈妈去。"

金竹婉言谢绝："妈妈身体不好，别麻烦老人家了，我辛苦点，就熬过去了。"

挂了电话，潘飞又回到产业的思考上。按照县产业办的文件，连山乡需发展三千亩栀子花。规模化栽种栀子花，它的好处在于能集中流转土地，农民得租金，干活挣工钱。另外，企业介入，与贫困户建立利益链接机制，农民把土地作价入股分红。这是保证贫困户有固定收入，不会返贫。这就是"三变"改革。

第二天上午，乡党委为此专门召开会议进行研究。潘飞传达了上级文件精神后，钟海书记便请参会人员发言。

分管扶贫副乡长钟先锋，人称"铁嘴"，性格刚直，说话做事讲原则，一般不给情面。他在乡里已经工作了十年，熟悉乡情。他首先发言道："这个计划不可能实施。"说完停顿了一下，眉毛抖动了几下，继续解释道："说话讲依据，我给大家算一笔账，全乡耕地五千亩，烤烟规划三千亩，粮食蔬菜一千亩，前几年发展金银花一千亩，还有退耕还林的五百亩。不知大家听明白没有，我们手头还有多少耕地？"

潘飞在笔记本上记下几个数据后说："如此说来，早就没有耕地了。"

钟先锋眼角一翘，张口就来："这个栀子花产业，我姑且不评论效益，农民是否反感，就目前的耕地面积，怎么落实？落实到哪里去？"参会的人都摇起头来，全神贯注地听。

潘飞问道："老钟，您是乡政府的老板凳，熟悉情况。请问，那个金银花产业是咋回事？我到乡上后，没看见哪个村在做金银花。"

钟先锋仰起头来，看了一眼身边的纪委书记，说："这事纪委查过。五年前，县里下达指标，要求我乡完成一千亩金银花栽种任务。这是扶贫项目，谁敢不重视呢？第一年长势蛮好，农民也得到租金，可是，第二年公司就把技术员撤了，拒付租金，金银花也没

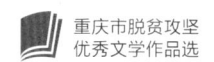

人管理，土地撂荒。后来农民就铲了种庄稼。"钟先锋说完，大嘴瘪得像河蚌。

潘飞听完，倒吸一口凉气，在心里嘀咕，这样的事简直闻所未闻，在当记者那会，无论走到哪个乡镇，收集到的都是产业成功、形势一片大好的信息，现在听到的情况则完全变了。

潘飞边听边在手机上搜索，然后放下手机说："我刚才查过，金银花，属于中药材，有多种药用价值，选择这个品种作为产业，适合山区种植，这项产业是精准的。但是，为啥就没发展起来呢？黄连中药材这个传统产业，我们搞了多少年，为何又长盛不衰呢？这两种产业有什么区别吗？"潘飞说完便陷入思考。

"很简单，过去搞产业，政府服务，农民主导，现在搞产业，企业主导，农民旁观。财政资金注入企业，企业按照项目运作。这本来是一项创新举措，但是，执行的时候变了调。一旦有资金，便有巨大的利益诱惑。有的企业一开始就心术不正，有利可图的，千方百计投机钻营，无利可图时，拍屁股走人。这些人哪里是在干事业，眼睛盯着的是财政的钱袋子。我们乡运气差呀，恰恰遇到的就是这类没良心的企业。"钟先锋毫不避忌地说。潘飞此时终于明白，眼前发展栀子花产业，最大的困难有两个，一是农村无农用地，二是农民无信心。

钟海一直没有发言，听完钟先锋的话，嘴里"嘘"了一声，眼睛如电，扫视了一下会场说："产业失败，这也是目前群怨的因素。"说到这里，钟海翻开笔记本，继续说："难道不是吗？金银花产业我很清楚，当时我在其他乡镇主抓，直到今天，产业还在，农民受益。为什么连山乡的产业，就没了呢？农民是出了种苗钱的，现在产业没了，钱打了水漂，农民心里咋想？多么好的项目，多么好的品种，在我们乡却搞砸了。到底是什么原因？"钟海说到这里，稍稍停顿一会，嘴里憋出一句话来："干部不作为。"

钟海的话让大家很不理解，听起来有些别扭，这明明是企业的事，咋就变成干部不作为了呢？钟海则继续阐述自己的观点："前一阵子，不是有人说，修建村道公路是县上发包的，就与我无关吗？嗯，真的与我无关？同志们思考一下，不论谁发的包，公路是建在咱们乡，它就是咱乡的项目，受益的就是本乡村民，怎么不关我们的事呢？这是认识误区，必须纠正。就说金银花产业的事，这难道仅仅是企业的事？"

钟海说完，盯了钟先锋一眼，说："这次栀子花产业布局，企业主导，农民以土地入股，坐地分红，资源变资产，资产变股金，这就是农村'三变'改革，多好的事，何乐而不为呢？干部必须与企业、农民形成合力，做产业发展的后盾。绝不能因为是企业主导，乡村干部就袖手旁观，走过去失败的老路。"

钟海说完，潘飞紧接着问道："目前没有土地落实产业，咋办呢？"

钟海眉头一挑，说："就用金银花产业的一千亩荒地。"

"还有两千亩呢？"

"没地了，拒绝认领。"钟海书记回答得干净利落，最后强调说，"产业规划，一定因地制宜，量力而行，不搞一刀切。"

乡党委会最后形成了一致意见。会后，驻村领导便沉入各村，做宣传发动工作。潘飞也来到连山冲村。

古河清对于赔偿的事情，虽然没有完全释怀，却已经没有行动了。当他听说乡上要推广"三变"改革，重新布局产业后，却不以为然。中午时分，他在黄连地里干活。他的黄连地，东边与黄连山家的相邻，南边与黄连棚家的交界。此时正是锄草的季节，黄连山、黄连棚两家都在地里忙碌。

"黄主任，锄草呐？"黄连棚老远就招呼。

"今天有空，地里的杂草长这么多了，扯一扯。你那块地还好

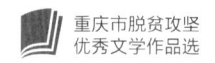

吧?"黄连山问道。

"还好,在地三年的黄连,每年这个时候,都来扯草。"

两人正聊黄连草时,古河清插上话来:"老哥,你听说没有?乡上要搞'三变'改革了。这个'三变'改革,我不知道是个啥玩意儿。"

黄连山大声回应道:"就是产业重新布局。"

古河清走到黄连山的地里,帮着锄草。"老哥,你说这'三变'改革,咋个改呢?我这几天就在琢磨这件事。"

"资源变资产,资产变股金,就是'三变'。我对这个事也没什么研究,总而言之,变来变去,土地还在那儿,它搬不走。"

"可不是吗?我山下的那两亩地,自从有了产业布局后,我都签了七回合同了。"

黄连山没有搭话,他把手里的一大把野草抱到连棚外返回,才继续说道:"七份合同,你不是得了七次租金吗?"

"嗨,确实得了七回租金,我得了实惠。"

"得了钱,还有啥不满意的?"

"我不是这个意思。你说这七次产业布局,都布局在一块地里,走马灯似的,有点意思。"

"你哪次布局没得到好处吗?你不是说过,只要是政府的钱,不捞白不捞吗?你就指望着那点钱!"

"按说,每次产业布局,我都得到好处的。第一次水青冈,得了二百;第二次元宝枫,得了二百五;第三次李子树,三百;第四次梨子树,三百;第五次金荞麦,三百;第六次银杏树,得了五百;第七次金银花,六百。"

"呵呵,这就是芝麻开花——节节高嘛。"

"不知道这第八次,又给我多少租金?"

"应该不低于六百吧。"

"说不好，这看运气，有的老板大方，有的老板抠门。"

说到这里，黄连山突然有了一种异样的感觉，还没想好呢，古河清就抛出一个问题来："老哥，你当过干部，见多识广。我就是不太明白，这么多的产业，怎么就在一块土地上落实下去的呢？"

黄连山其实也正在想这事，总觉得哪儿不对劲儿，随口问道："我知道你家那两亩地，落实了七次产业，这些年收益咋样？"

古河清把手里的杂草往连棚外甩出去，站起来说："啥收益不收益的，都是老板的。这几年，来来去去，订下的租赁合同、收购合同，都是长期的。合同样本看上去，年年有租金，三年后有分红，但基本上都是第一年给点租金，第二年老板跑路。"

"不管怎么说，老板给租金的，你虽然在外打工，可是，租金打进你的银行卡，一分不少。只是，可惜这些个产业规划。"

"呵呵，产业么，老板种下去，我们铲掉，铲水青冈，栽元宝枫，铲元宝枫，栽李子树。嘿嘿。"

"这么好的产业，你就舍得铲掉？"

"嗨，你是揣着明白装糊涂，村里的事还能瞒过你么？不砍还能咋的？老板都不见人，产品没人收。"

"就不能告他吗？"黄连山说到这里，便调侃起古河清来，其实他早就看穿了这些年的产业发展，说白了，就是做的政绩工程。

古河清也知道黄连山向来瞧不起这种搞法，也不屑参与，于是回答说："告？还没告上去就听说老板破产。我们才不去操那个心呢，反正又没亏本，等另外的老板来呗。哈哈。你不是也在告状么？打赢过官司吗？"

黄连山哼了一声，以嘲笑的口气回答："你呀，就是喜欢贪占小便宜。我觉得吧，还是自力更生靠得住。你看这个黄连中药材副业，靠得住吧，再看我家那片竹林，每年采收竹笋、竹荪，挣一大笔钱，靠得住吧。"

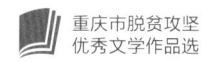

古河清迟疑了一下，见黄连山说到副业，一脸羡慕之色："说到副业，你确实能带起头。我就指望竹山，今年竹笋、竹荪涨价了，收入可观。养猪场，就别提了，能保本经营就不错。哎，我就是看你搞起了养牛场，我才弄了个养猪场，哪还指望什么产业布局呢？我就奇怪了，你为啥不把土地入股分红呢？"

黄连山把嘴巴用力一抿说："我这个人，你是了解的，小便宜绝对不占。我挣的每一分钱，都是靠自己劳动所得。"说到这里，黄连山仿佛有了新想法，说道："政府的钱，像雷一样从地上滚过，声音大，雨点小。你知道那些钱都去了哪里？"

古河清突然停下，直起身子看着黄连山说："我就说嘛，这里肯定有问题，但是，我又始终想不明白，每次产业都验收合格。我那块地，落实七次产业，搞了七次改革。嘿，按理说，有资源，有资产，也有股金，合同上白纸黑字，写得邦邦硬，但是，目前为止，一个也没有。那么，乡上投入产业项目上的钱，到了哪里？我看，十有八九，一部分流进老板的口袋。"

黄连山此时也站了起来说："你这么说吧，倒提醒了我。我想到了另外一件事。这些个产业，每一次都验收合格，项目资金划拨完毕。但是，产业没了，还合格吗？谁来管呢？"

古河清最后指着地边的竹林说："还是这个实在，我今年全靠它。干竹笋涨到六十元一斤了，我卖了个好价钱，净赚两万元。但是，养猪场却亏了。"

黄连山也望着一大片竹林说："今晚到我家里喝酒吧，咱们再议议这个'三变'改革。叫上黄连地、黄连棚。"

"好嘞。"

村委会议室济济一堂，这次产业重新布局，将涉及全村未来的发展，村民非常重视。潘飞开始讲解栀子花产业的规划和前景。还没讲完，一组组长徐张飞问了一句："做金银花产业时，乡上领导也是这么宣传的。"潘飞睁大眼睛看着徐张飞,可是徐张飞没有消停:"前年又搞李子产业,连山的人都明白,这里雨水多,根本不适宜李子生长,果不其然,开花不结果,空欢喜。可以说,这项产业布局完败。"

潘飞循着徐张飞的发言,问了一句:"在产业落地时,村组干部在干什么?"

坐在前排的村主任丁华,用手在大脸上揉了几下鼻子,回答道:"我家里种了五亩。金银花种了,后来又改种李子。"

"效益?"潘飞问道。

"每亩一百元租金,劳务费几百块。"丁华回应。

潘飞开始算账:"也就是说,两项产业,你家大约收入两千元。"

"还不到两千元。"

"多少年?"

"间隔五年。"

"五年五亩地,收入不足两千元。"

"这就是两项产业的经济效益。"

"我想问的是,这两项产业到了咱们村,村组干部们为落实产业布局做过些什么吗?"

听见潘飞问,丁华回答说:"村委开会,各组动员。"

"对这个产业的规划、效益研究过吗?"

"没有,那是企业的事。我们出土地入股分红,干活领工资。"

"看来,产业布局,村组干部是盲目被动接受。"

"可以这么说。"

潘飞看了一眼黄雪花说:"这两项产业失败,村支两委有责任吗?"

黄雪花把眼睛睁得大大地说:"企业主导,我们没有责任。"

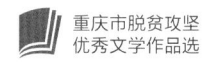

潘飞学着钟海书记的腔调说:"产业落到咱村,它就是咱村的事,怎么说没有责任呢?我看,产业失败,与村组干部不作为有很大关系。"

黄雪花看着潘乡长,大感不解:"潘乡长,这个话言重了。"

"没有言重。过去产业规划,由村组上报,现在则由国家直接下达任务。只是个方式变化,实质一样,它都是村里的事,咋说与我们无关呢?我们认识上出现误区,压根就没当回事。这么好的产业布局,却在咱们村搞砸了,效益没有,老百姓失望,在座的人能一推了之吗?"潘飞硬生生地把钟海书记的话讲出来,说完才觉得场合不对,感觉自己真是缺心眼,差经验,但已经无法收回。

黄雪花脸上明显有不悦之色,潘飞只能绷着脸继续讲下去:"就说修路的事,确实是承包公司在修,但是,这条路修通以后,谁受益呢?还用说吗,村民受益最大。难道这仅仅就是承包商的事?要说损失,国家的损失最大,修路的钱是国家给的,请问,连山冲村自古以来,谁给钱修过路?国家出钱,为我们修路,请问,天底下哪有这等好事?我们却说与我们无关,还阻碍修路,请问,有这个理儿吗?过去我们自己出钱修路,没有矛盾,现在国家出钱修路,村里却矛盾不断,我们村支两委做了什么?有没有责任?本次产业布局调整,道理不是一样吗?在座的各位,有没有事不关己高高挂起的想法,有没有?"

见没人发言,潘飞继续引导说:"村支两委是阵地,是群众的领头羊,是村民的主心骨,推进农村产权制度改革,尤其是'三变'改革,我们的村组干部跟上新时代的步伐了吗?我看没有,而且落伍掉队。基础不牢,地动山摇。这样的基层队伍状况,能抓好产业新的布局吗?"

黄雪花听到这里,总算听出了个道道来,她捋了一下头发说:"国家这么多红利分到咱村,我们都惊讶。但是,国家在分切蛋糕时，能否深入农村摸底调查？他们就像天女散花，撒完就走人，也不问问地下的人需不需要？"

潘飞听了黄雪花的话，便有些不太自然，但黄雪花却不管不顾地说："这些产业适不适合咱村，得调查了解。比如，成片的竹林，成片的柳杉树，成片的红豆杉，现成的，咱们能否换一种思维，能否这样布局呢：把环境打造一下，原始森林变成生态旅游观光园？"

听了黄雪花的发言，会议室讨论的声音大了起来。徐张飞大声说："过去做产业，村组申报，从底层做起，农民自己要做。现在做产业，产业办直接下达任务，农民愿不愿接招，他们就不管不问。"

黄雪花望了一眼潘飞，叹了一声气说："完全不顾实际情况，硬性下达指标，一刀切，这就是搞政绩工程！"

潘飞明显有些不耐烦，他太年轻了，在连山，钟书记就是他的榜样，钟书记的话就是真理。但是，他万万没想到，连山冲有连山冲的实际，这个世界只有变才是真理，原本就没有一成不变的真理。会场上七嘴八舌地议论开了，把今天重新布局产业的会议主题完全冲淡。

"竹林里修建人行便道，既方便入林采笋，也便于照管。"

"发展竹产业，多好，现成的，又无须投入太多的劳动力。"

"现在留守下来的人不多，全村就百十人，而且老弱病残者占多数，动辄做几千亩脆红李，几千亩金银花，几千亩栀子花，现实吗？"

"能否考虑这样的方案，乡里鼓励农民发展产业，比如竹林产业，发展一亩，奖补多少，农民普遍受益，自然就有动力。"

潘飞听着讨论，也陷入思考。最后突然想起一件事，便提醒道："补贴，补贴，只有纳入县规划的项目，才有补贴。"

黄雪花站了起来，扭扭粗腰，又坐了下去，说："我诚恳接受

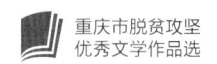

潘乡长的批评,过去,我们村支两委干部思想认识跟不上形势发展,没有落实好上级的产业布局,有不可推卸的责任。但是,上级在下达任务时,只管发展,不看效益,搞政绩工程。这么多的产业,多数失败。请潘乡长考虑一下,连山乡,我们有传统的黄连、竹、柳杉林,多年以来,连山人就是靠这三个副业在生存和发展的。"

丁华听了黄雪花的发言,颇有感悟似的说:"过去,连山的产业,政府费尽力气抓的,效果不好,没有抓的,反而经久不衰,发展势头好。我就想不通,这到底是为什么?刚才听了黄支书的话,我才有了答案,它就是一个是否切合实际的问题。"

这次产业重新布局大会,效果不佳,甚至与乡里的决策格格不入。黄连中药材,这是传统产业,继续保留,这个没有疑问。生态产业,确实是一项新课题。关键是县产业办下达的规划,倘若完不成任务,这个如何交代?黄雪花、丁华讲的产业,其实就是生态产业,靠山吃山的产业,如果按照这个思路做,在连山,它将颠覆过去的一些做法,是一个全新的概念。

散会后,潘飞坐在办公室里,独自一个人抽起了闷烟。他还没有转过弯来,脑子里闪现了一个可怕的念头,村里反对乡政府的产业布局,难道是农民的自私狭隘,只顾眼前利益在作祟?乡党委政府的决策落实不下去,说明自己执行力出了问题,难道不是吗?经验欠缺,优柔寡断,毫无魄力。这样下去,自己还有何威信可言呢?潘飞虽然感觉疲惫,但心里有个疙瘩解不开,一根烟接着一根烟抽,烟缸里堆满了烟头。

夜深了,潘飞上了床,却怎么也睡不着,回想到修路顶撞县交通扶贫指挥部之事,还心有余悸。这样做,肯定是为官之大忌,给人留下以下犯上的印象。但是,这次产业布局,'三变'改革,又显现新的苗头,弄不好,栀子花落实不下去,还要重新布局新的产业。构想一项产业，本就是难事，何况有顶撞产业办的风险。产业办这个产业规划，可是经过县扶贫开发领导小组决定的，就是胆子再大，也不敢违抗县委政府决策，这是起码的规矩。但是，凭良心说话，过去的产业规划，不切实际，失败了，还能说没有问题？如果唯命是从，只顾完成任务，抓政绩工程，自己并无过错，但老百姓反对。如果站在老百姓一边，因地制宜布局产业，推进'三变'改革，产业办不满意。如何取舍呢？潘飞可以说遇到前所未有的压力。

迷迷糊糊中，潘飞睡着了，他梦见自己进了考场。

考场太大，恍若县里的大会场。自己就坐在最后一排靠边的位置上。考官很快下发考卷。潘飞便埋头做，有一道题，难倒了他。

这是个小学数学的"相遇"问题。姐妹俩同时从家里出发去少年宫，妹妹步行慢些，姐姐骑自行车，快一些，到达少年宫后立即返回，途中与妹妹相遇。这时妹妹走了几分钟？用小学数学行程问题解答。

潘飞看了题后，迅速地列了个一元一次方程式，很快计算出答案。恍惚间，潘飞突然看见了题的后面注明用小学数学行程问题解答，于是，潘飞开始断断续续回忆小学学过的知识。

梦的内容，场景，往往是飘移的，虚幻的，跳跃的，不知不觉之中，耗费了时间。待他抬起头时，突然看见前面的考生都开始交卷了，而自己还是想不到解题方法，便有些紧张起来。一紧张就越慌乱，潘飞感觉完全失忆，对于小学的解题方法，大脑一片空白。他就这么冥思苦想着，直到考官走到他桌前，收走考卷。此时他发现，偌大的考场，只剩他一人孤零零坐着。他呆呆地看着前面空空荡荡的一排排座椅和考官们离去的背影，急出了一身冷汗。就这样，梦被惊醒了。

潘飞坐了起来，回想梦中的试卷，仍然清晰可见，感觉好笑。

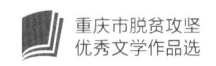

他打开手机,开始浏览网上信息。突然又想到产业,想到'三变'改革,思绪比较凌乱。他思考了十多种产业模式,甚至想到在县城买一间门面,靠租金为贫困户稳定创收。但是,最后归结到生态产业上来。

潘飞回想着今天村里的产业布局会。会开到这个份上,也是始料未及的。潘飞突然意识到县产业重新办规划的栀子花与连山乡自身的生态产业之间的矛盾。但是,如何面对县产业办?能顶回去么?敢顶回去么?自己是一头莽撞的牛,面对的是一头雄狮,一头顶上,或许出现生机,或许被吃掉。怎么办?他还没主意。

但是,这项产业重新布局铁定落实不下去了,即使认领,也只是应付。而按照实际抓生态产业,引进企业,建设森林公园,开发连山冲古道,文化与旅游相结合,则完全是一番新的景象。思路逐渐明朗,一旦转型绿色生态产业,势必舍弃产业办的产业布局。产业办的栀子花项目,有补贴,落实快,吹糠见米,也确实有规模效应,凸显亮点。而当地农民想开发的项目,却没有补贴,抓起来吃力,推进慢。这就是矛盾。潘飞此时变得心事重重,难以取舍。

因为村道路塌方,已经走不通连山冲的路了,潘飞只好让驾驶员把车停在路边,步行进山。走到连山冲一碗水边,正弯腰喝水,却不料被那头愤怒的大黑羊又来一记"山羊冲"。山羊角顶到他的胯上,他疼得"哎呀哎呀"直叫唤。

改扩建的公路,正好经过古河清的祖坟。真是冤家路窄,往后就是绝壁,往外是深渊,只能从古河清家的祖坟处通过。连续几天,古河清就坐在他家的祖坟上,张口要钱。

一段错开的路,路安的挖机正在刨。潘飞和驻村队长江涛从上面的新开路,下到老路。此时路安在上面大声招呼:"潘乡长,刚挖的新路,塌方多,很危险,你们快速通过。"

潘飞回应道:"知道了,路老板,你们千万注意安全。发生任何事故，都会造成损失。"

走了近一公里，潘飞突然看见上面山体有异动，大叫一声："快跑！"两人便拼命向后跑去。跑了还不到一百米的距离，身后传来"轰隆隆"巨响，潘飞回头一看，"妈呀"叫了一声，惊得目瞪口呆，公路已经不见了，塌方的泥石还在滚动。

就在潘飞惊魂未定之时，一块大石从上面掉落下来，潘飞拉着江涛，几大步躲进公路的边沟，石头从他俩头顶飞过。潘飞逃过一劫，从沟里站起来，突然感觉左脚疼痛难忍。勉强上到公路，他脱下鞋子，发现脚踝有一道伤口。潘飞坐到路边石块上，江涛帮他揉了揉，潘飞直喊痛。

江涛说："可能有骨折，潘乡长，得回去了，马上到医院。"

潘飞气喘吁吁地说："没那么严重的，还是先到村里。"潘飞站了起来，犟着走了几步，又坐了下去，满头大汗。

"我看就是骨折，咱们不走了，赶紧返回。"江涛再次催促。

"他古河清还在闹哇，现在还坐在他家祖坟头上的。"潘飞说道。

"嗨，这都受伤了，还管他古河清干啥。来，我背你走，马上去医院。"

潘飞的脚打上石膏，被妻子金竹接回家。第二天一大早，金竹做了一碗面条，潘飞还没吃完，她就丢下一句"看好女儿"，便匆匆忙忙搭同事的车上班去了。潘飞望着妻子的背影，叹了一口气，咕哝一句"劳碌命"。妻子在乡里工作十多年了，跟自己一样，早出晚归，两头不见天日。自从有了二胎女儿，为了多点工资奖金，产假没完就回了单位。为了节省开支，也没请保姆，自己带着。那个心酸劲，潘飞也是看在眼里，却毫无办法，还好儿子争气，读初中住校，成绩名列前茅。自从潘飞去了乡下，一家人分作三个家，只在周末回家团聚。

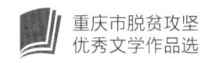

潘飞坐在沙发上，抱着女儿亲了一下，又逗着女儿玩了一阵。突然，女儿尿尿，潘飞行动不便，撒到裤子上。到了上午十点钟，女儿肚子饿了，开始哭闹起来。潘飞给妻子打了个电话，妻子说正在村里走访贫困户，急着填写本月扶贫手册，还要更换贫困户门牌信息，冲点奶粉将就一下。潘飞只好将女儿放到地上，拄着拐杖，冲了瓶奶水，喂了起来。没过多久，女儿一泡尿又撒在他的裤子上，这下，他的裤子湿了一片。

就这半天时间，潘飞感觉难受，体验到带孩子的苦。但是，此时的潘飞开始烦躁起来，不仅仅是女儿，还有连山的事儿。一个上午，接到五个电话，搅得他不得安宁。他把女儿放到地板上，自己闭上眼睛，想休息一下。突然，女儿再次哭闹起来，见没人理睬，便越哭越起劲。女儿的哭声，让潘飞更加手脚无措。

他想到妈妈，于是拿出电话拨通。妈妈从高中语文教师的岗位退休五年了，身体也不太好，要不是自己遇上难题，怎么好意思让老人来呢。妈妈接到电话，就答应立即赶去。潘飞知道，妈妈今年六十岁了，最爱他，有求必应，自己没尽孝道，反倒经常得到老人的照顾，自己走到哪里，妈妈就跟到哪里。到了连山乡后，妈妈还特地去看他几次，见乡上伙食差，还带了几十斤香肠，交给食堂师傅，让乡上的干部们打牙祭。想到这里，潘飞便又一阵愧疚。

潘飞一个人憋在家里，女儿的哭闹声越发让他情绪低落。他回想着修建连山冲村道路的事，古河清三番五次阻扰，搅得他心慌意乱，突然钻出个环保执法，冷不丁挨了个处分，像一颗钉子打进了身体，接着，伤了脚，只好困在家里。拼了心智拼体力，拼了体力拼身体，接二连三的事，都仿佛冲着自己来的，到底是为什么？是做好事难，还是好事也难做呢？其实都不是，穷才是根源。

下午两点钟，爸爸妈妈真就赶来了，乘客车就要一个多小时。妈妈听说潘飞和孙女还没吃午饭，便在厨房忙开了。

一阵忙完，哄孙女睡觉后，潘飞与父母便坐在沙发上聊天。"妈，连山那里的情况你是看见的，偏僻落后，山高坡陡，资源缺乏，传统农业不大不强，新的产业量小质弱。山上都是石头，长树不长庄稼，恶劣的自然环境，人的生存都困难，怎么求发展？乡政府的干部们，谁都有理想，有抱负，都想有所作为，可就是使不上劲，施展不开。我都不知道咋办？"潘飞抱怨说。

"你不是常在唱一首歌吗，连山冲，高又高，白云飘在半山腰。这么美丽的山村，去了就好好干吧。"

"嗨，妈妈，您是不知道呀，什么白云飘哟，那就是瘴气弥漫。就说这干吧，怎么个干法呢？您说，我都伤成这个样子，我还能干什么？真是倒霉透了。"

妈妈蹲在潘飞的前面，抚摸着儿子打着石膏的脚说：

"还疼吗？"

"不是很疼了。但是，您看，这何时能治好呢？"

"伤筋断骨一百天，你安心养伤，乡里的事暂时搁一下。"

"能搁吗？哎，您是不知道，脱贫攻坚到了关键期，像打仗一样。冲上去，就赢了，冲不上去，就惨败。"

"没那么严重吧，这是和平时期。"

"哎，您没到扶贫一线去，不了解情况，扶贫就是攻坚战。"潘飞叹了一声气。

"既然叫攻坚战，这个时候，你就是一名拼了命也要冲的战士。切不能打退堂鼓啊。"爸爸安慰说。

妈妈问道："儿子，妈妈从来没见过你这么消极过，你从小就是坚强的男子汉。到底发生什么事儿了？"妈妈像教育学生一样开导着儿子。最近，她隐隐约约听说，儿子受了处分。但是，儿子不提，她也不便问。难道儿子因此背上思想包袱了吗？显然，潘飞无法释怀。

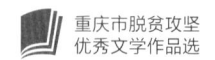

潘飞幽幽地盯着窗外好一阵，转头对妈妈说："妈，我在干记者的时候，没有深入采访过贫困户，我原以为绝对贫困是没有的。到现在，我实话告诉您，还真有。也可能是精准扶贫吧，我所看到的都是精准的贫穷与苦难。"

妈妈听了儿子的话，看了一眼熟睡的孙女，在茶壶里接了一杯水，递给潘飞说："儿子，妈妈不懂扶贫，但是，妈妈是从贫困年代走过来的。贫困，过去有，今天有，以后还会有。消除贫困，自古以来，只是相对的，没有绝对的。所以扶贫是一项长期的任务。你不能因为扶贫，看见的都是人间苦难，同情共振，就意志消沉。"

"您是人民教师，教书育人几十年，您一定有自己的观察和看法。"

"从纵向看，朝代更迭时，国家混乱，战争频仍，难民涌现，导致贫困。从横向看，因为一场战争，一次瘟疫，一夜返贫，百姓遭殃，这样的事例还少吗？所以，消除贫困，自古以来，只是相对的，没有绝对的。"

"可我看见的，还有懒惰致贫。"

"儿子，勤劳致富，这是中国人的美德，但是，毋容置疑，有的人，丧志堕落，潦倒一生，林子大了什么鸟都有。"

"在扶贫中，我不仅看见人间的悲剧，还看见制造悲剧的人。有人看见了利益，就会把美德丢了。"

妈妈发现潘飞没头没脑地说些不着调的话，让她疑惑。"见利忘义，这是人的劣根性，晦暗的一面。这样的人，这样的事，不值得计较。"妈妈随口一说。

"嗯，人穷志不穷，才是治贫的根本。有这样一个事实，水、电、路、房、讯，都有了，按说就该知足。但是，有的人不这么想，甚至不干活了，争当贫困户，盼望着国家那点低保金。这么个心态，路修得再好，有啥用？扶不起的阿斗。在乡下，我看到一位五十多岁的老人，身体还好，可以下地干活，但他长期游手好闲不务正业，用国家发的低保金去喝酒打牌赌博。但由于符合贫困户标准，也被纳入了贫困户。"

妈妈已经听出了儿子的心事，他已经陷入扶贫旋涡不能自拔，患上"焦虑症"，于是开导说："这就是典型的懒惰致贫。儿子，勤劳致富，才是中国人民的美德，人穷志不穷，才是治贫的根本。这样的人，要扶贫，更要扶志。儿子啊，这种人，毕竟是少数，一定是少数。儿子，你看见的仅仅是尚存于社会底层的人间苦难，决不能用灰暗的眼睛看待这个世界，这个世界是光明的。你没听说吗？最近，我看到报道，有扶贫干部出现心理障碍，患了焦虑症。你不会也有吧？儿子，赶紧走出来。"

坐在沙发上一直倾听着的爸爸，此时开口说话："我刚才听了你的抱怨，我很担心你现在的状态，被一种消极情绪所影响。爸爸是个老乡干部，对于农村工作很熟悉。扶贫工作，本身就是帮扶弱势群体做善事。跟农民打交道，得有宽广的胸怀，怕苦怕累，私心重的人绝对干不好，也待不下去。新中国建立起来后，国家都在持续不断地扶贫，本轮扶贫，上升为国家行动，我看就是一场彻底的革命，与贫困的最大的一次决战。我们国家改革开放后逐步富起来，不就是有许多无私的人奋斗出来的吗？所以，你决不能消沉下去。"

潘飞听了爸爸的话，心情开始缓解，说："爸，妈，我从小受到你们的良好教育，耳濡目染，我一直是按照你们说的那样去做。但是，我现在车没了，脚也受了重伤，还受了处分，接二连三倒霉的事，都发生在我的身上，我才产生了畏难情绪。"

爸爸接过话说："走任何路都不是一帆风顺的，坚持下去，你就会坚强起来。等伤好了，早点回到岗位上去。"

女儿听见大人们说话，突然惊醒了，潘飞抱在怀里，看着电

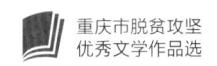

视,双眼迷离。好一阵,潘飞幽幽地说:"尽是些头疼事,缠得人发疯,我真想辞职,我都不知道当时为啥稀里糊涂接受这个烂摊子。现在,我只要走上去连山的路,心里就立即升起一团乌云。到底为了什么?竟然去到那个鸟不拉屎的穷山沟,简直就是自讨苦吃。"

妈妈听了潘飞的话,眉头紧锁,盯着潘飞垂头丧气的样子说:"儿子,这不是你的性格。前段时间,你不是说过,还在修通村路吗?连山的环境的确差,但是,慢慢地一点一点做,总能有所改变。"

"哼,别提了,提起修路,就想冒火。"

妈妈见儿子越说越不对劲,不知所措,也只能往好的方面劝说:"儿子,妈妈也是农民出身,这个扶贫工作,本身就是帮扶弱势群体,做善事。跟农民打交道,得走进他们中间去,得有俯首甘为孺子牛的胸襟。干扶贫工作,如果私心太重,没有大爱情怀,绝对干不好,也待不下去。"妈妈突然想到一个理由,或许这样能说服儿子,于是慢慢道来:"再说这个贫困户,就是你刚才讲到的人间苦难,他们确实需要人帮的。扶真贫,真扶贫,指的就是这样的贫困户。你不愿帮,他也不愿帮,谁去帮呢?再说,你这么想,局长科长们也这么想,县长省长们也这么想,这个贫谁去扶?艰苦艰难的事没人干,这个短板不就永远短下去吗?"

听了妈妈的话,潘飞深吸一口气,长长地吐了出来,他说出了埋藏已久的心事:"我早已厌烦,我要逃离,现在,马上,一刻也不停留。我不敢想象,老书记钟海竟然在乡里待了二十五年,他是怎么滚过来的,哎——"

妈妈睁大眼睛看着他问:"你想干吗?"

潘飞头一仰说:"回归本行,当一名流浪歌手。像大学时一样,走到大街上,高歌一曲,潇潇洒洒,无忧无虑,无拘无束,天涯海角任我行。"

此时，妈妈听儿子说要辞职，便担忧之极，她不知道儿子究竟经历了什么，但她已然察觉到，儿子不仅仅脚受伤，心也受伤。但她只能安慰，于是轻轻地说："儿子，走任何一条路，都不是一帆风顺的。妈妈知道你喜欢音乐，你可以把它当业余爱好。"

潘飞低声说出一句话来："我想研究心理学。"

妈妈听着潘飞的话，显然很不着边际，露出惊讶之色，感觉儿子承受的委屈太大，便接过孙女说："儿子，妈妈可要求证你的心理阴影面积了。你是不是因为扶贫，接触的都是贫困户，痛苦事、揪心事看多了？你这就是典型的扶贫焦虑症。儿子，你爸妈可是从农村出来的，可不能瞧不起农民，瞧不起农村。坚持下去，你会坚强起来，遇事就选择逃离，这不是你的个性，咱们得坦然面对。"

潘飞歪着脑袋，盯着妈妈说："我不是瞧不起农村。有的人，但凡有点权力，便高高在上，颐指气使，把自己也是农民的身份抛之脑后，没有一点官德。"

"儿子，你可不能胡来，你这又是焦虑症的表现哟。农村可是个广阔的天地，你成天待在机关里，能有这些烦恼吗？有这些烦恼，说明你的初心未泯，你在进步，在提升。这么说吧，那些让你受委屈的人，你把他当成教练好吗？没有他们，你能成长吗？你才在乡里多久，就厌烦了呢？还有什么苦，什么难的，扛不过去呢？你是扶贫干部，你都这个精神状态，还怎么去扶贫扶志呢？你刚才提到的心理学，我感兴趣。治疗脚伤这段时间，建议你从扶贫心理学上做些思考，兴许对扶贫有帮助，对扶贫干部有帮助。这是一门新学问。"

潘飞听了妈妈的话，便低头不语。这些丧气话，只能跟妈妈说了，在妈妈面前尽情发泄一通，沉闷的压抑的情绪好受些了。突然，他又觉得自己很可怜，这么大的人了，已经坐镇一方，独当一

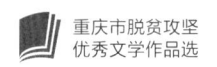

面，竟然还在妈妈面前诉苦，像儿时一样，把善良的妈妈，最爱自己的妈妈，当成出气筒，真是不该。还是爸爸说得对，自己现在就是一名战士，一名脱贫攻坚的战士，应该斗志昂扬，一往无前，怎能如此消沉和懦弱。

潘飞脚受了伤，只好在家里养着。妻子因为驻村，担任了扶贫驻村工作队长兼村支部第一书记，忙于扶贫，无暇顾及家庭，幸好潘飞妈妈爸爸及时增援，这个家才平静下来。潘飞也有时间研究连山的地理、气候和植被。前次在连山冲村召开的产业重新布局会议，县产业办下达的三千亩栀子花任务，没有落实下去。虽然产业办让了步，同意因地制宜发展特色产业，但这一下，潘飞却感觉突然没了依靠，心里空空的，压力反而变得更大。没有了栀子花产业，就得寻找新的产业，而且与贫困户的利益链接，形成稳定的长效的增收产业。这是防止脱贫后返贫的巩固性措施。

治疗脚伤的这段时间，潘飞在互联网上逐一搜索连山的植物系列。他阅读了黄连中药材、蜜蜂、红豆杉、柳杉、金竹的介绍。今天早上起来，他感觉腿恢复很快，就坐到阳台上，在笔记本上飞快地写。黄连属于传统产业，由于人口老龄化，年轻人外出务工，落户城里，早已不愿回乡种地，这批老连农离世之后，这个产业将后继无人，如果没有新的机制介入，便会逐渐萎缩。在连山，还有三大资源，一是金竹，二是杉树，三是云海。成片的金竹林、杉树，漂亮的云海，都是独特风景。潘飞再次打开手机，查阅到一些信息，金竹、杉树，均属耐阴植物，喜温暖湿润环境，而连山乡正好多雨雾天气，所以，这两种植物才能够在这里生长茂盛。

其实，初到连山乡，潘飞便看到了漫山遍野的金竹。为何称为"金竹"，与其他竹子有何区别，潘飞一开始也没仔细分辨。后来走进竹林，他发现多数竹子为绿色，与一般竹子无异，便一头雾水。他到连山冲村后，问及此事，黄连山一听，便呵呵一笑说："金竹就是一个品种，比斑竹大，比南竹小而已。"潘飞一听便不以为奇了。

杉树是一种速丰林，生长速度快，作为一项稳定增收产业，倒是没问题。那么，金竹能否作为一项扶贫产业呢？这时潘飞认真思考起来。

潘飞虽然脚受了伤，拄着拐杖走路，但已经按捺不住。回到乡里的第二天，便请驻村队长江涛开车到村里转悠。他此行的目的就是走进金竹林，近距离观察。在行进途中，潘飞还留意到了路边的银杏树和红豆杉。在经过一棵银杏树时，他让江涛停下车。

两人走近树根部，伸手合抱，还差很长呢。"要四个人才能合抱。"江涛望着树干说。

"这个树身估计有二十米高。"潘飞拄着拐杖，走得远远的，仰望树冠。

"树龄当在一千年之上。"江涛有些肯定地说。

"全乡如这样的古树还很多，我们得赶紧申报保护。"潘飞说。

"我也发现了古树，五百年以上的，村里就不下十棵，有的长在山林中，没有路，难以发现。"江涛说。

"我们都关注一下，及早做个清理，还没有挂牌的古树，要申报挂牌。"潘飞说。

"这些名木古树还必须加强管理，防止盗伐。"江涛说。

"脱贫攻坚把路修好了，来贫困村的游客多了，有人可能会打古树的主意，我们真得打预防针。我下一次在全乡脱贫攻坚推进会上，专门讲一讲这个问题，提个醒。"两人上了车，聊起古树的话题，不知不觉来到金竹林。

"你看，这箨鞘背面呈乳黄色，成长的竿呈绿黄色，这就是金竹的显著特征，也是金竹名字的来历吧。但是，粗心的人看不出。"潘飞拿着一根竹子说。

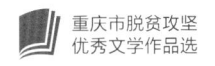

江涛蹲下来,仔细把玩,说:"我过去多次来金竹林,没注意到这个细节,认为叫金竹,无非就是个名字,与其他竹子无异。现在看来,还真与金黄色有关。"

潘飞说:"关键是金竹适合这里的气候,不怕雨水。"

江涛抬起头,踩着竹林下棉絮似的腐竹叶,说:"自从村里开了产业重新布局会,我就一直在研究金竹。我发现,金竹种植成本低,几乎没有病虫害。就在竹林中修一些人行便道,既防火,方便采笋,又可供游人观赏。"潘飞抬起头,深邃的眼光里,闪现出了一种新的期许。

"竹子是东方文明的象征,代表了中华民族的品格和节操。"潘飞说完便朗诵起郑板桥的《竹石》来,"咬定青山不放松,立根原在破岩中。千磨万击还坚劲,任尔东西南北风。"

听着潘飞朗诵诗歌,江涛显得兴奋起来,说:"竹不可无节,人不可无志。我们不仅可以打造万亩竹海,吸引游人参观,还能借物喻情,弘扬传统文化。这就是志智双扶。"

江涛这么一点,潘飞的思路更加开阔:"金竹产业,不仅是一项绿色生态产业,还是一项文化产业、旅游产业。"江涛赞同这个观点,对于文旅融合的产业新布局,也表现出极大的兴趣。

两人边聊边观赏茂林修竹,听着竹林中的鸟叫、蝉鸣、蛙声,看着漫山遍野的樱花、荔枝、兰草、映山红,惊叹于大自然的神奇美妙。

突然,竹林里传出"吱呜——吱呜——"的叫声。江涛站起来,循声找去,看见黄连棚黄瘌子正在捕捉一只飞狐。江涛大声叫起来:"黄连棚,你在干吗?飞狐是国家二级保护动物,你这是违法的。"潘飞听见喊声,挂着拐杖到了江涛跟前,也看见黄连棚,可能是刚喝了酒,脸还是红的。

"今晚打牙祭,炒一盘飞狐肉,下酒。"此时,他正提着一只飞狐，得意扬扬地望着江涛队长笑。

潘飞让黄连棚赶紧解下套绳放生，飞狐跳跃几下，便飞翔起来，瞬间消失在山崖下。

"你知道不？这片竹林为啥不长虫，就是有飞狐这样的竹林医生。"潘飞开导道。

"嘿嘿，白天抓飞狐，我还是第一回。这个家伙一般晚上才出洞。嘿嘿，套野猪的套，竟然套了只飞狐，也不错，没白下。哎哎，这飞狐肉好吃，野味鲜香。"黄瘸子边说边收拾套子。

突然，从竹林深处传来扑腾声，黄连棚大叫一声："锦鸡到手。"便一瘸一拐地向林子深处走过去。

"这个黄连棚，真是个法盲。"潘飞吼了一声，便让江涛赶紧跟上，一定要把锦鸡放生。潘飞走近时，果真看见一只漂亮的锦鸡，被套住了脚。

黄连棚用手抓住锦鸡双脚，高举过头："抓住了！抓住了！今晚就在我家里喝酒，请了！"他显得很兴奋。潘飞将锦鸡浑身打量一番：原来这是一只红腹锦鸡，胸脯以下，长着红色羽毛，背部红蓝相间，鲜艳夺目，身后拖着长长的蓝尾，头不停地转动着，两只眼睛囧囧有神，乍看上去，威武凶悍。

潘飞让黄连棚放生，不然就要报案，黄连棚很舍不得。其实，黄连棚也知道，红腹锦鸡是国家二级保护动物，不可捕捉。但他也有自己的一番道理。

"潘乡长，我抓飞狐、锦鸡，不全是为了吃野味，我有我的苦处。住在山里，尤其是到了冬天，这些野家伙成群结队飞到我家吊楼上偷吃苞米。没办法，我只好下套。"黄连棚望着锦鸡说，"下次再到我家偷吃东西，非宰了你不可！"说完，将手一扬，锦鸡落到地上，头一低，神速地钻进竹林。

从竹林回到村委，潘飞的头脑中已经形成"万亩竹海"的产业

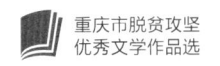

发展规划。不过，潘飞意识到，就是黄连棚这样的残疾人，依然会对野生珍稀动物产生危害。由此可以推断，人类是大自然的天敌。

潘飞在为全村产业苦寻路子时，包工头路安已经不止一次跑到他办公室叫苦，连山冲村的路的确不好修，从春节到秋季，整整六个月，路面都没拉出来。潘飞原本以为路安承包了工程，与政府无关了，可路安反映的问题，却不能不重视。

潘飞睡了个午觉，拄着拐杖下楼，刚来到办公室，看见路安坐在屋里吸烟。"你好，路老板，今天怎么有空来乡上？"

路安灭了烟蒂，说："能不来吗，你算一下，一公里四十万标的，人工工资、碎石、沙、水泥，看天涨价，我没办法做了。还有，这个鬼地方，一年四季就没晴几天，不是雨雪就是大雾，湿气太重，工程停停做做，谁受得了。潘乡长，这个项目要么我不做了，要么增加工程款。"

潘飞深邃的眼睛盯着路安说："你们真是不省心呀，一个古河清刚刚偃旗息鼓，你又蹦了出来。"

路安回答说："潘乡长，我可不是像古河清那样有意找碴儿，我是真出现难题。"

"你这个难题我解决不了，你自己承包的工程，你自己负责到底。"

"呵呵，就知道你要这么说。这些锅壁壁路，设计师根本就没实地勘察过，地形地貌、气候条件，第一手资料，他们没提供给我，就匆匆忙忙叫开工。再说，我过去也没来过这深山老林，谁知长什么样，合同上是改扩建，其实就是新建。在悬崖绝壁上凿一条路，下面挖一尺，上面就进一丈，简直就是愚公移山。还有那个古河清，多次阻扰施工，停工一天，挖机租金损失三百元。这个鬼地方的人，穷得心慌了吧，干其他不行，信访纠纷很在行，哎，我实在受不了。你亲眼所见，不是我叫苦，这条路，谁修谁亏。"路安说到这里，拿出合同，翻到最后一页说，"嗯，这合同上写清楚了的，修路中与村民产生的矛盾纠纷归乡政府协调处理。你说乡政府能撇脱吗？我认为政府有违约行为。"

潘飞一听就很不爽，但换位思考，他路安说的也不无道理，就这个工程预算价，真是谁做谁亏。但是，前次到县交委去，反映古河清赔偿的事，话还没说完，就被挡了回来，话伤人心："你潘飞有本事，自己找钱搁平，否则不要替人出头。"我潘飞就一个小小的乡长，不管钱不管人，我到哪里找这样一大笔钱去搁呐？再说，一个交委的施工员就可以怼自己一顿，找到县财政局，不被人当头一棒？资金没争取到，还给上级领导们添堵，何苦呢？

路安气冲冲地走了，没过几天，古河清又开始挑头闹事。这次不是赔偿，他明确说了，赔偿的事不再提，几根柳杉树不值钱，现在闹的是"通畅"。他弟弟古河满的死，对他刺激特别大，已经出了人命，他就是再"茗"，应该也不会阻止修路了。

潘飞只好赶到连山冲村，刚进到黄雪花家的吊脚楼处，看见黄雪花在园子里摘菜。"黄支书，最近村里清静多了。"潘飞开着玩笑。

黄雪花说："潘乡长，这个古河清，你是知道的，不是个省油的灯，村里有他，片刻不得安宁。"黄雪花只要一提起古河清，一张脸就被拉变形，说道："但是，自从古河满死后，古河清变了个人似的。"

"黄支书，最近古河清说过什么吗？"潘飞问。

"修路，他要求限期修路，包工头必须遵守合同。他闹的是通畅。"

"这个这个……"

"这个问题，我看是对的。"黄雪花见潘飞吞吞吐吐，便直言不讳。她说完站起来，接了一杯水，递给了潘飞，接着说："古河清

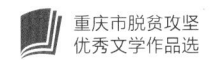

可是村上重点培植的养猪大户，嘿，这路不通了，车进不去，就只好雇人，一头一头地往乡场上抬。三十几里山路，就这么抬，你说他受得了吗？他不闹赔偿闹通畅，闹得对，闹到点子上。别说他要上访，这次，我还会跟他一起去。嗯，要上访就直接找县长，找那个什么委的什么员的，顶个屁用。"

"黄支书，你别冲动啊，我马上通知古河清来村委。"

潘飞有些急，他知道上级的每一个部门，都称机关，机关，就是说这个机构很关键，各管各的事，各掌各的权，像火药枪的扳机，只要一发动，就火药味十足，尤其是脱贫攻坚期间，每个人都处于紧张的战斗状态。作为一级政府，向上反映问题，里面蕴含学问，还得细细斟酌，弄不好会适得其反。

从连山冲村回来，潘飞感觉很累，趴在床上就迷糊上了，但没多大的工夫，就翻身坐起，开始思考修路的事。扶贫工程这样拖着，村民进出不方便，村民肯定有意见，也会影响到扶贫成效。黄雪花和古河清说得对，现在通畅比任何一项扶贫项目都重要，它就是瓶颈。这个项目拖延，或者完不成，连山冲村其他扶贫项目都会受到严重影响。潘飞思前想后，最后决定向上反映。就以乡政府的名义，形成翔实的书面报告，直接呈送"县交通扶贫指挥部"。舍得头上的乌纱帽，撞了南墙，再回头不迟。"这个黄雪花，还真是个辣妹子。"潘飞确实是黄雪花给他垫的底，壮的胆。自己到了乡下这几年，做缩头乌龟的时候多，产业重新布局时，做了一件有违上级指令的事，三千亩栀子花就没落实下去，虽然领导们没有责怪和批评，总感觉过意不去。这一次如果再这么干，就不一定走好运。但是，这关系到贫困村的出行难问题，关系到"四好"扶贫路建设，也关系到全村老百姓的切身利益。潘飞几经权衡，决定当一回"铁脑壳"，顶出去再说。

潘飞的问题反映递交上去后，县委书记亲自在乡政府的报告上批示调规。这让潘飞感到惊讶,不仅解决了问题,还没有挨骂。潘飞绷紧的弦一下子松弛。但很快,他又觉得有些酸楚,他想到两记"山羊冲",想到永远都纠缠不清的古河清,想到处分,想到自己到这个偏远落后的地方来寻苦,想到受伤的脚,究竟为了什么?真是憋尿放屁——顾不了哪一边。潘飞思前想后,便双手抱住头,闭上眼睛,然后苦笑几声,冒出两颗酸楚的泪。

这行泪,是感激,是艰难人生之叹息,高度紧张和压抑的释放。苦和累,对他来说,已经不太在意,他已经完成了城里人和乡下人角色的转换,扶贫的焦灼上升为忧患。他不仅看见了人间尚存的苦难,还看见了如何制造苦难,以及对于苦难的漠视。他有了扶贫的悲壮感,这是未经历脱贫攻坚的人永远无法体会到的悲壮。他觉得自己成熟了,但同时认为,这样的成熟,完全有违人的正常心性,是一种淤积愤怒之后的畸形成熟。所有的痛苦痛心,都会翻篇,但是,永远翻不过人生的篇章。一道道阴影,刻进了他的肌肤,刻进了他的灵魂。

八

　　潘飞的脚渐渐治愈，现在，不拄拐杖也能走路了，今天他和丁华来到古河清家。摆在潘飞面前的是一件棘手问题，古河清拒绝参加"厕所革命"。

　　最近，为了一座祖坟的赔偿，他竟然每天都坐在祖坟头上，阻挡修路。"简直就是个疯子。"潘飞心里骂道。从黄雪花反映的情况看，这段改扩建公路，还得毁掉古河清的祖坟。鉴于路安的施工队还在其他地方施工，暂时不与古河清发生冲突，不急于处理。

　　全村环境整治工作推进迅速，古河清家也纳入整治。对于古河清家的房屋，潘飞还是了解的，全木吊脚楼，建在斜坡上，父亲去世后，母亲到女儿家照看外孙，这个小三合院自然分配给两个儿子。老大古河清虽也外出务工，但总的来说勤于农耕，在老家居住生活的时间占多数。老二古河满，读完高中后就外出打工，极少回家了，儿女都在县城买了房，就将祖遗房产交给哥哥代管。古河满去世后，弟媳也随儿女进了城，农村旧房子本身就不值钱，等于给了大哥。古河清的两个儿子一个女儿也外出务工，相继在县城安家，连户口都已经迁出连山冲。所以，这个农家小院，其实就剩古河清两口子留守了。

　　潘飞过去一直关注的是贫困户，在古河清家经过若干次，没有进到他家里看看。政策调整后，为提升全村农户对扶贫工作的满意度，潘飞才开始关注这些非贫困户。

　　站在远处看，古河清家这个三合院，虽然老旧些，但修得十分紧凑漂亮，坐北朝南，五间正房，两间厢房，中间一块长方形坝子。两间厢房靠边的一间，基脚下伸，形如悬吊，这就是连山典型的吊脚楼建筑。吊脚楼上的阳台走廊与正房的街沿相连，从东到西，可以绕一个大圈，畅行无阻。这是干栏式全木结构，土家族标志性农舍。坝子外长着一棵青冈树，树身上缠绕着一根粗大的藤，每年夏天，藤蔓上开出红的白的紫的花，古河清叫它"腾龙树"。他曾经引以为自豪，自己能当老板，多亏有这棵腾龙树，但是，生意亏了本，他又开始责怪腾龙树，甚至都想伐掉。

这样的独家别院，本应该雅洁清幽，给人以"采菊东篱下，悠然见南山"之诗情画意，而且古河清有养猪场，是位老板，家庭自然搞得不差。然而，潘飞走进院落，看到的场景却让他大跌眼镜。

屋檐下，堆着柴火、洋芋、红薯、农具，杂乱无章地摆放。院坝边长满青蒿杂草，一台洗衣机，脏水随意流在坝子上，变成黑乎乎的一摊污水。正堂屋靠墙放着两具漆黑大棺材，着实把潘飞吓了一跳。鸡鸭粪便，繁星点点，犹如地雷阵。屋后有一间偏房，屋顶用树皮茅草当瓦，腐烂的茅草上，竟然长出一棵树，足有一人高，非常显眼。而对这个问题，古河清有自己的见解，屋梁上长树，绝对就是风水树。

在火塘边，潘飞看见"冲搭钩"上方，垂吊着十余块老腊肉。他可是细心的人，用手电筒上下照看，见腊肉上长满了绿色和白色的霉斑，全是灰烬，根本看不见肉。潘飞拾起一根木棍，拨开几块，顿时肚里开始翻腾，瘆得慌。原来腊肉上有蛆虫蠕动，几只黑背的小雷公虫，张开两只触须，见光后迅疾爬行。

潘飞一阵恶心，蹲在街沿，感觉稍好一点，问道："老古，你这些腊肉什么时候的？"

"多数是去年的，也有两三年的老腊肉。怎么了，潘乡长，你问这个干吗？"

"肉上面绿一团白一团的，是霉吧？"

"不是肉霉，是灰霉。连山冲过夏天，不生火，腊肉上的灰，

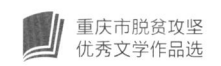

都要长一层霉的，抹掉就能吃。"古河清用火钳顶了一下腊肉，解释道，"潘乡长，你还没见识过吧，这是巴霉腊肉。"

"但是，有的已经腐烂。"

"没有，扒掉霉，肉还是好好的。"

"你把这块取下。"潘飞指着一块肉说。

古河清取下一块猪脚，提到街沿上。潘飞这下看得真切，上面包裹着一层厚厚的烟灰，完全看不见肉了，立即说："臭了，臭了，赶紧扔掉。"

古河清用鼻子嗅了一下，眉头一皱，额上的菱形章尤其显眼，说："这个有三年了，老腊肉，放坏了，嗯，的确坏了，咋就坏了呢？明明是巴霉腊肉。"

"时间长了，腊肉照样会变质。你为啥不卖呢？"

"不卖。"

"宁愿放坏，也不愿卖？"

"嚛，我再穷也不卖肉的。连山冲的人，你见过谁家在卖腊肉的。大雪封山几个月，没有肉，咋过冬？"

这时，村主任丁华插进话来："你这是哪个年代的习惯，现在可不比过去，生活好了，公路也通了，什么时候都能买到新鲜肉。你家不是开了养猪场吗，还缺肉？你这个习惯应该改了，连山冲就你保守落后。"

古河清听了这话，额头上的菱形章抖动起来，说："我就是落后，还穷困，标准的贫困户，两年申报，你为啥不批？我改什么，我两口子是留守老人。"他的脸色瞬间难看起来，说："我家没有什么收入，两个老病号，这日子咋个过嘛。"

"你不是开办了养猪场吗？"

"养猪场，哼，亏了。谁都知道，没国家的补贴，养猪必亏。"

"你可以申报补贴。"

"哎呀，不行，环保验收不过关，办不了手续。没有审批手续，人家不给补贴。而且下了通牒，必须关闭。你看，我这投资打了水漂。"

见潘乡长有些犹豫了，古河清提出一只拉杆大箱，打开后，将里面的药抓出，撒了一地："你们看，你们都看啊，你们都有眼睛的，这是药吧，这难道还不说明问题？"随后，古河清从屋里拿出医院的诊断书，想得到进一步认可。潘飞看了看，好家伙，冠心病、腰椎病、肠胃病、糖尿病、风湿病，一共五种疾病，还真是病人，一时不好拿捏。

古河清朝着村主任丁华大声叫嚷起来："去年我申请低保，不知道咋回事，上级领导们硬是没批准，这很不公平。贫困户要什么满足什么，非贫困户的困难怎么就没人理呢？你们看看，眼前这一堆药，还不说明问题，我是不是因病致贫？"

古河清的女人见自己的男人明显占了上风，便开始帮腔："呵呵，我也是一身病。哎呀，我都不好意思说出口的，反正，反正就是尿尿。"潘飞问有否病历或者诊断书，女人一听，几步下到院坝里，故意离得远远的说："我没去过医院，只是找人问过，说是生小孩时，挤压了膀胱，兜不住尿，无法医治。潘乡长，你说，我这一家子都是病人，该不该进贫困户？哎呀，现在听说贫困户那个什么操作系统不好改，那就评个低保户总可以了吧？"古河清的女人说完一脸羞涩，躲得远远的，究竟是在撒谎，还是没见过世面。

丁华见潘乡长一下子被蒙住了，便退到院坝边缘，高声回答道："古河清，我问你，你儿子在县城有几套房产？"

"没有，一套没有！"

丁华明显已经来气，在包里掏着，手都气得有些抖，突然拿出一张纸来："这是什么？房产证复印件，龙湾小区九幢二单元三楼一号。"古河清见丁华拿出真家伙，便不再说话了，退进门里，一

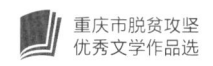

只脚搭在门槛上,只将头伸出来。丁华追了进来,几步跨进里间。潘飞紧跟着进了屋,突然,在黑暗的密室里,他看见两只巨大的圆柱形铁皮粮仓,装满苞米、谷子。潘飞估量了一下,一个仓至少三千斤,心里暗暗叫好,古河清真是个殷实户,土财主,不穷啊。

古河清见丁华揭了短,加之斧砍村委办公桌的事,就认为这两个人今天是来找碴儿的,转身提了一把锄头,径直朝后山去了。丁华"噗"的一声,吐了一口气。

潘飞和丁华返回时,两人又聊上了古河清。"你也是知道的,去年就数他家闹得最凶,村里确实讨论过他家吃低保的问题,但村民不投票,明明有个养猪场,怎么能吃低保呢?"丁华说。

"他儿子的情况你了解吗?"潘飞问道。

"他儿子当了老板,在城里买了房子,他瞒得了别人,瞒不了我。哼,我上了手段的。"

"什么手段?"

"佐证手段。对付这种无赖,就得有证据,就得动用法律,依法治理。我知道他关键时刻要出难题,我不得不留一手,我估计他还要在上级脱贫验收时动歪脑子。你这次也看见了,他在装穷,实则心态不平。"

连山冲村的黄连山、古河清,都是喜欢上访的人,潘飞仔细地研判后,觉得这个信访具有合理性,只是黄连山与古河清的内心想法不一致,这也是两人的区别之处。

上午乡里开完扶贫阶段性工作部署会后,潘飞走进钟海书记办公室。钟海书记关心地问道:"潘乡长,脚伤好了吗?"

潘飞走了几步说:"现在好多了。"说完坐到藤椅上。

潘飞紧接着汇报起了工作:"我回到村里,村道路的修建进展缓慢,信访的,阻拦修路的,一刻也没消停过。还有就是我最担心的产业问题,黄连传统产业,农民自发生产经营,我倒是不担心。

黄连山的小灶酒作坊，最近被检查到没有营业执照，古河清的养猪场濒临倒闭，这是我最担心的事。如果两家企业出现问题，村里就更加不得清静。问题得不到解决，这些人就上访闹事。你说，这与政府有何关系呢？"

钟海呵呵一笑说："这不难解释，这些人上访闹事，也可以这么解释吧，他们是在与命运抗争，与贫困抗争，只不过，他们选择的是原始的野蛮的方式。老天爷给他们选错了地方，生在这大山坡上，干事创业何其艰难，但又有什么办法呢？要文化没文化，怎么个文明法呢？说得直白点，无奈之举也。可恨，也可怜。"

潘飞听了钟海的话，还有些疑惑，嘴里轻轻嘀咕道："原始的野蛮的抗争？与命运抗争？与贫困抗争？"

钟海皱起眉头说："你到乡里工作时间短，还没深入了解农村和农民，以后你就慢慢懂了。村民的出行难问题，是目前制约连山乡经济发展的突出瓶颈，这是贫困的根源，所有的矛盾，都因此而生，这正是本轮扶贫所要攻克的顽固堡垒。但是，劣势可以转化为优势，只要路修通，突出短板就会变成突出的成绩。你放心，村道公路调规申请已经批复下来，路老板不再窝工，公路很快进入硬化，预计一个月完工。通组公路，通家便道，全面铺就。这个短板补起来了，村民的心态也就平衡了，他们还上访吗？还闹吗？不会的。这就是精准扶贫精准脱贫的效果。对于连山冲这样的贫困村来讲，可谓遇上了千载难逢之大变局，农村基础设施建设将迎来翻天覆地的变化。这样的创举，也只有在本轮扶贫中才可能完全实现，不平衡不充分的矛盾得以彻底解决。我们要看到希望，充满信心。"钟海显然在给潘飞打气。

潘飞总算明白钟海的意思，但还是忧心忡忡地说："路修通以后，咱们乡的旅游业可就有了盼头。我最担心的就是产业，尤其是黄连山的酒坊，古河清的养猪场。"钟海书记听完，也放下笔，开

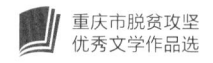

始思考。他其实最担心的也是产业问题，这是扶贫中的重点，也是难点。他详细询问起两家的情况。

"今年推进的美丽乡村建设中，有一项关于环境卫生整治的问题，就是村民俗称的'厕所革命'。黄连山的小灶酒坊，古河清的养猪场，环保评估均不达标，属于关闭对象。连山冲村村民的创业意识不强，创业氛围不浓。但是，黄连山、古河清两人，虽然有过上访的过激行为，但客观评价，两人都有创业激情和创业意识，这是一种正能量，难能可贵。但是，好不容易搞起的产业，就这么倒闭，会不会打击村民创业的积极性呢？"潘飞趁势将要说的话讲了出来。

钟海哈哈一笑说："看来你又有新思路了，你先说说看。"

潘飞谈出了自己的构思："'厕所革命'，是将陈旧的观念、不良的生产生活习惯革除，把创业精神、创新意识等积极因素革活。大众创业、万众创新，还必须有带头人引领示范。我们如果借扶贫这股东风，把黄连山的酒坊变酒厂，古河清的养猪场变为养殖基地，让这两家企业起死回生，那么，连山冲村的产业一盘棋就会走活，村民创业的积极性就会调动起来。"

钟海略有所思地说："革除，革活，起死回生。哈哈哈，说得好。我再补充一点，不仅不能让酒坊倒闭，让养猪场关门，还应该助他们一臂之力，发展壮大，成为连山冲村扶贫的成果和亮点。你有什么具体打算？"

潘飞回答说："我有个不成熟的建议，把两家企业合法化，申办营业执照，提升规模档次，然后，把产业扶贫基金投入进去，壮大企业实力，带动贫困户稳定增收。这是三赢的产业扶贫机制，即基金分红新模式。钟书记，你看可行不？"

钟海点点头说："你拟订一套实施方案，明天提交乡党委会研究，然后抓紧实施。要注意，酒厂的改扩建，先咨询一下市场监管部门。"

潘飞略作思考说："我已经咨询过，这样的小灶酒作坊，可以申办营业执照，但要进入生产和销售，还得有严格的卫生许可和质检程序。这些手续我去跑，应该没问题。"钟海书记点了点头，就不再说话了。

古河清不配合"厕所革命"，留下个脏乱差的典型，给村里施加压力，就是为了争当贫困户。但是，当听说"厕所革命"要革黄连山的烧酒坊，心里就暗暗高兴。

黄连山一直把古河清视为知己，一同信访过，一同堵过路，都能共同进退，毫无二心。但是近来发生的事，尤其是古河清竟然不听招呼，背着他独自行动，他就心里不舒服。他明里不说，背地里对黄连地、黄连棚、黄连树咕哝过，不要再打他的旗号，与政府对着干，这实际上就是变相拆古河清的台，支持村上的工作。但是，这次"厕所革命"，潘乡长竟然不给面子，要革他的小酒坊，他就又把古河清收到身边。

黄雪花近段时间特别留意黄连山。因为"厕所革命"，也是扶贫中的大事，水电路房讯攻下了，产业重新布局完成，贫困村的环境治理问题，也就是"厕所革命"，成为脱贫验收的最后一道堡垒。清理废弃农房和白色垃圾，监督化肥农药的使用，改厕、改灶、改院坝，不仅仅解决"眼球贫困"问题，更为重要的是改变贫困村的生产生活习惯，这无异于一场革命。

黄连山的烧酒坊，没有办理营业执照，凭着祖传技法，经验老到，煮出的酒，远近闻名，很受欢迎。所以，他固执地认为，自己靠传统工艺吃饭，酒的质量没有问题，便坚决不同意关闭，再次跟村里较上劲。而古河清就希望黄连山站出来，不配合这次"厕所革命"，而且坐到祖坟头上，拿出阻挡修路的架势。所以，黄连山跟哪些人碰头，黄雪花就得竖个耳朵。

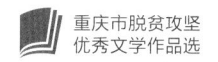

潘飞最近一段时间都在研判黄连山的酒坊，终于有了眉目。于是，他通知黄连山到村委开会。

在村党员活动室里，黄连山面对村支两委干部、驻村队员，阴沉着脸，一言不发，因为他还不知道这次开会的目的，见村民中只有他一个人时，便知道专为他的酒坊。场面有点尴尬，潘飞先发言，说："老黄……"

刚一开口，黄连山抢过话头说："听说你们邀请了县执法大队，要查封我的酒坊。那么，请问，你们究竟有何居心？是我的酒有质量问题，还是喝死了人？我凭勤劳致富，凭信誉挣钱，你们就这么看不顺眼？千方百计断我的财路？还要不要老百姓活命？"黄连山当过村干部，练就了一副铁齿钢牙，一开口就直奔主题。谁知潘飞却哈哈哈大笑起来，这让黄连山丈二和尚——摸不着头脑，不知这位年轻人心里装了个啥葫芦。

潘飞笑过后，说："这次为您酒坊的事，我不仅到了县食药品监督局，还去了公安局。"

"哦，潘乡长大动干戈了，想怎么样吧，直说。"黄连山说完，把头掉转过去，看着墙上"为人民服务"几个大字。

"哈哈哈，你老人家也看到了墙上的几个字，今天我们谈的内容，就是为您服务。我们把您的酒送检了。"

"抓我的证据？为我服务？"

"对，为您服务，服务型政府，就得为老百姓服务。"

黄连山把头转过来，盯着潘飞说："这倒是新鲜事。"

潘飞看着黄雪花说："黄支书，你把对老黄小酒坊处理意见宣布一下吧。"

黄雪花翻开笔记本说："黄叔，我也不绕弯子了。乡上村里多次研究你的酒坊问题，决定纳入此次'厕所革命'，进行彻底的革命。"黄连山突然咬了咬牙，点点头，一脸怒容，站起身来就走。

潘飞哈哈哈笑了几声，让黄雪花直插主题。

"关于黄连山小酒坊的革命方案就是，提档升级。"黄雪花说完，扑哧一笑。

黄连山坐回位置上说："怎么个提档升级？"

潘飞微微一笑说："老黄的酒坊，是咱村的老酒坊。所谓好酒不怕巷子深，这么偏远的山区，您的酒却从未愁销，这说明什么？说明您的酒没有质量问题，你的技术也没有问题，您的信誉更没有问题。我们不能让传统的酿酒工艺失传吧，所以决定帮助您提档升级。"

黄连山的脸色变得平和，说："我想过改造酒坊的事，但要花上万的钱呢。"

黄雪花接过话说："这次改造，村里决定投资。具体说吧，把您的酒厂办理营业执照，完善有关手续，现有的厂房重新修建，扩大生产规模，把小灶酒建成大灶酒。"

见黄连山还有些疑惑，潘飞补充道："所谓的提档升级，首先就是完善审批手续，合法经营；其次接受监督，保证质量；再次，你得让贤。"

"让贤？"

"对，酒厂的老板换成您的儿子。他文化程度高，身体好，正是干事创业的黄金年龄。您年事已高，退位吧，当个顾问。"

黄连山还是不放心地说："乡上的投资款属于高利贷吗？"

"不是。"

"那是什么？"

"产业扶贫基金，入股分红。"

"不是提鸡吧？"

"提什么鸡呢，那种事只有谭前进才干。乡上有三十一万的产业基金，入股您的酒厂，按照5∶4∶1比例占股分红。具体讲，这

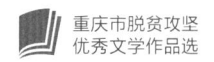

三十一万投入厂房建设,扩大生产,带动十五户特困户。您呐,占百分之五十的股份,贫困户占百分之四十的股份,村委占百分之十的股份。这就是乡上研究制定的创业扶贫创新模式。"潘飞讲完,看着黄连山说,"您还有不明白的吗?"

黄连山环视了在场的每一个人,说:"这等于国家出资帮我建厂。这次不是干部提鸡,是贫困户名正言顺地分红,几全其美。"

黄连山还从未遇到过这样的事,心里还是不踏实,于是追问道:"你们都知道,我这个人有个怪毛病,无功不受禄。国家给我投这么大一笔钱,让我扩大生产,究竟图我什么呢?"

潘飞毫不犹豫回答道:"我们图的是您的创业精神,图的是您的人品和信誉,图的是您的传统酿酒工艺。"

"那要分多久的红利呢?"

"五年。"

"只有五年,我看行,这次是你们送上门的,不是我上访讨来的。"黄连山说完,一张黝黑的老脸上,第一次展露出笑容。潘飞他们一听这话,也大笑不止。会场上顿时活跃起来。

晚上开会研究村里的环境整治问题。夜深了,潘飞没有回乡政府,就住在村上。第二天清早,他叫上丁华和江涛队长商量,想将"厕所革命"的政策,落实到古河清家里,三人于是决定再去一趟古家。三个男人一路聊着聊着,谈到村委的那个大坝子。

"这个地方真神奇,山腰间居然生出一块平地来,前后皆为百丈悬崖,形如座椅,如世外桃源一般。"潘飞从地上捡起一根金竹说。

"去年夏天,县城有人来露营避暑,都说过这话,他们还喜欢这个什么古道。这个路也生得神奇,开在山脊上,两边悬崖绝壁,我们爬上去都怕得要命,他们居然叫登山活动,还说风光无限,我实在不明白。"丁华回答。

"丁主任，这是个信号，绝对是个利好的信号。连山冲，过去是穷山恶水，现在变成绿水青山，城里人如获至宝，时兴这个绿色生态游。就说这条小溪吧，它就更加神奇，竟然从山顶上石缝里冒出一大股泉水来。"潘飞说。

"就是这股泉水，将坝子冲刷出一道弯曲的河来，站在连山冲古道上看，就像一条淌水的小青龙。过去只要下大雨，坝子里便是一片汪洋，我们就道是青龙作祟。扶贫工作开展后，整治了河床，拉直变宽，加固堤坝，洪水不再泛滥。县水利扶贫指挥部为咱们村做了一件大好事，功德无量。"丁华若有所思，继续说，"天降神水，天赐平坝，海拔一千二百米，气候怡人，建一个夏秋露营基地如何，旅游精准扶贫嘛？"潘飞听了丁华的话，点了点头，没有回答。

三个男人说着话，到了古河清的家门口。这一次，潘飞在屋内看得特别认真。古河清的房间里，除了火塘里燃烧着的树根蔸冒着猩红的火焰外，其余的就像堂屋的两口漆黑棺材：黑黢黢的老腊肉，黑黢黢的厕所，黑黢黢的厨房，黑黢黢的木板壁，黑黢黢的地板。

古河清原本对村组干部、驻村队员不怀好感，见潘飞和丁华在房间走动，心里便不安起来。

"你们想报复？想找我的违法证据？"古河清的菱形章再次凸显，满脸紧张之色，不断提问。潘飞笑了笑，没回答。检查完毕，潘飞钻出了吊脚楼，对古河清说："老古，我们今天来的目的就是检查环境卫生的。"古河清迅速将斧子丢到墙角。"脏乱差严重，在连山冲村就数你家最糟糕。"潘飞说。

"我都住了四代人了。"古河清说。

"住多少代人不重要，重要的是从现在开始，改习惯。你看看，灶膛子上积了厚厚一层污垢，我用菜刀都没铲掉。冷饭冷菜都酸了，长了霉，还放在碗柜里。"

"不干不净，吃了不生病。"

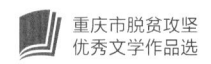

"一定要改，一定得改。"

"不改，嗯，几十年都过来了。你们要是没其他事，我上山了。"

潘飞叫住古河清说："老古，亏你还出过门，打过工，见过世面，还在当老板，怎么家里搞成这样呢?"

古河清把头偏向一边说："哎，弄得再干净，一年四季也没人来。"

"你自己住着舒服吗?"

"你看我两口子，一天忙不完的事，哪有闲心做卫生。将就过吧。再说，咱农村人，就这个样子，没那么多讲究。"

此时，丁华从大门口出来，手里抱着一床棉絮，抖落被面后，潘飞看见棉絮中间竟然烂了一个洞，棉花变黑板结。"这样的棉絮盖着如何暖和? 亏他古河清熬得住。"潘飞心里嘀咕。

突然，古河清像飞蛾一样扑了过去，大声嚷嚷起来："丁华，你想干啥，抢劫吗?"

丁华将棉絮弃置于地说："什么破玩意，还抢劫，白送我都不要。我问你，你箱子里明明还有两床新棉絮，为何不换?"

"你管得着吗?"

"古河清，你不换，上级来检查，肯定过不了关。"

"过不过关，是你的事，我又不是贫困户，谁来检查呀。"

"话不能这么说，这个涉及村容村貌和生活习惯改变的问题。"

"我靠勤劳致富，精气神都好，比邹二宝强十倍、百倍。"

"这一点你确实比他强，但你最近去过他家吗?"

"他请我都不会去，哼哼，一辈子好吃懒做。"

"人家现在变了，里里外外，整整齐齐，干干净净。"

"他白拿国家工资，当然有闲工夫打理。"

"他有恶习，但从讲清洁卫生这个方面，确实比你强。"

古河清不再说话，潘飞继续开导："老古，像这床烂棉絮，上级领导检查发现后，不知晓内情，肯定刨根究底，这不是耽误人家时间吗？这是制造眼球贫困。我再问你一句，你儿子经常回家吗？"

古河清望着潘飞说："不提了，算我白养了，不是急事大事，不回家。"

"你知道儿子们为什么不回家吗？"见古河清不回答，潘飞顺势点破，"你现在这个家，能住客人不？嗯，就算你儿子是亲生的，不嫌弃，但你儿媳妇呢？孙子孙女呢？你这不是在给他们丢丑么？"

古河清没再答话了，蹲下，抓着棉絮，不准丁华动。潘飞只好说："老古，这样子好不好，我用新棉絮调换？"说完示意丁华从车上抱下一床棉絮。古河清接过新棉絮后，才放开了手。

过了一道弯，潘飞看见一个垃圾桶，便停下车，将古河清的旧棉絮取下，用剪刀截成小段，放进垃圾桶。此时，潘飞突然看见古河清远远地向垃圾桶走来。车转山崚时，潘飞回头，发现古河清已经到了垃圾桶前，问道："这个古河清，他难不成还想拾回棉被？"

丁华边开车边说："潘乡长，今天你又损失一床新棉絮了。"

"一床棉絮值几个钱，只要他古河清改习惯。"车突然抖了一下，打断了潘飞的话。过了一段坑洼不平路段后，潘飞才把要说的话说完，"哎，改习惯，又是一场攻坚战。"一路上，潘飞脑子里始终闪现着古河清在垃圾桶前依依不舍的样子。

回到村委，潘飞想起在古河清家上厕所的事。他刚蹲下拉屎，溅起一滴粪水，直冲屁股。这个感觉很恶心，就像挨了护士的飞针，全身一紧，打了个冷噤。潘飞还看见，粪池边还搁了一把篾条，难道古河清还在用篾片刮屎？这个"厕所革命"到了非革不可的时候了。他于是拿出笔记本，写下两句打油诗：

"蹲坑打针，叮咚有声。"

九

　　潘飞早上起来，看见天气晴好，便跟江涛说："江队长，现在就是秋收大忙季节，我们到贫困户家看看有没有需要帮忙的。"

　　江涛高兴地说："我们全体驻村队员都去，这段时间，我们应深入到各组贫困户家中去，力争今年有一个好收成。"

　　潘飞说："乡里前天开会作了相应安排，乡政府干部们都要沉下来，重点帮助那些缺劳动力的农户。今天我们去看看贫困户邹二宝。"

　　中午饭后，潘飞、江涛、白帆、黄雪花来到邹二宝家，见屋门上了锁。突然，潘飞看见一个小女孩，背着书包回来，问道："你是邹二宝的孙女邹丽吗？"

　　"是的，叔叔，您找我爷爷吗？"邹丽回答。

　　"你爷爷没在家呢。"

　　"我爷爷喝酒去了吧。找我祖奶奶吧，她一定在苞米地里。我带你们去。"

　　邹丽说完从书包里取出一根火腿肠、一包牛奶、一个小面包、一盒饼干。

　　潘乡长见了邹丽的东西，就知道今天一定有人来连山冲村小学慰问，随口问道："有人来学校慰问吗？"

　　"今天有叔叔阿姨来看我们，送了好多好多的礼物呢。看吧，火腿肠、面包、牛奶、饼干。"

　　"你把礼物放好，等会儿回家吃。"

　　"不，我给祖奶奶吃，祖奶奶很辛苦，她还从没吃过牛奶火腿肠呢。"

"你爸爸不在家，是不是收苞米去了？你给我们带个路吧。"

"好的。"

几个人走在路上，黄雪花说："邹二宝这个人很难说，听他家邻居反映，自从纳为贫困户，有了低保金，农活不干了，经常下馆子喝酒打牌，每天很晚才回家，过起了神仙的日子。对孙女读书的事漠不关心。"

潘飞拉住邹丽的手说："你爷爷给你零花钱吗？"

邹丽仰起头说："没有给。"

"你在学校吃得饱吗？衣服够穿吗？棉被还厚吧？"

"吃穿用的不愁了，我有教育扶贫资助。就是周五的午餐没有，我爷爷不愿给学校交钱，爸爸长年不在家，爷爷说，下学期就不读了，回家帮家里干点活。"

"你爷爷说的？"

"嗯，我下期就不读书了。"

"邹丽，你说的周五的午餐，难道一直没吃过？"

"是啊，别的学校周五有午餐，我们学校没有。"

"那你现在都饿着肚子回家？"

"嗯。不过，今天有叔叔送的礼物，还有火腿肠呢。"

"邹丽，你的学习成绩怎么样？"潘飞问。

"叔叔，我是班上第一名。"邹丽说完仰起头看了潘飞一眼，脸上笑出两个大酒窝。

"邹丽真乖，成绩好，还这么漂亮，好好读书，将来考上大学，你就能改变命运。只要你有了出息，你就能改变全家人的命运了。你爷爷不送你读书，我送你读，行吗？"潘飞说。

"我家没钱，读大学要交好多钱，我不想读大学。"邹丽说。

"这就不对啦，现在有扶贫政策，像你这样的贫困户家的孩子，读中学，读大学，都有教育资助，也就是说，你将来呀，可以免费

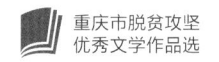

读大学。"潘飞说。

"太好了，叔叔，我一定好好读书，一定考大学。"邹丽说完，放开潘飞的手，向前跑去。

几个人走到苞米地。黄雪花把头转了一圈说："山坡上也不见邹二宝，只有他母亲在地里劳动。乡亲们个个都在忙着收获，却不知邹二宝去了哪里。"

潘飞走到老人身边问道："老人家，怎么只你一个人在劳动，邹二宝呢？"

老人站起来，望着潘飞几个人说："你们是乡上的吧，哎呀，你看我这眼神，这不是潘同志吗，哎呀，你不是江同志吗。哦哟，你问我家那个邹二宝吧，不提了，这个人指望不上了。谁知道懒鬼又跑到哪里去了？哎，不怕你们笑话，我这辈子命苦，邹二宝不得力，每天都是我一个人劳动。"

潘飞安慰老人说："我们一定要找到他，绝不能助长邹二宝这种好吃懒做的习惯。"潘飞等人便帮助老人掰玉米，直到装满背篼才离开。

黄雪花走了一段路，对潘飞说："我估计他又是到公路边的推销点喝酒打牌去了。我们去看看。"

走进三组的一家推销点，黄雪花叫嚷起来："你看，果然在这里找到了，喝得脸都红了。"

江涛责问道："邹二宝，现在是什么季节？你看别人都在干啥？"

邹二宝显得极不耐烦地说："现在不是在收苞米吗，有我妈在。"

黄雪花顿时来气，指着邹二宝的酒糟鼻说："你还不老嘛，你的母亲七十七岁了，都还在地里劳动，大白天你却跑到这里来喝酒，一喝就是一整天，你看看，你那个样子，我都没脸说你了，真是不知羞耻。"

潘飞走到邹二宝跟前说:"老邹啊,你家被村里纳入贫困户,是因为贫穷。但是,你得争气。你说,你这好手好脚的不劳动,说不过去吧。"

邹二宝满脸委屈样说:"承蒙政府关怀,将我纳入低保贫困户,使我不愁吃不愁穿,过上了好日子。我今年不掰苞米,照样过得下去了。"

潘飞把邹二宝叫到公路边,单独聊起来:"政府将你纳入低保兜底,每个月发放低保金,使你生活有保障,这是国家对你的关心。但绝不是助长你游手好闲变成懒鬼。我看你身体还较好,还可以参加劳动,你却拿着国家的低保金打牌赌博,像话吗?"

邹二宝用手揉着酒糟鼻说:"我都快到六十岁了,身体又有病,劳动不行了,我活成这样了,就活一天算一天喽。"

潘飞拉住邹二宝手说:"你看,本村黄连山、冉崇山,还有你母亲,都已六七十岁了,照样下地干活。你说你身体有病,依我看是懒病,越懒越病。"

江涛也跟了过来,听完潘飞与邹二宝的话,劝说道:"潘乡长是希望你要有志气,我们扶贫不光是扶穷,更主要是扶志,有了志气才有内生动力,才能从根本上摆脱贫困,走向富裕。如果全村人都像你这样,不劳动,指望着国家那点低保金,只能越来越穷。就像冬天里火塘烤火一样,越烤越冷。你懂吗?"

潘飞听江涛讲完,继续开导邹二宝说:"如果身体确实有病,可以治疗,县健康扶贫指挥部出台了医疗扶贫政策,你这一家人,无论谁生病住院治疗,基本上不再自己掏钱的。但是,我看你不像有病的样子。你这副德行,谁看得惯呢?"

邹二宝听了潘飞、江涛的话,一时也没有理由坚持己见,于是说道:"你们就别说了嘛,我懂了,我身体没病,我一定改。明天

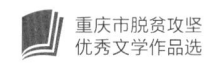

就下地干活，决不辜负你们的期望。"

江涛临走说："那就看你的行动吧！"

做完邹二宝的工作，潘飞、江涛、黄雪花三人走路回村委，聊起了邹二宝。"这个邹二宝恶习太多，又不务正业，撑不起一个家。自从他父亲去世，就像倒了一根顶梁柱。"黄雪花说。

"像这类五毒俱全的人，在农村是极少数，但是影响很坏。评定贫困户低保户时，又符合标准，必须纳入。"江涛说。

"像邹二宝这种人，要文化没文化，要志气没志气，这才是一块短板。要不是扶贫政策来得及时，我看，他活命都难。"黄雪花说。

"他父亲有文化吗？"潘飞问道。

"没有，纯粹文盲。倒是他爷爷有点文化，人也聪明。一家三代，一代不如一代。"黄雪花说。

听了江涛和黄雪花的话，潘飞此时突然想到了一个更严肃的问题：贫困的代际传递。如果邹二宝的孙女邹丽，不接受良好的教育，这个家庭的贫困代际传递更为严重。这才是邹二宝这个家的穷根。

"没有文化的民族是没有未来的，没有文化的家庭，同样没有未来。"潘飞说了一句。

黄雪花听了潘飞的话，感觉很新鲜，于是问道："潘乡长，你说的是个大实话。农村人，读书是奢望，因为教育投资成本太高，多数家庭难以承担。比如连山冲村，贫困年代，多数家庭不送孩子读书，生了养了就不管。富裕的家庭依然富裕，贫穷的家庭更加贫穷，真是龙生龙凤生凤，老鼠生儿钻地洞。"黄雪花说完，"咯咯咯"地笑起来。

潘飞没有觉得好笑，而是告诉黄雪花一句话："阻止贫困的代际传递，关注贫困家庭孩子的教育，这是教育扶贫的根本目的。连山冲村之所以还是贫困村，与村民的文化程度低，受教育面窄有很大的关系。"三人聊着回到村委。

古河清时常挂在嘴边的邹二宝，在山寨里被人视为"另类"。小时候，有父母亲的管护，还算乖巧听话，长大成人后，就逐渐变了。他跟社会上一些不三不四的人鬼混，抽烟喝酒打牌，染上了恶习。混社会没混出个名堂，只得回到穷山沟，又懒惰成性，当起啃老族，自甘堕落。后来经媒人撮合，好不容易讨了个老婆，生了个儿子，见他毫无家庭观念，便狠心丢下儿子，只身出走，杳无音信。他唯一的弟弟看不惯哥哥的章法，早就外出，到邻乡入赘。弟弟家添小孩后，父母便过去照看，一走五年，也不想回家。独守老宅的邹二宝，由此对父母和弟弟产生怨恨。父亲去世时，他都没去看一眼。

后来，媒人给他介绍村里刚死了男人的寡妇文秀。其实文秀是村里出名的能干人，生得漂亮，她从内心瞧不起邹二宝，但禁不住媒人劝说，而自己拖着两个孩子，青春不再，加之邹二宝为了追求她，表面上改掉了很多缺点，人也变得勤快，便勉强答应。文秀同意与他交往，但提了一个简单得要命的条件：只要进了她的屋，家里的所有开支由邹二宝支付，她男人交通事故死亡赔偿金三十万元，分文不许动。两人住了一段时间后，邹二宝现了原形，因为他生性懒惰，不想外出挣钱养家，干农活也不卖力，挣不来钱，被文寡妇扫地出门，亲事告吹。

遭寡妇嫌弃，此乃奇耻大辱，邹二宝自觉在村里抬不起头来，情绪一落千丈。他几乎不再出门，害怕听见乡亲们的议论和嘲笑，把自己与外界完全封闭，终日心灰意冷，得过且过。母亲已经七十多岁高龄，见人就摆头。由于家里暮气沉沉，房子年久失修，下雨漏水，柱头朽烂，成了危房。

潘飞到乡不久，着手贫困户清查，将邹二宝家的房子鉴定为D

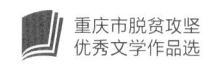

级危房，鉴于邹二宝家为低保贫困户，实施危旧房改造。

危旧房改造后，住了一段时间，邹二宝发现，这个扶贫怎么这么好呐，过去自己差点就成了叫花子，现在一跃成为祖宗菩萨，被人供奉起来。不知是哪路神仙，钱哪，米哪，油哪，隔三差五的自发送来，简直开心死了，这真是三十年河东，三十年河西，时来运转。更为重要的是，村里给他四代人都落实了低保兜底政策，每人有三百五十元的固定收入，一下子就超过贫困线。有了低保，等于不干活就有得吃。天底下竟钻出这等好事，却偏偏被他穷困潦倒的邹二宝撞上。一段时间里，邹二宝开始犯了老毛病，说话口气大了起来，以至于被古河清看不起。

刚过两天，还在村委处理事务的潘飞，接到乡卫生院熊健康院长的电话，请今日内务必去一趟，将贫困户邹二宝接回。

潘飞随即给村主任丁华打了电话，两人坐上皮卡车，一同往乡上赶。车驶进场口不远，潘飞就看见邹二宝坐在一家便民小超市门口，便与丁华下了车。

"老邹，你不是在住院吗？"潘飞站在门口问。

"啊，潘乡长来了，坐，坐，喝一口，正宗苞谷烧。"邹二宝说完，将杯子剩余的酒一仰脖喝尽，提着酒瓶又倒上了。桌子上一小碟花生米，一袋牛肉干。

"你的病好了么？"潘飞问。

"哎，什么病不病的，一个小感冒，我都没当回事。谢谢潘乡长对贫困户的牵挂。"邹二宝说完揉了一下鼻子，扁塌的酒糟鼻，在一张瘦脸上特别显眼。潘飞这一次看得仔细，这位邹二宝就是一个丑男，却全凭一张嘴，年轻时竟然也能在连山冲混得风生水起。

"没有大病，我们接你回家。"潘飞说。

"还住几天吧，家里也没啥事。我那个儿子虽然没啥出息，但还是记得回家，孙女在村小学读书，她祖奶奶在照看。我是无官一身轻呀，呵呵。"

丁华哼哼两声，说："你当得了官吗？"

邹二宝眼睛眨了几下说："国家给我发工资，我一家四代都是国家干部。"

丁华脸上顿时难看起来，回敬了一句："狗嘴里吐不出象牙。"

邹二宝磨磨蹭蹭显然不愿意走，见潘飞不肯落座，丁华则远远地站着，又呷了一口酒。"老邹，刚才卫生院熊院长打了电话，已经给你办了出院手续。"潘飞说。

"嗨，这个熊健康，着急干吗，不差钱的。"邹二宝起身说，"等会儿，我病床上有本小说。"

潘飞、丁华跟着邹二宝来到病房，潘飞果真看见枕头边有一本书，于是问道："老邹，你还有这雅兴，读起小说来了。"

"闲来无事，闲来无事，读一读驻村队员写的书，很有意思，我还打算写本小说呢。"邹二宝说着话，眼睛一直斜着看向那位胖胖的护士。邹二宝将被子叠放整齐后，将拖鞋和洗漱用具一并装进塑料袋，右手提着，坐回床沿，东看看西看看，不愿离开。潘飞只得催了。"嗯，医生护士挺喜欢我的，就那个熊健康操蛋。"邹二宝说。

这时，丁华忍不住怼了一句："我看你是鸡脚神戴眼镜——假装正经。小学都没毕业，斗大的字不识一筐，还写小说。你以为手里拿本书，就是斯文人吗？人家护士会看上你？"

"哎，丁华，你懂几个问题，人家是小姑娘。想当年……"

邹二宝还没说完，丁华就打断了他的话："小姑娘、老太婆，只怕在你眼里只是个女人罢了。哼，是头母猪，你也要。"

"出院，走走走。"邹二宝脸色顿时拉了下来。

坐在皮卡车里，潘飞问道："这次住院花了多少钱？"

"不清楚。"邹二宝望着潘飞，一脸茫然。

"你花了多少医药费，连这个都不清楚？"

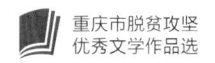

"是啊，我住我的院，有人掏钱，问这个干吗。"

"什么意思？"

"县健康扶贫指挥部，明白不？部里的钱早就划给医院了，只等我们去花。只要是贫困户，不问缘由，一律先看病后结算，连吃带住都包尽了。这个叫医疗保障。"

"这个政策我知道。"

"潘乡长，我享受的是一站式服务，有绿色通道，连挂号都不用排队的，'贫困户专用窗口'，跟军人一样优待。"顿了一下，邹二宝接着说，"一站式服务，知道不？好比村里办喜事，一条龙服务，全兜了。"

此时，潘飞突然想起邹二宝病房门上确实有"贫困户专用病房"牌子，仿佛觉得贫困户受到这样的优待，自然而然地，作为扶贫队员的身价也跟着抬高了起来，但突然又觉得有点不对劲，于是问道："老邹，小小感冒病，在家吃点药不就行了，干吗跑这么远来住院呢？"

邹二宝还喷着酒气，回答道："不住院就是傻帽。医院早就来动员了，希望每月去医院住几天。哎，你们是不知道，没有人愿意进乡医院，住院的都是贫困户。连山乡卫生院，原本没有住院病人的，自从扶贫开始后，变成了贫困户专科医院。嘿嘿，只要看见我进了医院，熊健康都得叫我邹大爷，多亲切。啊，嘘寒问暖，拿脉体检，扫地叠被，端茶送水，搀扶带路，比住在连山冲那冷冷清清的木列子房强多了。"

邹二宝说完，干咳了一声，仿佛又想起了什么，说："搞得我都不好意思啦，嗯，享受这么好的待遇，我不知道是哪辈子修来的福哟。潘乡长，你看，我现在咋做的，我得改变，改习惯嘛，得爱干净，得看书，提高啊，形势所迫。"

丁华听到这里，一掌打在方向盘上，车身晃动了一下，说：

"你就尽管装吧。"

邹二宝也回敬道:"丁华,你小子客气点,我是贫困户,我在卫生院里是邹大爷,回到连山冲,还是邹大爷。"

丁华嘴一瘪说:"连山冲谁叫你大爷,谁把你当大爷,你做梦吧!"

见邹二宝有些急了,潘飞便岔开了话题说:"老邹,你不是在住院吗,怎么跑到街上喝酒了?"

邹二宝回答说:"哎,小病,医生都知道,小病。"

"让病人擅自出院,要是出了什么事,医院要承担责任的。"

"哎呀,医院里谁不知道我邹大爷得的什么病,小感冒而已,要在以前,喝一碗姜汤就好了,并无大碍,医生们放心。"

"这不是小病大治吗?"

"嘿,潘乡长,我确实是小病,但大治的是他熊健康,这不关我的事。"邹二宝若有所思,接着说,"只要我进了院,头发丝到脚指甲,全检查。床头上不是有块牌子吗?牌子上有一张纸,那个胖护士准点来记录,只要走一次,记上一笔,就算一笔钱,听说与奖金挂钩的。不管我在不在病房,他们都记啊,直奔那张纸,记完转身就走。他熊健康不傻呀,干吗撵我走呢?国家兜底,摆在账上的钱,不赚白不赚。"

见邹二宝越说越离谱,潘飞赶紧将话题拉回,说:"老邹,你要注意哟,你是贫困户,坐在大街上喝酒,影响不好吧,人家会评论说,你到底是真贫困还是假贫困?"

"贫困户绝对是真,但我有工资,脱贫了。"

"老邹,那不是工资,每月存到你卡上的,是低保金,保障你一家基本生活的。"

"管他什么金,能吃能喝就够了。"

"你再这么整下去,大家产生不好的看法,下一轮评定低保户

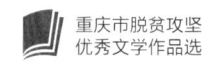

时,不投你的票,没有低保金,谁管你吃喝。你还得要劳动,靠勤劳致富。"

"呵呵,群众顶啥用,关键是我符合低保条件,能评不上吗?评不上,嘿,你潘乡长、丁主任交得了差吗?我是精准贫困户!"

"噗嚓"一声响,车猛地刹住,丁华厉声喝道:"邹大爷,请你下车,我拉不动你了。"说完,丁华真就将邹二宝赶了下去,油门一踩,一溜烟朝村委而去。

车还没到村委,丁华便开始抱怨:"邹二宝太不像话,就这么惯着,如何得了。"

潘飞没头没脑地摔出一句话:"扶贫要扶志。"

丁华翕动着大嘴唇说:"这么惯下去,他邹二宝不是立志,是丧志。"

潘飞不知怎么说,只好自我安慰:"扶志之事不急,慢慢来。"

丁华的车进了村委坝子,一脚踩死油门,把车停稳熄火,又丢了一句话出来:"孙子变成爷爷,傻子都发笑。我看就该上报县精神扶贫指挥部,对他邹二宝实施精神扶贫措施。"

事后不久,乡卫生院熊健康被警察带走。县巡查组在对全县贫困户享受医疗保障政策的专项巡查中发现问题,连山冲村低保贫困户邹二宝,一年半的时间,住院十四次,病情均为扁桃体发炎,报销金额两万,自费三千余元。按照政策,低保户的自费比例不高于总数的百分之十,显然超支。经过询问得知,邹二宝没有实际支付,也不知道什么自费欠款,医院从未向其追讨过,而且还承担了邹二宝的生活费。进一步了解发现,乡卫生院利用邹二宝的贫困户身份骗保,即挂了邹二宝的名字,虚报冒领医保款。类似情况,还出现在其他贫困户账户中。

连山乡进入了秋季,越过这道坎,就是脱贫攻坚最后冲刺,年底迎接国家脱贫成效验收。

晚上，潘飞认真核对连山冲村小学上报的数据，他特别留意邹二宝的孙女邹丽。邹丽就读三年级，低保贫困户，兜底资助七百五十元，义务教育阶段贫困学生生活补助五百元，共计补助一千二百五十元。这样看来，邹丽教育有保障，基本生活也有保障。潘飞点上一支烟，习惯性地含在嘴唇上滚了几转，才开始吞吐。

第二天，潘飞起得很早，这位爱好音乐的土家族汉子，刚刚创作了一首扶贫歌曲，取名为《连山冲》，自我感觉良好，一直在嘴上哼着。在洗漱的时候，对着镜子，照了一遍又一遍。吃过早饭，潘飞叫来村主任丁华，从村委出发，到邹二宝家走访。

"我总觉得，现行的扶贫措施有些过火。"走出村委大坝子，丁华对潘飞说。"哎，扶贫把干部累趴了。"丁华想起就摆头。"揠苗助长，拔高扶贫指标，怎么不累？过去我们没有深入思考这个问题，一味地突飞猛进。"丁华说到这里，便若有所思，"干吗这么急呢？读书的教育资助到位，生病的看得起病，没吃没穿的失能户享受低保，这就够了。你看啊，还有什么股权分红，基金分红，产业支撑，危旧房改造，易地扶贫搬迁，改厨改厕改灶，安装自来水。你说，这邹二宝白白地就得到那么多好处，那些非贫困户，他们可不是瞎子聋子，能不眼红吗？这个阶段应该做的是消除极端贫困，而不是将贫困户搞得比非贫困户还富裕。"丁华虽然是村干部，但有自己的认识。

潘飞一直在思考，也没有回答丁华。翻过山脊，走上一段平缓路，潘飞才对丁华说："古河清砍下的那道斧印，就是连山冲村干群之间目前最大的裂痕。这一斧，也砍醒了我。"

丁华回答说："潘乡长，你还真是心宽呢，人家都动斧子了，你还去保释。"

潘飞显然看到了问题的症结，他与丁华想的根本就不是一回事，他于是解释道："国家顶层设计的意图绝对不是这样的，经过

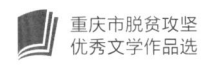

层层加码，到了乡镇这一级，开始大包大揽。大包大揽之后，贫困户有了福利陷阱，非贫困户有了悬崖效应。扶贫政策有严重的倾斜性和超前性，等、靠、要的想法由此产生。这是扶贫的最大负面效应。"

丁华听到这里，总算有了个眉目，想想扶贫中的一些事，觉得潘飞的担忧完全有道理。但眼下怎么办，他还是糊涂的。"你说的大包大揽之事，明知道有失误，为何坚持这么做？"丁华说。

"哈哈哈，能不这么做吗？你看村里发生的事，一波未平，一波又起，起起伏伏，我们都得填坑托底，就是为了使这个波浪起伏不大，不至于矛盾剧烈震荡，产生颠覆性失误。"潘飞说完，俯下身子，拾起一颗小石头打量着，这是一颗贝类化石，村民叫"石燕子"。潘飞抹掉泥土，放进口袋。

丁华边走边说："贫困户这块短板，我们不仅补齐，还超越贫困线很多。原来生活在地平线之下，一下子跃升为新的地标。为了提升群众满意度，尤其是非贫困户的满意度，又得加大投入，让非贫困户也有获得感，这就势必寅吃卯粮。扶贫是底线性的工作，绝不能吊高胃口，我始终坚持这个观点。但是，现实情况完全变了调，有的贫困户，不是补齐桶的短板，而是做一只新桶。"

潘飞听了丁华的话，虽觉得有道理，但不符合当前的主流精神，于是提醒道："丁主任，此话可不能乱讲的，全乡干群铆足了劲，正处于攻坚拔寨的关键时刻，绝不能泄气。比如说，乡长敢跟县长对着干？县长敢跟省长对着干？这不是明摆的事吗，以卵击石。在连山乡，乡里怎么安排，你村主任就怎么做。都到了这个点了，你不能拉着我蹚这个浑水，够呛的。再说，不管寅粮卯粮，老百姓吃到嘴里的，就是好粮，管他财政赤字不赤字呢。"

丁华听了潘飞的话，摆了一下头，说："呵呵，政策不调整，我们都很难蹚过这河水。不过，你说的话不无道理，早用迟用，都是用到老百姓身上,这的确没错。但是,还必须遵循经济规律,循序渐进。"

"循序渐进它出不了政绩的,会当领导的都晓得吹糠见米。哈哈哈——"

两人说着话,来到低保户邹二宝房前,看见邹二宝脸上红润,潘飞问道:"老邹,又喝酒了?"

邹二宝抱了柴火进屋,一边打开炉子生火,一边回答:"潘乡长,你在咱村进出三年,你是知道的,我年轻时,喜结三教九流,讲个江湖义气,现在老了,爱好都丢完了。脱了贫,硬是脱不了酒。"

"你那几百块钱的低保金,够你喝不?"

"哎,不提这个,我知道古河清这个老不死的在背后放我的烂盐(言)。"

潘飞坐到老板凳上,帮着生火,他既然已经把话说到这个份上,就不妨挑开了,于是说道:"古河清虽然对你有成见,但是,人家说得在理。看看你自己,大清早,喝得脸红筋涨的,还要上街去,这一路招摇,不仅仅古河清对你有看法,谁见了都不舒服。"

"潘乡长,不管他了,古河清这个人性格古怪。我这是运气好,赶上了精准扶贫,他古河清有儿有女,有家有室的,想当贫困户,想吃低保,呸,做他的黄粱美梦吧!"

"老邹,话可不能这么说,扶贫政策固然好,但不是用来养懒汉的,也不是用来供酒鬼的。"

邹二宝听潘飞的话里有刺,眼睛猛地眨了几下,回道:"我就知道古河清使坏。哼,他古河清是单身老头吗?我家的情况很特殊的,村里还能找出第二家不?我邹二宝一个人过日子,今天死,明天灭,谁知道,活一天算一天,过一天逍遥一天。"

"你上有老,下有小的,说这话没意思。"丁华顶了一句,看见

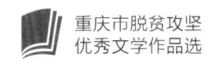

邹二宝难堪，就闭了嘴。

潘飞心里十分反感这样的低保户，但强忍住内心的不满，继续说："你就不想成个家？"

谁知邹二宝听了这话，情绪就变得低落起来，阴沉着脸说："年轻的时候没把握好呗，狂傲啊，目中无人，最后就弄得这个下场。"

"你当时要是踏实一点，勤劳持家一点，不飘了，兴许就能成家立业，也不至于老来无依无靠。"

"就是就是，事已至此，没有后悔药。现在吃个低保，龟儿子古河清就看不顺眼，盯死不放。哎，遭人白眼，我也不好受。我年轻的时候，可是操社会的，比他古河清强十倍。"

"但你现在比不上人家了。人家是创业致富，你却靠低保脱贫。"潘飞故意想刺激一下邹二宝。

丁华在一旁听着，见话说得中肯，邹二宝心里也是不好受，于是顺势把今天来的目的提了出来，说："跟你商量个事，现在乡上安排环境整治，改厨改厕改院坝改路，还要改习惯，就是想让村民住得好一点，生活质量提高一点。脱贫攻坚，人人有责，贫困户、低保户、五保户们，凡能劳动的，既然享受了国家扶贫政策，得了好处，也得为集体做些贡献，你说对不？"

"应该的，白吃白拿不干事，说不过去。"

"那好，我想将门前这段公路的清洁卫生任务交给你。你看看，刚修好的公路，就有了鸡屎牛粪，砂石乱堆乱放，口袋、烟头、废纸，随地都是。村里要求保洁员每周一小扫，每月一大扫，白色垃圾捡拾归桶，粪便铲到田里。老邹，这个任务交给你干，重了不？"

邹二宝一听，立即站了起来说："不重，我接了，潘乡长，你放心，我保证每天打扫，搞得天光地白的。"

"上级脱贫验收的来了，要看不到公路上的脏乱差哟。"

"我是保洁员,验收不过关,砍我人头。"

潘飞听到"砍",身上就发毛,古河清砍在办公桌上的那一斧,他刻骨铭心。但他只是稍稍停顿一下,马上回答说:"呵呵,就这么定了,谢谢老邹支持。还有就是你酗酒的习惯,得改,不然你就当定了酒鬼,加上赌鬼、懒鬼、烟鬼,你就四鬼缠身了。要是报到县精神扶贫指挥部去,你就是全县的反面典型。"潘飞说完便与丁华起身离开。

十

第二天上午，邹二宝拿着铲子笤帚就干上了活儿。他一边扫地一边哼着当地土家人的山歌"啰儿小调"：

> 我家住在山旮旯，石磨天天推豆花。黑锅黑灶黑板凳，火塘挂着黑尕尕（腊肉）。门前一条老土狗，守着我的妈。我是村里的八大员，不再是坨烂泥巴。赶场背个老南瓜，牵个妹儿耍……

邹二宝把保洁员调侃为村里的"八大员"，与护林员、护水员等大员一样的地位，而且编成歌词传唱。此时，他正在清扫一堆牛粪，邹二宝看见古河清走了过来，就将头扭到一边，假装没看见，几步挪到路边，拿出一支烟点着。

古河清见邹二宝如此，反而靠了上去，从包里拿出两张百元钞票，说："办个养猪场，不知哪来的市场，今年卖了个翻身价，十万块，钱包都塞得满满的，比低保兜底强百倍。"古河清用手指合成个"十"字，比画到邹二宝眼前。邹二宝见古河清炫富，心里气恼，情急之下，从腰包里掏出一包烟来，扬了扬。古河清一眼鄙夷之色，又掏出两张百元来，双手背到后腰，故意哈着腰，慢慢走开。邹二宝看见古河清手里红艳艳的钞票，异常刺眼，十分懊恼。其实邹二宝知道，古河清是故意气他的，养猪场亏本，这是谁都知道的事。

晚上，连山冲村召开大会，潘飞主持，主要任务就是评定脏乱差户。最后潘飞强调："这次改厨改灶改地坪改路改习惯五改，由乡上拿出一部分资金进行补贴，不再限于贫困户，只要符合政策的，全部纳入，但必须自愿。"

评选结果出炉了，古河清家榜上有名，而且排名第一。

真是卤水点豆腐——一物降一物。黄连山家的小酒坊改扩建工程上马，聘请了古河清做零工。不到一个月，小酒坊变成小酒厂。挂在厂房门口的那块吊牌"连山酒厂"很抢眼，在连山冲土家山寨里，这是第一次出现。

古河清是连山酒厂挂完牌才离开的，这件事让他很不安。黄连山的小酒坊，在"厕所革命"中，不仅没革掉，相反，政府还投入资金，承接了产业扶贫项目。小酒坊被推倒后，迅速立起了一幢崭新的酒厂，这让古河清有点羡慕嫉妒恨了。

当晚，他一宿没睡。第二天清早，古河清便来到连山酒厂，老远站着张望。黄连山见了古河清，便招呼道："兄弟，你在干吗？进屋坐吧。"

古河清连忙摆手，大声地说："还是不进屋了，你这厂房这么大，又这么干净，我怕鞋子掉泥，弄脏了你的地儿。"

"哎呀，你快过来，你咋还生疏了呢，过去你来我家，不是跟自家一样随便？"

"现在不一样了。"

"有啥不一样的？"黄连山说到这里，已经走近古河清。

"你那酒厂有标志，闲人免进。"

"呵呵，那是生产车间，外面不是有办公室吗？走走走，喝茶。"

"喝茶？"

"对呀，喝茶，我现在不当老板了，大儿子是厂长，他讲究，来客人了就得泡茶。"

"哦，你现在让贤了，我还能随便进场吗？"

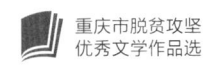

"哎，我还是技术顾问，说话还管用。走吧，你看你，怎么就生分了呢？"两人说着话，进到办公室里。

喝了一口茶，古河清转动着大脑袋，几道皱纹显露，打量办公室的摆设。"你也配了老板椅了？"古河清说话怯怯的，很小心的样子。

"刚买的。我那个大儿子，原本就在深圳打过工，当过小老板，他说搞企业，要有必要的包装，树立企业形象。哎，他都把我这个小酒坊改作什么公司了，你说，这是公司么？不还是个煮酒的嘛。"古河清却不赞同，他也出过门，看见过老板的气派，只是作为农民工，自卑罢了。

古河清也曾有过老板梦，也创过业，但都以失败告终。回家后又开始搞养猪场，看见别人做，跟自己做完全是两码事。养猪场开办后，一直不景气，两口子疲于奔命，累得死去活来，就是不见起色，甚至都有关闭的想法。他不配合"五改"，坐祖坟头上闹事，其实还有一个见不得天的小九九，他就想借这次"厕所革命"，让政府革了他的养猪场，这样，政府就得给他补偿一大笔钱。如今，看见黄连山的小酒坊革命革成了小酒厂，阔气起来，就又有了新主意。

他来到连山冲村委潘飞办公室，说："潘乡长，我原以为'厕所革命'，只革厕所，结果看见革的面还有点宽。还有一个问题，我以为都是革死，可有的是革活呀。"

潘飞给了古河清一支烟，自己也取出一支，在嘴唇上转了两圈才点着，吸了一口说："老古，今天说话咋文绉绉的。"

古河清也把烟点上，抽了几口说："既然是要农民活命，那就必须一视同仁，不然，扶贫满意度……"古河清故意不说完，眼睛直直地盯着潘飞。

其实潘飞早就猜中古河清的心事，故意推辞说："老古，我这手里还有一大堆扶贫的事,你就喝茶,自便,我得到农户家走走。"

古河清见潘乡长要走,就有些坐不住了,把茶杯往桌上一放说:"我今天来,不是喝茶闲聊的,我有事找你。"

"你有什么事呢,有事上访去。"潘飞故意刺激道。

古河清一听,便垂头丧气起来,两眼迷离,手足无措。坐了好一会,才开口:"潘乡长,我就知道,这个上访,得罪你了。我给你赔个不是。"说完,古河清竟突然"咚"的一声,双手抱拳,双膝跪地。

潘飞顿时觉得自己的话说重了,很不好意思,本想逗玩一下古河清,倒把古河清给逼急了,于是赶忙拉起古河清说:"难不成是为你那养猪场的事?"

"哎,潘乡长,我那个养猪场没效益,简直就是个烫手山芋。继续开吧,每月亏损,不开吧,心有不甘,大半生的心血都投进去了呀。真是憋尿放屁——两难。"

"遇上难题了吧?"

"嗯,我打了歪脑筋,就想趁这次'厕所革命',把养猪场革了,政府多少补偿点,弥补亏损。我这人,就是个木脑壳,就没有黄连山那样的境界。"

"什么境界哟?老古,你究竟想说啥?我实话告诉你吧,你的养猪场,环境卫生不达标,不讲科学养殖,早晚都得关闭。这次'厕所革命',你家养猪场也在革除范畴。"潘乡长说完,古河清一脸愁容,还要下跪,潘飞赶紧拉住。

"潘乡长,我有句话,不好开口。"

"你说吧。"

"嗨,就为那个上访,你背了个处分。"

"呵呵,我不是早就给你说过,你的信访,跟我受到的处分不相干。"

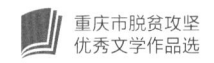

"黄雪花都说了，虽不相干，还是因我而起。这个话呢，我就实在张不开嘴。"

潘飞明白，古河清这个人文化低，性格古怪，人缘差，在村里也很少人帮衬。这人缘一差，性格就更加古怪，倔得要命。但是，古河清有个优点，一直想当老板，敢于创业，勤劳致富，这是邹二宝所无法相比的。潘飞此时也就不再逗他了，直接问道："老古，你的养猪场到底想继续开办，还是关闭？"

"潘乡长，我当然想开，辛辛苦苦一两年就倒闭，今后在村里怎么混呐，没面子。"

"那好，你想怎么开？"

"跟连山酒厂一样。"古河清回答得很快，看来是经过深思熟虑的。

潘飞转头看着古河清说："扩大规模，但必须合法经营，科学养殖。"

"我这个死脑筋，咋就不知道这样说呢。哎，我就是这么想的。我学习黄连山，让贤，让我女儿女婿回来做，他们有文化。"古河清说完，便把凳子挪动一下，靠近潘飞说，"我能不能也享受黄连山的'厕所'革命政策呢？我能带动十五个特困户。"

潘飞哈哈一笑说："你写个申请，递交给村里。能不能享受黄连山的政策，得集体决策。"

"潘乡长，我过去得罪的人多，恐怕没人举手。"

潘飞张开手，摆动几下，阻止了古河清，让他回家去，村里乡里会权衡考虑。

见古河清起身离开，潘飞突然想到一件事。"老古，你家祖坟风水好哟。"潘飞说了一句。

"呵呵，这个风水嘛，不好说，说它好，就好，说不好，它也不好。"

"此话怎讲呢?"

"我古河清半辈子创业,没成功,怎么叫风水好呢?遇到你潘乡长,助我成功,风水立马变好了。政府比老祖宗好。"

"呵呵。回去还继续坐坟头不?"

"潘乡长,只要你给我一条生路,我也给你让一条大路,同意挖祖坟!"

"呵呵,我就说嘛,死人怎么能挡活人道呢。"

"嗨,这不关死人的事,都是活人搞出来的。你现在解了这死扣,啥都活了。"

古河清真就向村委递交了申请书,潘飞跟江涛、白帆商量了一下。江涛认为,古河清在村里关系处不好,加之上访闹事,阻挡修路,借祖坟做文章,造成极其恶劣影响,都恨死他了。现在,他提出改造养猪场的申请,村支两委干部,应该没有人同意。不仅不同意,大家心里还巴不得它早一点垮掉,看着古河清倒霉。

潘飞听了江涛的分析,心里也是不踏实,他当然清楚古河清的性格和为人。但是,古河清现在真正遇上了困难,国家对贫困村发展产业的政策又这么好,为何不能帮扶他一把呢?难道就因为他讨嫌,就见死不救么?再说,村里就只有他与黄连山在搞新型产业,这种创业的精神应该鼓励。于是潘飞把自己的想法跟江涛、白帆做了交流,希望一起做工作。

当天下午潘飞就同江涛、白帆一起到黄雪花家里,想就古河清养猪场的事沟通一下。

黄雪花正好从家里出来,在门口整理摩托车。"黄支书,你要出门?"潘飞问。

"今天是星期天,儿子在村小住校读书,我正要送他上学去。"此时,黄雪花的儿子也走了出来,背着个大书包。

潘飞走过去,掂了掂,书包挺沉的,看着孩子说道:"现在学

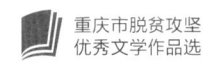

生读书的压力也大。"黄雪花把潘飞、江涛、白帆让进屋里坐下，拿出纸杯，倒上开水。

潘飞犹豫了一下，但还是开口了。"古河清向村里递交了申请，想融资扩大生产规模，享受贫困村产业资金政策，同时带动贫困户。"潘飞慢慢地说着，拿出一支烟点燃。

黄雪花用手撩了一下烟雾说："潘乡长，你这个抽烟的习惯就不好，村里开会时，老是抽烟，会议室烟雾缭绕，女同志根本受不了。"黄雪花突然数落起潘飞的抽烟来，其实，她就是对古河清不满，心里很不情愿提起这个令她头疼的人。

江涛当然明白黄雪花的意思，即使她不想听，但还是要把话说完说透："脱贫致富，只有用产业扶贫这把钥匙才能打开增收之门，发展产业是脱贫攻坚最后一道堡垒。连山冲村这么多年，除了传统的黄连中药材以外，只有黄连山的酒厂和古河清的养猪场了，黄连山的酒厂改扩建之后，发展势头良好，如果再把古河清的养猪场改扩建……"

江涛的话还没说完，就被黄雪花打断："哎哟，你看，都这个时候了，得送孩子上学。"

潘飞见黄雪花一脸难看，就把烟蒂灭了，喝了一口水说："黄支书，你是村里土生土长的人，对村里的人情世故了然于心。你也是一位恩怨情仇分明的人，对古河清曾经做过的过激的事耿耿于怀，我们都理解。其实，我跟你一样，心里面极其不愿意提及古河清的事。但是，人在江湖，身不由己，今天我们专程来找你，就为古河清的养猪场改扩建……"

黄雪花已经明显地表现出烦躁情绪，抢过潘飞的话说："潘乡长，哎哟，我得送孩子。"黄雪花说完，就要出门，突然又转回来对潘乡长说："你们稍坐一会，我送儿子去学校，很快返回。我回家做饭，晚饭吃了再走。"黄雪花说完就跨上摩托走了。

江涛坐回木凳上,对潘飞说:"这是早就料到的结果,也不怪黄支书态度不好,这个古河清,做事也实在差劲。"

白帆也搭上话:"全村人中,没有几个会替古河清说话的。就是做通了黄支书的工作,村委委员们的工作很难做。这个古河清,简直把大家的心伤透了。"

潘飞听着两位驻村队员的话,一时也不知道如何应对,他的内心虽然抱着一线希望,但一下子就被黄雪花浇灭。

三个男人在老板凳上坐着,不再说一句话。潘飞已经丢了两根烟蒂了,他知道把古河清纳入产业扶持,大家内心是不会接受的,这个工作做起来很吃力。但是,他还是决定不放弃,他总有一个念头,只要对古河清扶一把,他一定会站起来,走起来,村里的产业发展就有希望,这是一根火苗,绝不能让它熄灭。如果古河清站不起来,养猪场就此倒闭,古河清一家陷入贫困,他心里的怨气就会越积越多,村里将永无宁日。

他于是对江涛说:"我们去一趟丁华家吧。"

潘飞知道丁华是个直肠子性格的人,说话也不转弯子,对他做工作,应该也不会有效果。但是,潘飞就想把产业扶贫的构想,跟村干部们做一个沟通,要重视起来,只有发展经济,才能解决掉历史旧账,化解深沉的矛盾。扶贫工作不仅在于精准挖除穷根,还要挖除劣根。这个劣根不仅存在于村民身上,也存在于村组干部们身上:就是只注重眼前利益,缺乏远见。在全村干部群众心中几乎没有"长远发展"这样的概念,小富即安,一亩三分地,就是他们的全部人生。如果就这么扶贫,即使水、电、路、房、讯解决了,环境整治了,乡村漂亮了,经济依然不发展,穷的照样穷,那么,脱贫攻坚的效果就会打折扣,扶贫又会陷入循环往复的境地。潘飞一路上都在思考如何说服丁华。

快到达丁华家里时,丁华正要开他的皮卡车送小孩读书。看见

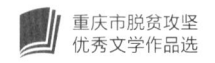

潘飞三人后，他立即熄火，把客人让进家里坐定。

潘飞因为走路有些渴了，便在水瓶里倒了一杯水，坐回到老板凳上，对丁华说："古河清向村委递交了申请，愿意带动十五个贫困户，享受产业扶持政策。"丁华把肥大的手掌在脸上揉了几下，眯着眼睛瞟向江涛，没有说话。

江涛把头一抬，脸上赔着笑，说："丁主任，驻村工作队针对古河清的申请，作了认真的讨论，建议村委接受申请。"丁华还在揉脸，听江涛说完，捂住一只眼睛，另一只眼睛看着潘飞，"嗤——嗤嗤"，似笑非笑地应了一声。

潘飞见丁华虽不说话，也没极力反对，看见了一丝缝隙，便开始钻，于是对丁华说："丁主任，咱们这段时间的扶贫，你也是清楚的，基本上就是政府掏钱，投入水、电、路、房、讯等基础设施建设，解决贫困户的'两不愁三保障'问题。这是国家精准扶贫精准脱贫的利好政策，民生工程。但是，我们应该看到，仅凭国家投入，这不是扶贫的目的。道理就在这里面，比如公路修通了，仅用来散步，不会生钱。比如房子维修漂亮了，躺在家里睡大觉，钱不会自己找上门。比如自来水接通了，有了水源，不会自然有财源。"潘飞说到这里，看见丁华再也不捂脸了，双手撑到凳子上，似乎开始认真聆听他的讲解。

"丁主任，至于为什么要接受古河清的申请，道理其实很简单，他的养猪场倒闭，意味着他的投入打水漂，意味着这个家庭陷入贫困，意味着村里的企业垮掉了。"潘飞分析道。

"我们村组干部们，现在能够像古河清一样敢于创业的有多少？"潘飞试着把话捅到丁华的心坎上。

丁华把大头扬了一下，看着潘飞说："我决定发展黄连中药材产业，今年搞十亩。"潘飞见丁华转移话题，明白他实在不愿提及古河清的申请。但是，他对古河清申请的反感情绪有所缓和。

"丁主任，这次精准扶贫，给贫困户带来很多好处，但是，我们要看到，这样的好处只是用于扶持贫困户暂时困难的，除那些低保贫困户外，其余的都是可以凭自己的能力致富的。一旦国家取消了扶持政策，那么，我们还能否靠自己求得发展呢？"

潘飞说完，丁华马上接过话说："多数人是可以的。"

潘飞问道："你说的多数人，能发展到什么程度？"

丁华说："靠勤劳致富。"

潘飞见时机成熟，于是开导道："勤劳致富，还得创业致富，我们必须在贫困村重塑创业精神。"

丁华听到这里总算明白潘飞所指，问道："创业精神怎么重塑呢？"

潘飞立即回答道："好，你问得好。创业就是要发展产业，要发展产业，就得需要产业带头人。咱们村有这样的精神吗？敢于创业的人有多少？"丁华点了点头。潘飞则迅速点穿话题："比如古河清这个人，上访取闹，搞得村里鸡犬不宁，大家都有意见，乡里对他的印象也差。但是，这个人敢于创业，有激情。我们看问题得一分为二，既看到一个人性格的缺陷，也要看到他的优点。尤其是在贫困山区，这样的优点难能可贵，决不能忽视。"

突然，丁华嘴缝里蹦出一句话来："就怕古河清是条喂不饱的狗。"

潘飞听到这样一句话，脑筋开始急转弯，说："过去我们村扶持过古河清吗？"丁华摆了一下头。潘飞于是继续说道："古河清是非贫困户，根本就没有资格享受扶贫政策，你说的喂不饱的话似有不妥。"

丁华又把大手放到脸上搓揉，接过潘飞的话说："这个人不可靠，你和黄支书都受了处分，指不定他还会整出什么事儿来，我看还是谨慎些为好。"丁华说完，便急着送孩子上学，丢下潘飞三人

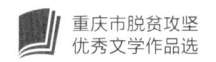

开车走了。

因为村委绝大多数干部明确反对,古河清的申请未予批准,潘飞也没办法提交乡里讨论。但是,潘飞觉得自己的努力没有白费,至少在村组干部头脑里植入了"创业发展"的概念。

今天是二〇一八年八月二日,星期四。乡里召开了一次特别的会议,专题研究"非洲猪瘟"防控。散会后,潘飞赶紧来到连山冲村委,开会作部署,一番程序弄完,干部们都回家挨户清查,限时上报疫情。潘飞赶紧招呼江涛、白帆,来到古河清的养猪场。

走到养猪场前的空坝上,古河清两口子急急忙忙从场子里钻出来,洗了手,坐到潘乡长对面问道:"潘乡长,我也听说了,养猪场产业扶持的事泡汤。我早就有预感,现在村委这几个年轻人,都在认真学习谭前进,正事不干,专干歪门邪道。"古河清很是气愤,说话时额头上的牛角皱不停地上下翘动。

潘飞急忙纠正说:"现在扶贫这么忙,村组干部们很辛苦,你这样评说不好吧。"

古河清不以为然,说:"在忙啥?忙自家的事吧?扶贫都甩给你们三个驻村队员了吧?"

见古河清开始发飙,潘飞不紧不慢地说:"你就不想想,自来水谁给你家接上的,房前屋后的水泥地坪谁给你做的?屋梁上的瓦片谁给你检盖的?"潘飞连续三个问,古河清就不再发牢骚了。

但是,古河清对这次产业扶持仍然心存芥蒂,突然站了起来说:"潘乡长,江队长,白同志,你们三个人都是国家干部,你们难道斗不过这几个村干部?"

江涛走过去,轻轻拍了一下古河清肩膀说:"你坐下,我来说两句。你老古这个脾气,村里人有几个是你看得顺眼的?嗯,你也该反思一下了,自己干了什么事,把村里的人得罪完了?潘乡长为你养猪场的事跑断腿,可人家都不买账,这不是斗不斗的问题,而是这笔产业资金，大家都觉得投到你养猪场，很不放心。"古河清听了江队长的话，顿时泄了气。

潘飞此时开始问及养猪场的困难，古河清便大倒苦水："我知道你们驻村队员是好人，真心帮我，可村委那几个鸟人，他们巴不得我死。"

"目前你的养猪场差多少资金才能周转？"

"两万。"

"我借给你两万。"

"你借给我？放心吗？"

"放心，明天到位，你可以购买一批饲料，渡过难关。"

江涛见两人交涉完，便问道："现在'非洲猪瘟'来了，你的养猪场千万注意防控疫情。"

古河清赶紧说道："呵呵，就目前全县猪瘟走向看，翻不过大连山。"

潘飞连忙摆手说："不要大意失荆州，本次疫情发展太快，极可能传播到村里。"

古河清又一次站起来说："我敢打赌，再大的瘟疫，翻不过大连山。我的养猪场自繁自养，只出不进，我看那瘟疫从何处来！"潘飞盯着古河清，觉得他说得在理，可还是一再叮嘱他，接受乡动检站的监控，不可掉以轻心。本来就处于困难期，如果再发生瘟疫，就彻底完蛋。

潘飞回到乡里后，立即给妈妈打了电话，借到两万元钱，当晚就转给了古河清。

就在古河清举债度日之时，突然出现转机。一场"非洲猪瘟"席卷全县，养猪场迅速关闭近半，猪肉价格飞涨，原本只卖八元一斤的毛猪，涨到二十元，真是天价呀。古河清的养猪场在潘飞的接济下，不仅度过困难期，归还欠账，而且赚得一笔钱。

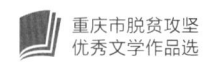

村委召开了几次会议,一方面讨论全村"非洲猪瘟"防控,另一方面确实看到养猪产业的前景,村里人对古河清的成见也开始有所改变,对潘飞的提议,反对的人少了,几次商议后,村委决定将古河清的养猪场纳入产业扶持。

古河清如愿以偿,把女儿女婿招回来养猪。他自己学着黄连山,当起了顾问。

十一

　　路安的工程款很快就上调了，虽然上调幅度不大，测算下来，做完以后，基本无利润，但不至于亏损。路安十分清楚，这样的扶贫工程，能做下来，保持正常费用，不亏就算万幸。哪像古河清状纸上说的什么腐败工程，这个腐败的钱从何而来呢？而潘飞这一次再也没听到"你替人出头就自己掏钱摆平"那句伤人伤心的话了。书记县长这次真是给力，解了燃眉之急，不然这条路无论如何也修不下去。

　　经过这一档子事，古河清似乎明白了一些道理。他今天开着一辆三轮车，帮女儿运送两头肥猪到县城，头一次走在水泥公路上，心情倍儿爽。

　　潘飞自从丢了车后，总是不方便，又花了三万元，买了一辆二手越野车。此时，他正好也驶上连山冲。在半道上，与古河清错车时，古河清叫停，大声地招呼："潘乡长，你好！"

　　潘飞把头伸出驾驶室，大声回答："你好，老古，这个路修得怎么样？好走不？"

　　"不一样，真的不一样。这条路修好了，变成了大路，走在大路上，感觉真的不一样，你看，多宽敞，多平坦。嘿嘿，你等一下。"

　　"喂，你想干吗？你现在还阻挡修路吗？"

　　"哎，潘乡长你就别提往事了吧，都翻篇了。"古河清说着从车上提了一只口袋，揭开潘飞的后备箱，放了进去。

　　潘飞赶紧下车，发现口袋里装着一对腊猪脚，便坚持不收礼，说："老古，这对腊猪脚，少说也有三十斤，你竟然这么大方？"

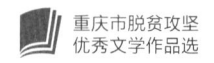

"嗨，潘乡长，小意思，这要是在过去，你是知道的，连山的人，绝不会将腊肉卖掉，更不用说送人的。"

"这个我更不敢收了，这么贵重的礼品，今后有人告状，我就得受处分。"

古河清一听，脸顿时难堪起来，拉着潘飞，坐在路边的一块石头上，递上一支烟说："潘乡长，我就为这个事，心里一直难受。我那个上访，害得你和黄雪花挨了处分，我是真没想到，我要的是赔偿，怎么就出来个环保问题了。"

潘飞将烟点着，吸了一口说："老古，咱们这个地方，山高林密，植被繁茂，过去还真没觉得，毁坏几根树，就是破坏生态资源。但现在终于弄明白了，我们这座大连山，它不只是管这几个山寨，它是一块肺叶，管着大城市，给城里的人输送氧气。你看，那些大城市的人吸的是车子尾气、雾霾，要是没了我们这片肺叶，还有活的？你看啊，这路修通了，就有人来连山旅游。他们不是来吃来玩的，来咱们这儿透气的、洗肺的。从这个道理讲，咱大连山的功能可就大了。"

潘飞说到这里，眼光也投向远处的山谷，他还是第一次坐在连山冲上欣赏山下美景。过去走这条道，要么溜滑，要么尘土飞扬，哪有好心情赏景。此时，谷底被白云覆盖，自己好像坐着飞机，在涌动的云层上翱翔。

突然，一只大鸟从林中飞出，划过公路后，钻进一棵大树的树洞里，迅速将头探了出来张望。潘飞突然想到飞狐，自己在连山见过的稀奇古怪动物多呢，什么漂亮的红腹锦鸡，长尾的喜鹊，一飞冲天的岩鹰，咕咕叫的岩蛙，翩翩起舞的天使蚕蛾。也见过飞狐，还是在黄连棚手里。但刚才飞过的红鸟，简直像一架小滑翔机。

"这是飞狐吗？"潘飞简直不敢相信自己的眼睛，这森林里竟然有如此大个的飞狐，而在黄连棚手里看过的飞狐那么小，跟一只松鼠一样。潘飞直往林子里看，嘴里不停地说："雪山飞狐，大连山的吉祥鸟。"

古河清没怎么明白，说："飞狐好吃，当下酒菜……"

古河清还没说完，潘飞又咕哝了一句："这个山谷太美了。"潘飞的话，倒让古河清有些糊涂了。

两人说了一阵话，潘飞打开后备箱，提出腊猪脚，说："老古，这个你留着，下一次，我带几个游客到你家去，你就炖这个。"古河清见潘飞态度坚决，只好拿回三轮车上。

他爬上了驾驶室，放出一句话来："潘乡长，你是知道连山人的，石头一样的性格，送出的东西被人拒绝，那就意味着不给面子，你就是瞧不起我老古家。我给你添了麻烦，还请你谅解。"说完，古河清开着三轮车疾驰而去。

潘飞站在路边，望着那两弯洁白的云发呆，都没听清楚古河清的话。此时的潘飞，既是在欣赏如画的风景，也开始思考连山的旅游业。潘飞索性闭上眼睛，静静地坐着，听着树林中传出的悦耳的齐声歌唱：有蝉鸣、蛙声、鸟叫，有潺潺流水、呼呼山风，还有做黄连中药材的连农们从连棚里传出的打情骂俏声、深山松涛，构成了一部恢宏的交响乐。潘飞认真听，认真地享受着。在连山，躺在吊脚楼，站在马路边，蹲在田边地角，走在河床上，都能听见不绝于耳的来自森林的天籁之音。潘飞真心爱上了连山，在年轻人的眼里，这是绿色宝库，养生胜地。这"万亩竹海""万亩杉海""万亩云海"开发出来，就是连山最大的扶贫成果。

今天正好下雨，村民都在家里，潘飞跟黄雪花、江涛、白帆四人决定到村里转一下。因为按照日常扶贫要求，每月到贫困户家里走访两次，需要填制扶贫手册，更新帮扶内容、帮扶成效，如实填写收支情况，掌握贫困户人口增减信息，做到精准。

走访的第一家是邹二宝。邹二宝和他的老母亲在家里。"二宝

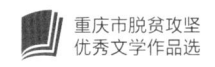

叔，最近还好吧？"黄雪花说话变得甜了，她看起来粗野，但有时候还蛮有女人味儿的。

"过得好，贫困户的日子就像芝麻开花——节节高。"邹二宝说完呵呵地笑。

"今天我们来例行走访，看看你家里吃的穿的还愁不愁，孙女读书、老人住院治病，以及住房、用水方面有没有问题，再统计本月的收支账。"黄雪花说完，邹二宝连连点头说："这些都有了，尤其是公路通到家门口，多方便。就是这个收入……"

"你家有低保，还有保洁员每月五百元工资，收入不成问题。但是，要如实报告其他收入。目前，你家还有什么困难呢？"

邹二宝摸了一下酒糟鼻说："不是这个意思，我没有困难。我，我，我想辞去贫困户和低保户。"

潘飞一听邹二宝想辞去贫困户低保户，很是吃惊，于是问道："你为啥不愿当这个贫困户呢？就是不当贫困户，这个低保还是实惠的，你为啥也要辞去？你已经脱贫了，现在不叫辞去，叫脱贫。"

邹二宝说："听起来别扭，我就要求辞去。"

黄雪花也大感不解，盯着邹二宝说："二宝叔，您这是唱的哪一出呢？过去吧，您跟古河清斗，死活都要进贫困户，现在，又为什么要辞去呢？"

邹二宝犹豫了一下，突然瞪大眼睛说："树活一张皮，人活一张脸。我邹二宝不想当贫困户了。"

黄雪花说："这就奇怪了，你说这话，我倒是糊涂了。"

邹二宝坚决地说："明天就取消贫困户资格。"

黄雪花问道："怎么这么急？"

邹二宝一脸尴尬地说："我看见黄连山和古河清的企业挂牌剪彩了。一个是连山酒厂，一个是连山养殖场，两个吊牌挂上墙，晃眼啊，我在连山还是第一次见着。我当时就想找个地缝钻进去。"

潘飞已经听出了点眉目，故意问道："为啥？"

邹二宝声音变得高亢些："他古河清能办场，能创业，我邹二宝也能。但是，我有个请求，不知潘乡长能否答应？"

潘飞疑惑地看着邹二宝说："什么请求？你说说看。"

邹二宝回答道："我有两百亩林地，金竹林里也有空隙，我就想种植飞天蜈蚣，创业致富。"

潘飞乍听见个新名词，于是不解地问道："什么是飞天蜈蚣？"

邹二宝正要回答，江涛先作了解释："一种植物，我们这里有野生的，土名刺老包。"

潘飞呵呵一笑说："刺老包呀，环保野菜，我知道了。老邹你说的这个飞天蜈蚣，是书名吧，我倒没听说过。"

邹二宝把胸膛一拍说："说干就干，我把儿子叫回来，先发展一百亩。"

潘飞担心地问道："这个产业规划，驻村队能否先行评估一下。"

邹二宝说："嘿嘿，我那不争气的儿子，过几天就回家，他这么多年在外漂荡，没混出个名堂，最近听说老子要创业，倒来了劲头，决定跟着老子干。"

江涛赶忙补充道："我们驻村队过去评估过，也宣传过，发过资料，但就是没有人响应。这种野菜目前市场行情好，不愁销路，更为重要的是，跟传统的黄连中药材产业相比，有自身优势，一次性种植，树长大后，每年都可以采摘，也无须施肥喷药，对生态环境没有任何破坏。"

潘飞简直大喜过望，没想到堕落的邹二宝竟然转变了，而且要创业致富。他满脸堆笑，对邹二宝说："老邹，你的这个想法，驻村队和村里肯定会支持，你就大胆地发展。至于你提到的辞去贫困户问题，暂时不考虑，脱贫不脱政策，脱贫不脱帮扶，待你飞天蜈

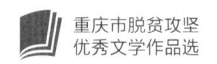

蚣产业做上路了，你家自然就不需要国家低保了，到时候再取消，好吗？"

听完潘乡长和邹二宝谈话，黄雪花仍然不太相信邹二宝会变，而且变得这么快，于是正眼而视："二宝叔，现在还喝酒打牌吗？"

邹二宝迅速回答："自从上次潘乡长、江队长批评后，我就改了，喝酒就在家里喝点，现在下地干活，嘿嘿。不信，你可以问我妈？"

潘飞接着说："你改正缺点，发展产业，走勤劳致富之路，我得请你喝酒。"

邹二宝抓了一下耳朵，欲言又止，黄雪花知道他有心事，于是催促他说出来。邹二宝吞吞吐吐说："就是那个，那个——"

潘飞也问道："你想说什么？"

邹二宝终于说了出来："就是古河清那个，那个什么分红模式。"

江涛提示道："基金分红模式。"

邹二宝很快反应过来，说："对啦，基金分红模式，这项扶贫政策，我能享受么？现在政策这么好，我也想要往前跑。"

潘飞呵呵一笑说："你的产业在哪儿？还没做起来呢？别急，扶贫政策一视同仁，等你做起来了，再跟村委申请。"

邹二宝赶紧回答："一言为定。"

从乡场上赶集回到连山冲，古河清便坐不住了。他在乡便民服务中心听到这样的消息：邹二宝自申报百亩"飞天蜈蚣"种植计划后，又有了新构思。他的承包林里有一棵两人合抱的红豆杉，今年挂满了红艳艳的一树果。他从黄连山的"连山酒厂"得到启示，竟然捣鼓起酒来，把红豆杉果子，泡进六元一斤的苞谷烧里，那酒就呼呼地往上涨价，提到县城滨河公园，没坐上半个时辰，就卖到五十元一斤了。而且听说邹二宝又申报了两亩红豆杉苗的培植计划。

这架势，就是要大搞了，全村就他那棵红豆杉结了果，他岂能放过这大好的机会。

于是，古河清也开始琢磨起自家产业来。养猪场交了班，除了给女儿当搬运工以外，他不再操心别的事。而且随着年龄的增长，苦活累活，已经有些吃不消了。这几年扶贫，他发现，自己的吊脚楼被修葺一新，旧貌换新颜，游客一年一年增多，就想扩大餐馆规模。于是他来到村委，找潘飞探讨一下有关政策。

自从驻村扶贫队员进村，古河清就恨上这三个男人，但是现在不恨了，还觉得对不住他们，害怕见到这三个人。到村委找潘飞办事，这还是第一次呢。他到达村委的大坝子，便听见里面传出歌声。他不便打搅，就坐在坝子边上吸旱烟。

突然，他看见村主任丁华开着皮卡驶进坝子，下车后，将一叠纸交给古河清，急匆匆进了厕所。丁华完事后，也站在坝子上，听起了歌声。

"蹚过湍急的河流，翻过陡峭的山峰，脚踩泥泞的小路，我们要搬掉贫穷。挂念那，生病的大娘……"歌声激越，三个男人在厨房的火炉子边，唱得特别投入，特别起劲。

"《扶贫队员之歌》，潘乡长写的。他们为了我们村能脱贫，离开县城，离开舒适温馨的家，来到穷乡僻壤，扎下来就是三年。我们到了晚上还能有个家可以回，吃上一口热饭菜，可他们三个男人到了晚上却难熬。他们其实很苦。"丁华望着村委大门对古河清说。

"他们几个都是自己做饭吗？"古河清问道。

"吃的用的都是自己带。"丁华说。

"村委就没开伙食堂？"

"驻村队员来之前，村委没有食堂。"

"哦，我还以为村上包吃包喝的，原来如此。"

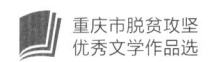

"村委哪有钱，我也是爱莫能助，手长衣袖短。我当初就想，这些人脸白手嫩，就是来体验山区生活的，给村里添麻烦的，住不了几天，包管卷铺盖走人。所以，配了点餐具，丢在村委就没闲心管了。嘿，这三个男人不仅开起了伙，还真就住了下来，而且住下来就不走了。你说奇怪不？这么多年，我还真没见过这样不走的工作队。"

丁华说完，古河清指着他手里的一大叠纸问道："丁主任，你又找潘乡长揽工程吧。"

丁华一听，心里就来火，顿时拉下脸来说："村上的扶贫工程项目，我确实都做过，但不叫揽工，叫务工。不是通知过你吗？修路，掏井，安装自来水，拉电线，C级、D级危房改造，易地扶贫搬迁，盖瓦换梁，'厕所革命'，哪一个项目没通知你？"

"哼，我养猪，没时间。"

"我这个村主任，每月两千一百元钱，要养家糊口吧，不在包工头那里干点活，找点工钱，我全家人怎么生活？你是不知道哇，脱贫攻坚开始后，我就一头栽进扶贫中，像钻进连山冲的云海，头都蒙了。再这么搞下去，我家就成贫困户了。"丁华说完长叹一声，"我现在总算理解了潘飞他们，你理解过他们吗？理解过我们村组干部吗？"古河清低下头不说话。"这叫奉献！"丁华憋了半天，突然蹦出一句，猛地摆了一下头，把牙齿咬得紧邦邦的。

见古河清不说话，丁华扬了扬手里的纸说："这是连山冲古道保护性维修方案，还要建些观景台，看咱们连山漂亮的云海。"

"不就是在山背上走的那条路嘛。"

"就是。"

"自从乡道公路修通后，就没人愿意走了，你们弄这个干吗？"

"这叫绿色生态旅游开发，你真是老古。"

"开发这个干什么？"

"哼，你不是养猪吗？黄连山不是有酒厂吗？还有家家户户那些个老腊肉、山药、金竹笋、苞谷菌、葛根粉、嘟吧、莼菜、辣椒，没有旅游的客人，能变出钱吗？"

"你这么说吧，我好像明白了。"

"这个连山冲古道，据潘乡长说，最神奇、最独特、最惊险。山背上一条独路，两边万丈深渊，我们害怕，不敢走，可有人会来走的，而且重走古道的人，不再是穷光蛋，他们开着豪车来，揣着大把大把的钞票来，指不定到你家吃一顿，就甩给你三百五百的。如果没人来吃，你家那些竹笋、苞谷菌，只好丢在地里烂肥料。"

"有那等好事？穷山恶水的，谁来啊？"

"过去是穷山恶水，现在就是金山银山。"丁华越说越起劲，"万亩竹海，万亩杉海，万亩云海，这是潘乡长提出的扶贫开发计划。你看看，县上都在规划旅游环道路了，建什么地质公园，我们不及早规划，就跟不上趟了。"

丁华和古河清正说话间，潘飞从村委门口出来，老远就招呼上了。古河清于是跟着丁华走进了村委。

已经深夜了，潘飞躺在床上，用微信与妻子聊了一下，感觉困了，便脱衣准备睡觉。突然，电话铃响起，拿起一看，是同学田小莼打来的。这个田小莼，跟潘飞不仅是高中同学，还是同桌，人家可是班花。

"喂，老同学，好久不见，你在北京还好吗？"

田小莼的声音很甜，从电话里传出来，富有磁性，说到："你都升任乡长了，怎么不告诉一声呢，那么低调干吗？要不是同学群里有人聊到你，我还不知道你到了连山。"

"不好意思，都混到乡下了，还是全县最差的乡，社会最底层，高调不起呀。"

"你可是提拔又重用哟，恭喜你了。哎，你写的那首扶贫歌，

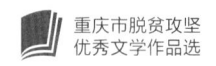

很好听的。"

"什么歌哦,苦中寻乐罢了。"

停歇了一下,田小莼接着说:"老同学啊,听了你的扶贫歌,我立即有了冲动。你那里有什么困难吗?我们公司想参与扶贫。"

"谢谢你惦记连山的扶贫,看来,你是一位有情怀的企业家。实话实说吧,我们乡三个村,就有两个贫困村,处在武陵山集中连片特困地区,短板多多,困难多多哟。"

"知道了。"

"就来点实的,杜绝虚情假意。"

"好,你尽快安排,及时通知我。"

潘飞搁了电话,脸上泛起一丝笑容。他美美地回忆起与这位同桌的往事。田小莼,一张俊俏如花的圆脸蛋上,时常挂着笑容,就是皱着眉头,也是那么的惹人怜爱。潘飞就觉得,田小莼说话的声音好听极了,磁石般沁人心扉。这种音质,足以让班上安静的男生疯狂,也能让疯狂的男生安静。潘飞就是属于疯狂之后安静的那一部分。在同学中,唯有他俩靠得近,能无话不说,像闺蜜。

十二

早上七点二十分,潘飞就听见村小的《起床歌》响起:"小朋友,睡得香,快快快起床,别做一只小懒虫,懒虫肥胖胖……"随后,潘飞听着琅琅的读书声,打开一本扶贫小说看起来。

连山冲村小学校,一九五一年创办,最初叫"树洞小学",直到今天,近七十年了,很多村民还是这样叫。为何叫"树洞小学"呢?原来,就在村委的旁边,曾经有一棵古树,这棵古树多大呢?这么说吧,古树中空后,村里的人在树中安放了一张桌子,到了夏天,每天有人坐在树洞里乘凉。后来在一天夜里,这棵树被风雨刮倒,村里便用它修了一座山神庙。"四清"的时候,山神庙毁了,修建了一所小学,村长取名为"树洞小学",直到二〇〇三年才改为现名。目前,学校只有十三名学生,八位教师,而且三年级以下没有招到新生。也就是说,等到三年级学生毕业后,将人去楼空,这所小学就真成为"空壳小学"了。

今天天气晴朗,潘飞信步走到村小的篮球场上,看见校长赵小楼一个人坐在一只小木凳上,双脚直蹬,口里含着哨子,吹了一声,大喊道:"上课!"接着,老师和同学们进了教室。潘飞感觉奇怪,于是跟赵校长攀谈起来。

中午时分,潘飞正要去吃饭,看见操场上站着一小拨人,十三名学生,赵校长在队伍的前面,正在交代国庆节放假事宜。校长的话讲完,漂亮的校园保安邹大丫就开始分发面包,一人一个。学生们拿着一个小面包,先后出了校门,踏上回家的路。

潘飞脑子里迅速闪过一丝念头,难道学校中午不开饭,这些学生仅靠这个小面包走路回家?

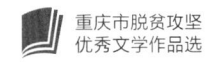

潘飞过去只是审查学校上报的教育扶贫资助数据，包括邹二宝的孙女邹丽的补贴，他都核实清楚，这涉及扶贫款是否落实到位的问题。从报表上看，学生的餐费是有保障的。但自从看见学生没用午餐，空着肚子回家，心中就有了疑问，难道学校克扣生活费？

国庆节后学生返校，潘飞走到学生食堂。这个食堂在室内，三个大盆子，盛着饭菜，食堂的师傅，便从一扇窗口里，给学生舀饭舀菜。学生们则在室外，站成一排，举着大铁碗伸进窗户。打饭的小窗口与围墙之间有个小巷道，很狭窄，学生们端着大碗，蹲在墙脚吃。因为进入冬天，穿得厚，有两个小孩的前胸掉落些饭菜，便用小手随便拂一下，衣服上却留下道道污迹。

潘飞拿出手机拍了下来，回到办公室翻看。昏暗的过道里，已经很脏的墙，十几个蹲着的孩子，衣服已经几天没洗了吧，那只小手举起的不锈钢大碗，明显与孩子们矮小的身体不协调。手机里的照片让他越看越不是滋味，竟然有些酸楚，一下子涌出泪水来。如果自己的孩子就在这所学校，会是怎样的一种心情？晚饭时间，潘飞再次来到学校，看见学生们在黑暗的巷道里，借着打饭的窗口照射出的一道亮光吃饭，竟然没有灯光。

角落里，黑暗中，晃动的孩子的身影，小手举着大铁碗，脏兮兮的墙，这样的画面，强烈地刺激着潘飞的神经。

此后，潘飞到村子里走访时，特别关注留守儿童，得到的信息再次令他震惊。原来，学校每周五放假前，从不供应午餐，学生饿着肚子回家，最远的要走两个小时的山路，而且到了家，还不一定能吃上饭，需要等着父母天黑收工。这要在过去，潘飞就习以为常，农村穷困，这样的场景比比皆是。但是，而今变化了，就是贫困生，国家有教育扶贫政策，补贴到位，为何还存在周五午餐的问题呢？为何还存在没有饭桌的问题呢？他不停地责备自己太粗心了，竟然没留心到这个角落。

在潘飞的办公室里，赵小楼校长喝着杯子里的水说："潘乡长，学生食堂在上一任校长时，就配备完整。不是没有饭桌，饭桌在二楼，学生不愿上去。那么小的孩子，上下楼很不安全，所以才决定临时开个窗口打饭。"赵校长说到这个事，便感到委屈。"这所小学是一所寄宿制学校，一直没有提供过周五的午餐。国家补贴的每天四元营养午餐，加上学生缴纳的每天十元生活费，一共十四元钱，都打捆用在住校生的三餐上，早餐四元，午餐六元，晚餐四元。餐次是凑足的，如果周五的午餐要开的话，就得取消星期天的晚餐，或者学生就得再交钱，否则，学校没钱贴补。而有的家长却舍不得，宁愿自己的孩子挨饿。学校也是没办法，不忍心孩子饿着肚子走，便挤了点钱，发放一个小面包。"赵校长说起这个事便一脸无奈。

"你打听过其他村小没有，就是周五的午餐？"潘飞问。

"早就打听过，都有午餐，唯独连山冲小学没有。"赵校长望着潘飞，一脸无奈。

"这要是县教育扶贫指挥部知道了，恐怕连山乡又成全县教育扶贫落后典型了吧。"

"没办法，我极力争取过，没有经费，家长也不愿配合。这每天十元的生活费，是全县的最低标准，只能让学生吃饱，却没法让学生吃好。就是这点生活费，有的家庭都交不起。要不，我动员老师们捐点工资出来。"

潘飞听了赵校长的话，连连摆头说："老师们能坚持在边远山区工作，很不容易的，还要他们从工资里抠出钱作学生的生活费，严重不妥。"

潘飞最近打听到，团县委近期要到连山乡开展一次志愿者慰问活动，主题叫"衣旧情深"，这次慰问，是赠送旧冬衣，没有现金。这让潘飞有了一个新的思路，他迅速联系上田小莼，他把希望寄托

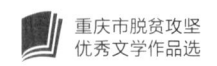

到老同学身上。

十月十八日,一支由团县委、乡人民政府、驻村工作队、田小莼的北京乡愁文化传媒集团公司职工组成的慰问队伍,悄悄地来到连山冲村小学。

因为有了客人,原本清幽的校园热闹起来,在校长的招呼下,同学们自觉地排成两排,一个一个试穿棉衣,当赵校长宣布,试穿的旧衣服归自己时,同学们便将衣服紧紧地抱着,脸上洋溢出幸福的笑容。

田小莼很给力,牛奶、饼干、火腿肠,拉了一皮卡车。听说周五没午餐费的事,当场再捐出两千元。这下,一学期的午餐费就有了着落。

一周后,潘飞走访邹二宝家时,问到孙女邹丽读书的事,邹二宝拉住他的手说:"学校本周星期五开始供应午餐了,我孙女再也不会饿着肚子回家,这下好了。嘿嘿,你说这孩子,得到一盒饼干、一根火腿肠,咋舍不得吃呢,非要带回来给爷爷吃。"

"家长还另外交钱不?"潘飞问。

"没交,听老师说,学校想办法筹了一点钱。"

潘飞点了点头说:"你宁愿把钱花在喝酒抽烟上,也不愿交这一顿的餐费,这就是你的不对了。你看邹丽这孩子多懂事,一根火腿肠,还舍不得吃,带回家里。"

潘飞因为周五午餐的事,揪心了好长一段时间,听了邹二宝的话,心里更加不是滋味。脱贫攻坚,留守儿童是绝对不可忽视的人群,当自己的孩子享受着城里优越的教育资源,在公园里玩耍时,山里的孩子却不得不在高山深壑中孑孑独行。每顿不到四块钱的伙食费,能吃饱就很不错了,但他们得到一根火腿肠却首先想到拿回家与不顾家的爷爷分享,这样的反差实在太大。但是,又有多少双眼睛和多少闪光灯在聚焦他们?包括我们这些扶贫干部。

想到这里,潘飞拿出电话,拨通田小莼:"喂,老同学,你好。"

田小莼在电话里问道:"你还在乡上吗?"

"坚守扶贫一线。"

"有什么事吗?"

"打听一个事,老同学,前次访贫问苦、扶危济困活动,你公司还开展吗?"

"每学期一次,行不?"

"你必须亲自来,我给你多拍点照,你回去作宣传。"

"你犯了记者职业病了,哈哈,不宣传的,脱贫攻坚,人人有责。"

"树洞小学,不见不散。"潘飞挂了电话。

连山到了十月中下旬,山上的植被就有了明显的秋意,一团团一片片金黄的银杏,深红的水杉,白色的丝茅,褐色的葛叶,原来满眼翠绿的大山,一下子变得五彩缤纷,艳丽夺目。与春夏比,连山的秋韵,则是另一番迷人的景象。

公元二〇一八年十一月五日晚上七点,嘹亮的歌声从村小的门卫室传出,潘飞正在教唱歌曲《连山冲》,这首专门为扶贫队员写的歌,花了他两年时间。

阳刚帅气的潘飞是音乐爱好者。就在试唱《连山冲》的前一个晚上,他和江涛、白帆坐在院坝聊天,谦虚地说:"这首歌没写好,不满意,不敢拿出去,还要打磨。"江涛队长一听大感意外,潘飞乡长竟然能写歌,便极力要求演唱一段。潘飞还没哼完,白帆直呼,写到自己的心坎上了。在江涛的一再要求下,潘飞还是同意试试。于是白帆邀约了驻村队员,村支书黄雪花,还有学校的几位老师,晚上聚集在村小学的门卫室,围坐在烤火炉边学唱。连续唱了两天,江涛队长饶有兴致地录了个视频。

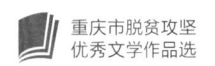

村小学的门卫室狭小而拥挤，但潘飞他们却唱得无比投入，神情专注。潘飞仿佛对这首歌情有独钟，晚上睡觉后，意犹未尽，在梦中还在哼唱："牵挂那，生病的大娘，是否还能忍受身上的苦痛，牵挂那，背水的大叔，是否还背得动身上的水桶，牵挂那，上学的孩子，是否还走在凛冽的寒风中。"优美流畅的旋律，散发着泥土芳香的词儿，就是他的扶贫经历的真实写照，这些场景深深地铭刻在潘飞的脑海，他可谓触景生情。

试唱的视频很快传出，被县委宣传部领导看到。

第二天，潘飞还在床上，接到宣传部领导的电话："潘飞，昨晚你们唱的那首歌，谁创作的？"

"报告领导，是在下。"

"潘飞，我就知道是你小子捣鼓的。我告诉你啊，昨晚县委书记、县长，还有几位县级领导，在微信群里，为你的歌点赞留言。尤其是县委书记留言，要求连山乡高度重视，拍成MV，还要组织全县传唱。现在，我要求你，站在贫困群众角度，写一首脱贫之歌。"

潘飞没有立即回答，嗯嗯半天才说："领导，乡里没钱。"

"没钱就不能想点办法？这是政治任务，你应该有政治敏感，我等着你报结果。"潘飞一听到"政治"两个字，便立即回话，限时完成。

吃过早饭，乡党委书记钟海招呼，说有事商量，潘飞便知道是什么事了。果然，潘飞走进书记办公室，钟海一脸灿烂，传达了县委书记的微信帖子，要求潘乡长再创作一首脱贫之歌。同时，乡里决定成立"连山乡扶贫业余文艺宣传队"，开展精神扶贫工作，并安排将乡政府会议室作为临时练歌场地，由乡文化站牵头，组织全乡干部练唱，聘请文化传媒公司拍摄MV。

武陵山深处的连山，进入十一月便开始骤然降温，潘飞手机上显示为：室外温度三摄氏度。下午三时，潘飞在连山冲古道最高峰发了一帖：一千八百米的高山上，开始飘雪。昨天穿两件衣服，还能勉强抵御，今天穿上厚棉衣，还感觉寒冷刺骨。

走在林间道路上，潘飞拿出手机，突然看见同学田小莼传出的视频。她用笔抄录下《连山冲》歌词，并自己演唱一遍，搞了自拍。虽然唱得还不熟练，但她很用心。潘飞立即给她传了歌单，田小莼回了一个笑脸，发了一个帖子："老同学，过几天我去乡上看你，我也要去扶贫。你们三个男人，住在村里还好吗？我今天组织公司职工唱你的歌呢。"

潘飞也回了一帖："还好，呵呵。"

虽然天气寒冷，但潘飞的心暖暖的，在这个山旮旯自编自唱的扶贫歌，竟然还有粉丝呢，而且是北京的粉丝。此时潘飞想到另外一个效果，身在北京的人，也一定能从这首歌里看见连山扶贫队员的身影，他们正翻山蹚水，脚踩泥泞，走在扶贫路上。潘飞真是没想到，一首歌竟然有如此巨大的魅力，能让大山外的人着迷。

十三

翻过坎,到了公元二〇一九年春节。这个春节,潘飞很放松。三年来,第一次回老家看望了父母,陪着父母过大年。春节后,依然回到连山。脱贫摘帽后,有的乡镇长得到擢升,但他没变,因为他还背着一个警告处分。

就在一月份,连山乡接受了国家脱贫摘帽评估验收。潘飞觉得高度紧张的脱贫攻坚气氛,应该缓解一下了吧。但是,还没等他喘过气来,接到的扶贫信号更加强烈,仿佛这个脱贫成效的巩固工作,比脱贫攻坚更为重要似的,上级下达的任务,督查督导,一次比一次多,一次比一次密集,要求摘帽不摘责任,不摘政策,不摘帮扶,不摘监管。看来,自己想从扶贫一线抽身,已经不可能了。于是,他只好一头栽进村里。

春夏之交的连山,进入雨季。潘飞起得很早,一看日期,四月十五日。他今天从乡政府出发,冒着小雨,开车进入连山冲村,他把车停放在村委大坝子里,开始步行走访。他先到黄连山家,接着去了黄连地、黄连棚、古河清家,查看了村里的自来水池。下午到了邹二宝家、贺老三家,在组长徐张飞、冉崇山家坐聊一阵。此行的目的是督查"两不愁三保障"方面是否还有漏洞。

第二天,潘飞与江涛、白帆三人继续走访贫困户。经过那棵大红豆杉时,三人围着树转了一圈。上到连山冲古道"一碗水"时,他因为有两次"山羊冲"的教训,这次倒是非常小心,四周看了看,没看见那只骄傲的大黑羊,便匍匐在井边喝水。却不料,又吃了一记"山羊冲"。这次,那头大黑羊神不知鬼不觉出现,直接顶上潘飞屁股,屁股没受伤,额头却吃了亏,在井坎石上碰擦了一下，竟然流出了血。潘飞走访完，便回到乡里，在卫生院敷点药。原本一张英俊帅气的脸，突然多了个创可贴。他心里不安起来，竟然生出一种不祥的预感。

第二天，潘飞处理完乡政府的文件，又到了村委。在村委办公室里，潘飞与江涛、白帆、黄雪花、丁华正在议事，突然，古河清走了进来，把一张纸摔到桌上，气鼓鼓地说："我返贫了，你们得评我为贫困户。"

黄雪花拉过一条木凳子，让古河清坐下，说："古河清，你又有什么困难？"

古河清拉长着脸说："我这次来，我要申请砍树。"

潘飞接过申请书，看了看说："你申请砍伐的是耕地上的零星树木，这个由村上签字，报给乡林业站，应该没问题。"黄雪花一听，叫古河清把申请拿过去，在上面签了字。

山上多栽树，等于修水库。
雨多它能吞，雨少它能吐。

古河清走后，潘飞突然记起古河清家老房门上的一首老打油诗。这首诗，据说是古河清的爷爷在全县大兴植树造林时，用白色粉笔写上去的，竖排，有些年代了。那门板已经陈旧，表面变成灰色，看不见木质，布满皲裂纹。字写得不算好，但比较工整。从古河清家回来，潘飞就一直记着这首诗。

最近，潘飞老是心神不宁的，总觉得这片森林有事发生。他有这样的直觉。

在村委，潘飞正在校订贫困户档案，突然，一个人走了进来，戴着墨镜。见了潘乡长，递上一支烟，便介绍此行的目的。原来，连山的公路通畅之后，"墨镜"已经来过几次。他说，这里很穷，

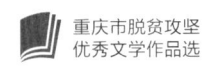

要在过去，请他都不会来的。全国各行各业都时兴扶贫，他也有这个情怀。进山给贫困村投资，砍几根树，为贫困户增收，为扶贫做点贡献。潘飞没见过"墨镜"，也不知道这个人的背景，便说了些客套话，送走了"墨镜"。

"墨镜"走后，潘飞再回想一遍，感觉到这个"墨镜"很怪。"会不会有人打着扶贫的幌子，以贫困户增收为借口，盯上这片森林？"潘飞顿时生出异样的感觉，但随之被自己否定。因为没有根据的事，就是假设。

古河清的伐木申请刚批了一周，潘飞就接到连山冲村支书黄雪花的电话，一片柳杉林被砍倒，五百四十四棵大树，没啦，连山乡爆出惊天大案。我的天，长了三十多年的树，一朝被砍翻，何人这么大胆，这么嚣张？潘飞焦躁起来。

潘飞暗自叫苦，越是担心的事越是要发生。这扶贫路修好了，方便了村民出行，是不是也方便了不法之徒呢？这连山就是一座天然宝藏，人迹罕至的深谷里，生长着大量的珍稀动植物，山中这些宝贝会不会被歹人觊觎？潘飞的神经顿时变得紧张起来。因为此时不再是假设，而是实实在在发生的滥伐事件。

他突然想到在林业公安当警察的同学王大山。王大山身高一米八，壮实得像头牛，说话声音大，哈哈不断。潘飞把近来连山发生的毁林事件作了通报，王大山听了，没有表示出急迫之情，反而透露了一个消息。最近，有一个外号叫"墨镜"的人，活动频繁，专门挑偏远山区砍树。这个人像条滑鱼鳅，还懂些法律，善于钻政策的空子。森林警察正在密切监控。

"是不是黑恶势力在操控？"潘飞焦急问道。

"不会，就是个小毛贼。"王大山回答。

潘飞立即赶到村委，黄雪花正在教训古河清。"古河清，我现在不叫你古叔，你就没个长辈的样子。你为何砍伐那么多树？五百多根呢，我的爷呀，你老糊涂了？"

"黄支书，你搞清楚情况再说。"

"我看过现场，那么大一片，不是你砍的还有谁？不是你申办的采伐证吗？"

"采伐证确实是我申办的，两张证，十六个立方，我确实也交给了那个伐木的老板。但是，他压根就没在我承包林里砍树。嘿，真是奇怪，这个人胆子忒大，他拿着证，直接在二毛山砍树。"

"你就没去看过吗？"

"我只管收钱，他砍不砍树，是他的事。再说，他砍伐二毛山，关我什么事？潘乡长，人要讲道理的，这事与我没关系，我走了。"古河清说完便起身离去。

"就是你，引狼入室，你就是内奸，你脱不了干系！"黄雪花望着古河清背影，故意大声嚷，说完转身朝着潘飞说，"他们就是看见这里偏远，人烟稀少，监管薄弱，才敢连片放倒。"

潘乡长急忙召集驻村队员，跟着黄雪花赶往现场。行驶途中，黄雪花突然叫停。

潘飞下车，看见一番揪心的场景。在大山沟里，出现一片枯萎的柳杉树，潘飞问道："这是什么时候发生的事呢？"

黄雪花用手指着说："三年前，你还没到任就发生的，一伙人潜到山里，用油锯切割树皮，准备待树死亡干枯后，便实施砍伐，后来由于交通不便，运输成本大，就一直搁在那儿。这是盗木贼惯用伎俩。"

"当时没报案吗？"潘飞问。

"我们发现树叶黄了，才报的案，林业公安派人实地查看，最后给乡里的结论是，一名癌症患者所为。不久，癌症患者死亡，此事便不了了之。"

"癌症患者？"潘飞觉得不可思议。

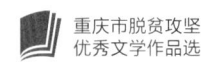

"顶包的。"黄雪花脱口而出。

"不过,听说有个警察受到处分。"

黄雪花说完,潘飞问道:"毁掉那么大一片树,一个处分完事?"

黄雪花呵呵一笑说:"这个处分叫不作为。但是,真正砍树的是谁,至今为止没个交代,也没人管了,成个谜团。还有,就是这个山,叫二毛山,山里的树,农民可以自由决定出售,村里也拿他没办法。"

一行人继续往前走,进到山沟,穿过林子,潘飞突然感觉眼前豁然开朗,高大茂密的丛林深处,一片柳杉被齐齐整整伐倒,连一根小树苗都没能放过。砍下的树,有的已被截断,用骡子驮出大山,小路上布满了骡蹄印。潘飞拿出手机拍成视频,便向王大山报了案。

第二天,王大山冒着雨,到林子里看了看,回去了。一周后,来了三人,进到山里取证。可是,此后两个月,不见动静。潘飞急了,再次电话联系。王大山亲自来了。

从前,王大山见了潘飞就打哈哈,但今天,他脸色始终阴沉着,好像有话要说,但好像又不敢说,话到嘴边就打住。潘飞是个急性子,问道:"你们都来了三次,应该有个结论了,究竟何人有如此之胆量,敢于无证砍伐五百多棵大树。未必又是一个癌症患者吗?这一次不处理,两次不处理,今后乡里怎么管理林木?"

王大山听了潘飞的话,抬起头说:"潘乡长,我也想及早立案,追究刑事责任,我和你的想法完全一致,这些不法之徒,就应该从快打击。"

"那为什么迟迟不立案?两个月了,这么大的案子,难道能拖化么?"

"不是我们不愿立案,而是不能立案,不能追究刑事责任。"

"什么什么,你说什么?"

"不能立案。立了案,检察院不接招,检察院接招的,法院判无罪。嘿,到头来,反倒是我们办了错案,归还树木不说,还得赔偿人家的损失,接受错案责任追究。嗨,搞得自己灰头土脸的。"

潘飞一听,顿时傻了眼,脸上露出失望的神情,盯着王大山说:"难道这么大的案子,有人竟敢包瞒下来?这是滥用职权!"

"老同学,别冲动,哈哈,我老实告诉你吧,二毛山,没上林权证,就不算林地,不是林地的树木,经营者可以自己决定砍伐,不必取得许可,没纳入刑事案件范围。这个'墨镜'很狡猾。"说完,王大山真就拿出一个法规读了起来,潘飞一看,真就是这么写的:"采伐非林地上的林木不纳入森林采伐限额管理,不办理采伐许可证,由经营者自主经营、自主采伐。"

"你说的是……是……"潘飞开始有点莫名其妙,说话口齿不清。

"我的潘乡长,你不要急躁,法律倾向于保护被告人。本来这是一份政策性的文件,只要开庭审判,被告人就把它抬出来,就把它当顶门杠。检察官、法官都拿他没办法。你说,我们还能立案吗?惹火烧身吗?告诉你吧,这种类型呢,叫违规,但不违法,不构成犯罪。"

"你们森林警察难道斗不过一个不法之徒?这么大的毁林案件,难道你们就这么放手了?你们就不能报请修改政策?"潘飞说这句话时,有些歇斯底里,失望中充满了愤怒。

王大山一脸无奈说:"我当森林警察十多年了,当然清楚这项政策和法规。二毛山,就是撂荒地,过去没人肯接手。后来,封山育林,政府购买树苗,号召村民栽种,谁栽种谁受益。这些高寒偏远地区,像这样的二毛山特别多。连山的二毛地,几乎占据森林面积的一半以上,三十多年了,都长成了林。我说那个'墨镜'狡

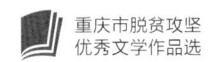

猾，不是么？他就盯上二毛山的树。大片大片地砍啦，我就是端着枪，也不敢开火。眼看这伙人攫取森林资源，大把大把地赚黑钱，我却只能望洋兴叹，行政处罚了之。"

"'墨镜'肯定不止一个人。"

"这还用说吗？每次行政处罚，'墨镜'都逃脱。很奇怪，竟然有人愿意顶包。这个'墨镜'实在太狡猾，他竟然钻了政策法律的空子。"

连山出了这么大的事，钟海书记无比震怒。他给县上有关领导发了短信，就近期连山发生的滥伐事件作了报告，对珍稀动植物保护问题，建议县上采取更加严格的管控措施。

第二天上午吃过早饭，钟海随即到各村巡查，摸清森林管护的状况。下午召开党委会。

"同志们，上午我和潘飞乡长，兼管林业的万能同志，到各村了解情况，问题比我们想象的严重。连山冲村出现的滥伐林木现象，在其他两个村也发生过，而且这样的滥伐盗伐事件，屡禁不止。现在，连山乡通过国家扶贫，公路修多了，也修宽了，在方便村民出行的同时，也为那些不法之人提供了方便。在连山，一次砍倒五百棵树，这么严重的滥伐事件，这还是第一次，表明了砍伐树木的人，运载吞吐能力空前提高。十吨二十吨，甚至三十吨的车，都能走了。按照这个速度，我连山万亩柳杉林，用不了五年，砍伐殆尽，绿水青山，金山银山，很快变成这些人的盘中餐。我们坐镇一方，难道就眼睁睁地看着这些人胡作非为吗？"钟海说完，猛地把笔往桌上一丢，显然异常愤慨。

钟先锋是乡党委副书记、人大主席，分管林业工作，待钟海书记发言完毕，抢先说道："钟书记关注到了这个问题，而且站到新的高度，看到问题的严重性。同志们，我已经在连山乡工作了近十年，连山发生如此数量惊人的砍伐事件，这是头一回。连山的老百姓视为金山银山，守护了三十多年的柳杉，自己都不舍得砍伐，却被人大肆砍伐。我作为分管林业的人，非常痛心。我必须站出来说话，大家叫我铁脑壳，我就是铁脑壳，一个单位，一个部门，没有几个像我一样的铁脑壳，敢顶敢撞，就只能受窝囊气。我就不怕得罪人，我就敢搞到底。砍的树，要运走，是我强行阻挡下来的，现场还摆起的。这次林业部门不做处理，我不会放手。"钟先锋说得面红耳赤，会场明显感觉到火药味。

潘飞已经按捺不住，发言的声音提高了八度："这伙人有恃无恐，他们肯定是一个利益链，而且有智囊，我们低估了人家的实力。大家不妨反思一下，这些生意人为啥专找二毛山砍伐，为啥找癌症病人顶包，为啥要在最穷的人家租房，为啥要收买贫困户为其办事？为啥他们不把连山乡政府干部放在眼里？同志们反思一下，我们在扶贫道路修好之后，对不法之徒蚕食连山森林，有过预知预判吗？我们采取了哪些防范措施？对相关法律法规政策，有过专门的学习研究吗？比如二毛山的问题，不法分子可以钻空子，那么，我们能否找到相应的对策，依法保护连山的资源呢？"

潘飞说完，会场开始议论纷纷，发言的一个接着一个，场面火爆。

万能虽然是安监科长，也兼任了林业站负责人，管理林业工作多年，对相关政策法律是精通的，见大家争论不休，也在脑海中整理思路。当钟海书记的眼光看向他时，他就毫不犹疑地说道："大家争论的焦点是能否作为案件，公安机关能否立案侦查。这个方面的法律政策，近段时间我研究过，存在争议。也就是说，不看政策性的文件，只看法律，完全可以追究刑事责任。但是，因为有政策，被告人的律师不是吃素的，立马就会拿出来做挡箭牌，刑事追究就会出现障碍。所以，大家争论这个，我认为没有必要，追不追究刑事责任，那是司法机关的事，不是连山乡政府的事。目前，乱

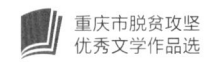

砍滥伐林木的事件已经出现，这是个信号，非常严重的信号。就连山乡的森林资源而言，很大一部分属于二毛山，这是连山的特殊情形，其他乡镇也存在，但是数量没有这么庞大。公安机关已经不准备立案侦查了，王大山已经把信号给足了的，刑事追究的这一只手，无法硬起来，只能给予行政处罚，行政处罚对于砍树的人，没有震慑力，这些人还会继续砍树。这次是五百棵，下一次可能就是一千棵，这次是五亩，下一次就是十亩、百亩。他们敢伐柳杉，势必敢伐红豆杉和银杏。钟书记说得好，按照这个速度，五年之内，连山的树就被砍光。我想在这里提个建议，大家讨论的焦点要转向，即如何发挥现有的行政资源，挽救二毛山的柳杉。"

潘飞乡长接过万能的话说："这一次砍伐事件，是连山森林植被受到严重侵害的新动向，大面积砍伐二毛山林木，已经发出了强烈的信号，连山森林管护必须提档升级，而且迫在眉睫。我们手里的武器当然有，一是严格审批程序，就是二毛山，也必须履行许可手续，各村要宣传到户。二是严密监管，不让无证砍伐者有可乘之机。我们手头现在有一个最大的法宝，就是禁止无证砍伐。"潘飞说完，会场上又是一阵热烈的讨论。

钟海见大家说得差不多了，就作了总结发言："同志们，我们看到了问题的实质，也看到连山有别于其他乡镇的特殊的二毛山问题。大家刚才的发言，针对的是连山二毛山的森林资源保护，都提出了很好的意见建议。同志们，我们现在头脑务必清醒，绿水青山就是金山银山，这样的执政理念必须牢固树立。各位驻村干部，明天全部下到村委，落实管护责任制，落实护林员责任制。当务之急，就是要把每天的巡山制度落实到人，只要发现无证砍伐者，当即报告，立马制止。这项制度完善后，就能保证信息畅通，反应灵敏快捷。同志们，我在这里着重提醒一件事，当干部的绝不能参与乱砍滥伐，要保证自身净，自身正。"

钟海说到这里，停顿了一下，最后强调道："同志们，大家要高度重视森林资源保护工作，这是脱贫攻坚中又一次重大的行动。如果修了扶贫路丢了树，没能保护好这片山水，就会愧对连山的老百姓。大家要作好充分的思想准备，在这个问题上决不含糊。钟先锋同志是铁脑壳，我们在座的每一位同志，都要当一回铁脑壳！"

砍倒五百棵大树这件事，在连山冲村引起轩然大波，村民都在观望，乡里究竟如何处理。如果还是不了了之，有的农户就会公开卖树了，形势将完全失控。

古河清家里出了这么大的事，黄连山就想找他问个明白，砍倒五百多棵树，在连山历史上，只有大战钢铁时有过，这要在自己当村主任的时候，就得送到派出所处理，这都两三个月了，竟然没见动静？

黄连山总觉得此事蹊跷。他于是来到古河清的养猪场找古河清，正好，在场子里打工的黄连地和黄连棚也在，四人便走进古河清办公室。落座之后，黄连山就问起砍树的事。古河清便一脸不高兴说："你管这事干吗？"

黄连山脸色也变得难看起来说："我不管，谁还敢管？嗯，我早就听说了，你申办的证，难道跟你没关系？是不是你在中间做了手脚？"

"黄连山，黄大哥，你说话客气点好不，我办的证，但人家没在我林地砍。"

"嗯，我好歹给你提个醒，你要是干了这个事，就赶紧投案自首。"

"呲——我投什么案，自什么首呢？真是。"

古河清说到这里，便压低了声音说："哎哎，我告诉你们，这事别往外传，这次砍树的人，外号叫'墨镜'，听说有背景。哎哎，此事千万不能说出去，乡长潘飞都拿他没办法的。"古河清说到这

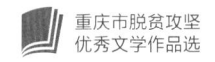

里，故作神秘，继续说道："我听说，此案有争议，不能动刑，只能给个行政处罚了事。我还亲耳听'墨镜'说过，砍树就是支持国家建设，还办什么采伐证呢？乡政府的干部不懂法。连山的林木多着呢，砍了，几年又长成了，有什么损害，不能因为重视环保，就不敢砍伐。几根树有什么值得大惊小怪的，大山里什么都缺，唯独不缺树，靠山吃山，靠水吃水呗。看来，这个老板懂政策，会讲大道理呢。"

黄连山听了古河清这些话，心里顿时来气，眯起眼睛说："我看这里面不简单。就说这政策放开吧，难道也对不法分子放开？从来都没有这个说法。哼，这些滥伐林木的人，他们怎么知道政策漏洞？古河清，你给我说清楚，你究竟参与了没有哇？"

古河清一听就冒火，说："我不知道，我绝对没参与。我刚才说过，我跟你一样，看见那一大片倒下的树，我就，哎哎，不说了，请你放心，我保证，与此次砍树没有一毛关系。"

黄连山裹了一支叶子烟，抽上，坐了好一阵才说："我看情形不妙，潘乡长不是那个'墨镜'的对手，管不了哇。"古河清盯着老黄不说话。黄连山迟疑半天说："这事还得靠我们这几把老骨头。"

古河清听完，哎哎地叫了几声，说："我看就是这路修错了。"古河清叹了一声气说："我们在连山住了几十年，熟悉这里的情况，一有风吹草动，都互相报个信。护住这片林子，大家都要齐心。"

黄连地站了起来说："我看古河清说中了，这路修宽了，车也来大了，原先只能走两个轮的，现在走十个轮的。一大堆的树，一车就拉走。"

黄连棚连连点头说："老板住在我家里，我帮忙砍树，帮忙上车。要在以前，这五百棵树，从山里弄出去，就得两三个月。"

黄连山一听，顿时警觉起来，转头问道："黄连棚，你说老板就在你家里住，给了你多少好处？"

黄连棚回答道："十个人，一个月食宿，还欠我七千块！"

"七千块？"

"不是么？'墨镜'安排的，每天必须有酒有肉。杀了我家一头猪，吃得干干净净。"

黄连山脸上有些惊讶，看着黄连棚说："你没参股吧？"

"没有，绝对没有，我哪有钱参股呐。"

"别被人利用。"

"大哥你放一百个心，他利用我什么呢？我穷光蛋一个。老板都说了，连山就这点树还值钱，他这是在响应县政府招商引资号召，投资砍树，为贫困户增收。"

黄连山心里也有些疑惑，因为前次出现的案子，就是用村里的癌症患者顶的包，"墨镜"躲在幕后，要是被发现，老实巴交的村民就当替罪羊。这个黄连棚黄瘸子会不会……

黄连山越想越不对劲，说："我看十有八九的，这个'墨镜'就找你黄连棚顶包，不然，他会选择住你家，租你房子，杀你家的猪？你黄瘸子上不挨天，下不沾地儿，屁关系没有，'墨镜'会看中你？你说清楚，'墨镜'除了吃住你家，还给你钱没有？"

黄连棚低下头，脸霎时红了，他知道什么都瞒不过黄连山，黄大哥什么都懂，什么都能看穿，于是只好承认："'墨镜'给了我一万块钱，叫我交什么罚款，还叫我摁了个手印。"

"什么手印？"

"不知道哇，我不识字。老板告诉我，七千元欠账，事完后，打到我银行卡上。"

黄连山坐了一阵就离开了，他独自来到那片被砍得空空荡荡的林子里，坐在一棵横着的大树上，望着蔚蓝的天空发呆。他还清楚地记得，这片二毛山，三十年前，由政府出钱买的苗子，他带着人

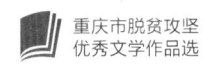

种下的。这么多年，自己都没舍得砍一棵，为什么就有人敢于不办手续成片伐倒？这个时候，他多么希望那颗环保监测卫星从他头顶飞过。但是，那卫星能看见修路毁林，为何却看不见人砍树呢？看来，这一次又被"墨镜"钻了空子。砍了这五百棵树，等于砍掉了他身上一坨肉，留下一块伤疤。

清明节刚过，潘飞正在办公室处理公文，见邹二宝走了进来，于是招呼他坐下，接了一杯温开水，问道："老邹，你有什么事吗？"

邹二宝拿出一份申请递给潘飞说："我母亲最近身体不好，想将银杏树卖了，给母亲治病。"

潘飞看了看申请，说："这棵银杏树有五百四十年的树龄，属于挂牌保护古树，不能卖，更不能砍伐。"

邹二宝揉了一下酒糟鼻说："这棵树有安全隐患，就在我家的房子边，要是被风吹倒了，造成生命财产损失，谁负责呢。"

潘飞将安监科长万能叫到办公室，说："贫困户邹二宝家，有棵银杏树，存在安全隐患，你组织勘察一下。"

万能正要出门，邹二宝拉住他说："万科长，把我的申请批了吧，我不卖树，只是移植。"

万能拿起申请仔细看了一下，回答说："这是一棵挂牌古树，应该严格按照法律规定办理，确有安全隐患，可以移植，我们先到现场查看。"

"哎，别去了，一棵树，至于这么劳师动众吗？你就批了吧。"

万能摆手拒绝。

潘飞、万能等一行四人，来到邹二宝家，查看完后，就对邹二宝说："树与房的距离有十多丈远，枝叶没有覆盖屋面，而且树身高大，根深叶茂，树基牢实，没有安全隐患，无移栽必要。"

邹二宝拉住潘飞的手说："这是咱家的树，我有权利移植不？"

潘飞看着古树说："你能说清楚这棵树的历史吗？"

"谁也说不清楚，但是，它长在我家旁边，也是分给咱家的，我有权处置。"

两人争执不下，突然，从吊脚楼里走出两个人来，前面的正是"墨镜"。两人走近潘飞，"墨镜"开了口："树就在舅舅的房前屋后，就是舅舅家的，你能说它不是？树已经对老房构成威胁，必须移植。"

潘飞见两人来势汹汹，便问道："你是邹二宝什么人？"

"邹二宝是我大舅。"

"他是独子，何来外甥。"潘飞见"墨镜"不说话，便问道，"你们想怎么移植？"

"墨镜"抬起头说："移植，既可以村内移植，也可以村外移植。"

"你们究竟想移植到哪里？"

"我们准备村外移植。"

"村外？"

"村外的任何地方。"

万能听到这里，已经明白"墨镜"的企图，大声地说："有一个问题，我们都要搞清楚，这不是普通的大树，这是一棵挂牌的古树，意味着纳入国家法律保护范围，任何人要动这棵树，必须严格遵守我国野生植物保护法。这棵树，经我们刚才实地查看，没有安全隐患，不具备移植条件，不予审批。"

"墨镜"听了万能的话，用手指着万能，高声叫起来："你说不移植就不移植吗？你有能耐阻挡我吗？你连山乡这个山旮旯的干部，算干部吗？我告诉你，我县里、市里、北京有人，你们几个小小的乡干部，拦得住我么？"

潘飞见此人嚣张，也不示弱，提高嗓门："没有移植条件，乡

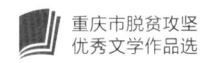

上没有权力审批。"

"墨镜"显得不耐烦起来，走近潘飞说："你给我听好，我今天叫买树，不叫移植。"

"买卖就更不合法。"

"我不管什么法，它在我眼里只是一棵树。"

"这是挂牌保护的古树，绝非普通的树。"

"老子今天要的就是挂牌古树，别的树还入不了法眼。"

"你们想干什么？"

"你们签不签字无所谓，老子给了钱就要弄走。再说，移植到大城市，有园艺工程师精心养护，比在深山老林中自然生长好。我犯的哪门子法呢？笑话！""墨镜"竟然说出这么无理的话来，潘飞显然被激怒。

突然，吊脚楼下还有人晃动，里面藏着人，极可能就是"墨镜"请来挖树的人。万能便一下子坐到树根上，大声说："只要我万能在，你们休想挖树。"

潘飞见势单力薄，害怕万能这么耗下去会吃亏，还是走为上，便拉起万能说："我们先回村里商议，再给你们答复。"

潘飞二人迅速撤离现场。果然，身后的树林里，隐隐现出几个人来，尾随其后，一直追到公路转拐才返回。

潘飞回到村委，直气得七窍生烟，堂堂执法者，竟然被一伙歹人搞得狼狈不堪。他将情况向钟海书记作了汇报，便立即报警，然后，让黄雪花通知邹二宝到村委。

邹二宝拖了一个时辰才来到村委。潘飞看见这个红鼻子就来气："邹二宝，你是当真不知道，还是假装不知道，这是一棵挂牌古树，你说卖就能卖的？你收了人家多少钱？"

"说好的五万块，给的订金两千块。"

"五万？你知道这棵古树在市场上价值多少？"

"不知道。"

"我告诉你,黑市交易,送上高速路口,三十万。"

"那我不是亏大了吗?"

"这叫物以稀为贵,有价无市,你见过谁在公开买卖古树吗?"

"没见过。"

"我先给你普法,只要你挖倒这棵树,你和买树的,通通构成犯罪,会被警察抓起来,判刑坐牢,钱财两空!"

"挖一棵树,有那么严重?"

潘飞白了邹二宝一眼,没有回答。

黄雪花听到这里,连珠炮似的吼开了:"这叫非法买卖。邹二宝,你想钱想疯了,是吗?亏你还是贫困户、低保户,拿着国家的低保金,安排一个公益岗位,当了保洁员,生病住院报销。这几年,政府没在你家少花钱,难道国家欠你的吗?乡政府欠你的吗?村委欠你的吗?驻村队员欠你的吗?神仙日子不好好过,我看你是活腻了。"

"我卖棵树,惹到你什么了?"

"这棵树叫挂牌保护古树,法律规定禁止买卖。在我的地盘上,绝对不允许。马上把订金还给人家,否则,你猫儿抓糍粑——脱不了爪爪。"

潘飞做邹二宝的工作,目的就是釜底抽薪,阻止买卖古树。但是,"墨镜"那伙人并未罢休。第二天上午,县信访办打来电话,要求乡政府对信访人就古树造成的安全隐患给予回复;否则,有人还要继续上访闹事。

"嘿,真可笑。"潘飞接了电话咕哝一句,将万能叫到办公室,说,"这是何方神仙,竟如此猖獗,把状告到县信访办。"随后通报了信访办的电话内容。

万能一听,跳将起来,说话的声音都变了调:"我还以为是邹

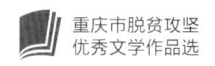

二宝在信访呢，原来是'墨镜'，这个人真是胆大包天呐。我的意见是不回，坚决不回，简直就是恶人先告状。这棵古树，跟他'墨镜'有一毛钱关系吗？他不是本乡本土人，不属我乡管理服务对象，我凭什么给他回复。哼，关键是回复什么？"

潘飞站了起来说："我同意你的意见，暂时不回，看他还折腾些啥。"

因为报了案，王大山又来到乡里，跟前次一样，进门握手笑哈哈："潘乡长好哇，咱们又见面了。哈哈。"

"老同学，你还笑，我都想哭了。"

"不哭，啊，哈哈，你的事，就是我的事。我们调查了，把那个'墨镜'捉来训斥一顿，没事啦。哈哈。"

"完事了？"

"没完。那个'墨镜'是个癌症患者，铤而走险。"

"癌症患者"这几个刺耳的字眼，竟然再次从王大山口里说出，不得不让潘飞惊讶。"哈哈，奇怪不？哈哈！"王大山若无其事。

"顶包的？"潘飞反问。

"哈哈，这个不是顶包的，他脑壳有包，神经兮兮的。"王大山解释说。

"啥？"潘飞疑惑不解。

"我们做了深入调查，掌握了这个'墨镜'的底细。他是从农村出来打工的，出来就不想回去了，但无文化无手艺，在城里如何生存呢？开始他跟街娃鬼混，没混出个名堂，倒是学坏了不少，坑蒙拐骗，吃拿卡要，尽干些下三滥的勾当。"

"不傻嘛。"

"哈哈，一半清醒一半傻，就是脑子缺根筋的那种人，东一下西一下地碰运气。哈哈，对这种人，你千万别当回事，他要是真有后台，会抬出来亮起？真有后台，他混成这样？哈哈，这种人，骗子算不上，黑恶势力不沾边，就是个木贩子。"

"他都准备动手了，还不当回事？"

"真别当回事，此人狐假虎威，装腔作势罢了。哈哈。"

"老同学，你别打哈哈了，我感觉这个人是没有底线的人，只要有人给钱，什么事都敢做的，他就敢挖树。"

"哈哈，不敢，放心，吓唬你的。"

"哼，他就敢挖，不信走着瞧，我就有这个预感。在巨大的利益诱惑面前，植物人都睁眼。这个人背后有一股势力。"

"哪有什么势力，请勿神经过敏。"

但是，王大山还是信心满满的，他告诉潘飞，"墨镜"这个人就是一个小混混，干不出什么大不了的事。王大山此时的解释，跟之前的解释截然不同。潘飞也没弄明白，这个"墨镜"不是一个被林业警察监控的对象吗？怎么突然变成了一个癌症患者，一个小瘪三呢？王大山还是叹息连连，其实潘飞知道，就是那个二毛山问题，有这个问题梗在那里，至于"墨镜"是什么，"墨镜"背后有什么势力，这都不重要了。就是王大山说的那句话，端着枪都不敢放。

送走了王大山，潘飞回到办公室，万能跟了进来，说："依我看，银杏树的事，跟上次一样，他王大山几个哈哈就完了，那个癌症患者根本就没受到教育。"潘飞点点头，学着王大山的语调，"哈哈"笑几声。

黄连山虽然年纪大了，却记忆力惊人，对村里的山山水水一草一木了如指掌，还能讲故事。在潘飞、江涛、白帆三个扶贫干部的眼里，黄连山就是连山的一部活字典。吃过午饭，潘飞和江涛、白帆来到"连山酒厂"，进了黄连山的顾问办公室。他们此行的目的就是了解连山冲森林资源。黄连山谈起连山的动植物，简直如数家珍。讲得兴起，他又开始摆起龙门阵。

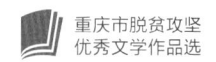

"连山山顶有泉,名叫公泉,过去却不出水,后来有了神女,才有了泉水。"黄连山说道。

"神女?连山难道说还有神话故事。"江涛甚感好奇。

"当然有,你们听我慢慢道来。我也是从老一辈人那里听来,不知道这样的事发生于何时。一位叫黄水生的年轻人喜欢读书,准备进京赶考,不料,发生了一件奇怪的事。村后山公泉石壁里,有一块白岩,远远看去,隐约可见一位骑着白马的女子。那女子便是山脚下母泉里井龙王的女儿,幻化成一位女子,取名大丫儿。因为触犯龙规,被赶出龙宫,发配在这荒山野岭中,她的居住之地就在白岩洞里。黄水生就是我的男祖,大丫儿就是我的女祖,嘿嘿。"黄连山喝了一口水,看见三人正听得入迷,于是继续说道,"山中的人世代以农耕为生,入仕的极少,读书成了一代又一代人的奢望。然而,偏偏在我黄家出了一位文化人黄水生。我的这位先祖哇,不得了,自幼聪慧,思学不厌,考取了秀才,为参加殿试,早习夜读,很是勤奋。一日擦黑,他从山下泉边路过,喝一口清凉泉水,又洗了把脸,以此去除倦意。突然,一白衣女子骑着一匹白马,从井边走过,隐入山林。男祖甚为奇怪,这位女子他从未见过,而且貌美如花,恍若梦境,甚至都觉得自己是否眼花,看错了人。事后,男祖将精力投入考试,逐渐把女祖给忘了。"正讲得起劲时,外面有人叫卖苞米,黄连山于是出去收秤。

"这座大山里,听说还有金、木、水、火、土、日、月七座山峰,称为七星闪耀,咱大连山真是神奇。"潘飞拿出一支烟点着,对江涛、白帆说。

"这个七星闪耀的传说我也听说了,但是却没人真正考证过。"江涛回答说。

"大丫门是其中的一座。不知这大丫门与黄连山故事里的女祖大丫儿有什么关系。"潘飞分析道。正议论间,黄连山进来了,端起杯子喝了一大口水，又开始摆起故事来。

"且说女祖大丫儿，自泉边与我男祖擦肩而过，也是一见钟情，凡心萌动。她化作一叫花女子，自称米连，讨饭到我黄家，黄母见其可怜予以收留。女祖本是仙界之人，聪明伶俐，到了我黄家，却放下大家闺秀架子，粗活重活抢着干，深得一家老少的喜欢。后来在男祖母亲的撮合下，男祖娶女祖为妻。新婚当天，我的这位女祖经一番梳洗打扮，现出青春容颜，那真是郎才女貌，天下无双。男祖更是觉得似曾相识，便疼爱有加，夫妻二人夫唱妇随，相敬如宾。啧啧啧。"黄连山说到这里，因为过于投入，他边讲边回味着，对自己祖先这段姻缘佳话，好生羡慕。此时，黄连山的老婆突然出现，站在门外哈哈大笑不止，直嚷嚷着，叫潘乡长别听老头胡乱吹牛。黄连山也不理会，继续讲述。

"第三年，我的这位先祖考中进士。中进士，那可是家族的荣耀哇。但是，先祖思念妻小，不愿为官，返回故里，开办私塾，乐善好施，人称黄老爷。女祖则勤劳持家，尊老爱幼，和睦邻里，接济穷人，也受人敬重。但是，好日子没过多久，发生了变故。女祖的父亲井龙王，听说女儿擅入凡尘，私订终身，大发雷霆，下令捉拿。女祖听说后，心急如焚，只得将实情告诉丈夫。男祖方才得知母泉边走过的女子，就是女祖，而且是井龙王的女儿大丫儿。女祖明知道无法与父王抗衡，但又不甘心就这样离开男祖。于是，两人便商量好，在连山上培训出一支兵马，抵抗父王的神兵。我那男祖早已饱读兵书，精通兵法。他画出八卦阵来，女祖则施展法术，一夜之间，将大连山变成了战场，柳杉、金竹都变成了士兵和利箭。"

黄连山说到这里，白帆着急问了一句："是否真就开战了？"

黄连山抿了抿嘴唇说："真打了。第一场战斗，我祖取胜。一支支金竹箭，如闪电一般射向虾兵虾将，她父王派遣的水兵死伤无数，战败退走。我祖太厉害了，啊唷！"潘飞"哦"了一声，惊讶

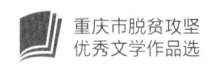

地看着黄连山。

"我祖的拼死抵抗，惊动天庭，天庭派出二郎神下界降伏。二郎神来到连山，听见树林中响声四起，突然一支金竹箭飞来，正中手臂，吓得二郎神赶紧躲避。二郎神受了伤，大为恼火，见连山果然暗藏兵马，又不敢轻敌，便报奏玉皇大帝，设下毒计，欲用火攻。第二天，二郎神请来火神，展开轮番进攻。哎哟，不得了，不得了，我大连山顿时火光冲天，一大片一大片的树木倒下，燃烧的竹节爆裂，响声震天。大火一连烧了三天三夜，三天三夜哟。"黄连山说到这里，突然就抬起头来，直往窗外瞧，眼神里充满愤怒。潘飞则听得正起劲，催促他快讲完。

"我祖眼见树阵被毁，一时也没了主意，夫妻俩唉声叹气。忽听雷霆大作，风雨四起，瞬间浇灭熊熊大火。女祖紧紧抓住男祖的手，一下跪在地上说，黄郎，今后夫妻相见，在后山的大丫门下。说罢，被神兵掠走。"黄连山说到这里，低头沉思起来，好像十分悲痛。

白帆眨了眨眼睛说："太可惜了。"

黄连山抬起头来，"嘿嘿"地干笑了两声，继续讲道："男祖失去爱妻，终日茶饭不思，神情恍惚，不久一病不起，驾鹤西去。家人择日将男祖葬在公泉下。下葬的那一天，山上突然掉下一方巨石，不偏不倚，正好落到男祖的棺材上。原来，被囚禁在公泉中的女祖，见丈夫逝去，悲愤难当，奋力挣脱锁链，冲到悬崖边，望见丈夫，掉下两滴眼泪，一滴化作巨石，盖到丈夫的身上，一滴化为清泉，一年四季滴落在丈夫身上。"黄连山说到这里，连连摆头。

"被激怒的井龙王将我女祖施以斩头刑罚，女祖化成一座奇峰，仰躺在连山顶上，颈部刀刑之处，则变成一扇大门。后来，这扇大门，成为一条大路。翻越连山的人，都会从大丫门中穿过。经过若干年后，男祖的坟头长出一棵红豆杉，在女祖眼泪的滋养下成长为参天大树。这棵树便与大丫门的女祖翘头相望。连山人相传，这是男祖的灵树，将永远守护着女祖，也为我大连山挡风遮雨。"黄连山终于讲完了。

"您这一口一个我祖，难不成您是龙女之后？"江涛问道。

"你说对了，别看我们住在穷山坡上，咱是龙的传人。"黄连山说完，把嘴巴抿得紧紧的。

潘飞则完全沉浸到故事情节里。近来，连山冲村发生树木砍伐事件，让他频频记起黄连山的故事，甚至走在树林里，他都老觉得林子里有什么诡异之事要发生。黄连山的故事，在他脑海里就如真实的历史事件，始终有一种不祥的预感。在他看来，这不是一则故事，而是正在上演的一场惊心动魄的森林保卫战。可惜的是，这漫山遍野的金竹柳杉，无法变成利箭自卫，而是任人砍伐。

秋雨季节到了，阴雨绵绵。这个时候，却有一种景致经常让人眼前一亮。雨后天晴，峡谷的雾冉冉上升，悬浮山腰，形成一层云。而连山的云，就是纯粹水蒸气，没有任何污染，特别的干净。每当太阳升起的时候，阴郁的云雾在阳光的照射下，顿时变得鲜嫩活泼起来，像美丽的土家少女，伸出一双玉臂，召唤心爱的情郎。在潘飞眼里，这就是连山大丫儿与黄水生的故事。

潘飞坐在村委办公室，突然想起银杏和柳杉。这片原始森林，要是被随意破坏，连山还会有这么漂亮的云海吗？有这么漂亮的林海吗？

正当潘飞沉思默想之时，看见邹二宝走了进来。邹二宝进了门，就顺手将门关闭，显得很是神秘地对潘飞说："我家承包山里有一棵红豆杉，两个人合抱不住，每年都挂果。驻村队长江涛曾说过，这一树的果子，像下着红色的流星雨，咂，漂亮得很呢。我就想，用杉果培育苗子，发展壮大红豆杉产业，把杉果酒做起来。去年，我泡了五十斤，进城兜售，你猜猜，最后卖了多少价？"

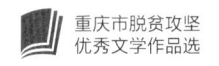

潘飞漫不经心地说:"你吹过多少回了?"

邹二宝仰头一笑说:"呵呵,六元一斤苞谷烧竟然卖到五十元。那些买酒的人,都留了我的电话,今天就有人预订。"

潘飞高兴地看着邹二宝说:"恭喜发财,精准脱贫。"

邹二宝靠近潘飞说:"我就怕目标暴露,有人起打猫心肠。"

"深山老林中,谁去偷呢?"

"有的,古河清春节期间,去过两次,见了我,立马闪人,他就是明显心虚,我就怕杉果保不住。"

"人家未必就是偷,捡点种子,或许另有想法,做点产业之类的,你别想多了。"

"哎,你有所不知,这红豆杉全身是宝,据'墨镜'说,可治癌症,他最近就弄了些树皮当茶喝呢。"

"你别听他瞎说,红豆杉可以提取紫杉醇,治疗癌症。至于泡茶喝,能否治癌防癌,这个没有科学依据。"

"'墨镜'说,他就是喝了红豆杉树皮茶,治愈了癌症。"

"他在吹牛,他是不是患了癌症,鬼才知道。但是,要说这个红豆杉,的确珍贵,不仅仅能治病,因为它是活化石,在地球上生长了几百万年,属于珍稀濒危物种。"

"这就更说明问题了,唔——"

"你想说什么,吞吞吐吐的。"

邹二宝揉了揉酒糟鼻说:"能否挂个牌?"

潘飞听了邹二宝的话,感到好奇,说:"挂了牌就不能买卖了。"

邹二宝顿了一下,鼻子眉头皱到一块儿,仿佛心事重重。在潘飞的催促下,他突然说出一个理由来:"这些大树,是我家的风水,我得保护。你看,我一家落魄潦倒,已入绝境,如今能享到这个福,靠的就是这几棵大树护佑。这是祖上的阴德,不知道是哪位老前辈栽下的。我家世世代代都没曾卖树，干吗到了我这一代，就成败家子呢？我决不能干，干了就对不起列祖列宗。这棵大树活了千年，都活成神树了。"

潘飞赶紧纠正说："邹二宝，你的思想很封建。不是树，而是国家的扶贫政策给你一家带来的福分。你家是贫困户，低保户，得到国家多少利益，难道你心里没底么？为啥就不思感恩呢？"

邹二宝听了潘飞的话，若有所悟，点了点头。突然他脸色紧张起来，声音变得低沉："有人不是看上了杉果，而是看上了古树。"

潘飞一听顿时睁大眼睛，警觉起来，头脑中的那根弦，瞬间绷紧，急切问道："什么情况？"邹二宝的回答几乎听不见，在喉咙里打转。潘飞站起来说："老邹，挂牌的事，马上我安排林业站，就这两天申报。"邹二宝揉着酒糟鼻走了，潘飞望着他的背影，总感觉邹二宝心里有事隐瞒着，更加担心起来。邹二宝说的那棵红豆杉很快挂了牌。

连山的雨越下越大，连续三天，阴云密布，浓雾笼罩。潘飞的车走在新修的连山冲村道上，能见度不到五米，雾灯已经不起作用了，他只好伸出头，看着路边的参照物，慢慢行驶。到了村委，看见邹二宝站在院坝，便招呼进屋。见邹二宝一脸疲惫，便接了杯水给他说："老邹，这么早到村里，有事吗？红豆杉苗长得好吧？飞天蜈蚣项目推进如何？"

邹二宝回答说："苗子长势喜人，飞天蜈蚣项目正在打造，请你放心。今天我来，要反映一个事，'墨镜'来了。"

"'墨镜'？那个癌症患者？"

"就是他，带着几个人，住在黄连棚家里。"

"住在黄连棚家里？干什么？"

邹二宝又不说话了，一仰脖，把杯子里的水一口饮尽。潘飞又接了一杯给他说："老邹，你可不能瞒着我呀，我是一乡之长，无

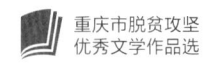

论发生什么事，我都会为你做主的。"

邹二宝一听，突然跪倒在地，右手打了自己几个耳光，说："我鬼迷心窍，我见钱眼开，我该死。"

潘飞拉起邹二宝说："你还真有事哪？"

邹二宝擦了一下眼睛，显然有泪，吞吞吐吐地说："就在一周前，'墨镜'来找我，想买那棵红豆杉，我不同意，但他说出了价钱，我就动了心。这次给我开了天价，送上高速路口，十万，预付订金两万，全部人工车费由他承担。"

潘飞惊讶地看着邹二宝。邹二宝又擦了一下眼睛说："讲好价钱后，'墨镜'一直没给我钱。我察觉到不妙，于是向你告密，将树挂了牌。可是，就在昨晚，他突然来了，说我不讲诚信，把树挂了牌，增大风险。他们，他们竟然将我五花大绑，强迫我按了手印。潘乡长，我可不同意卖树，是'墨镜'逼的。他们威胁我，不管挂牌不挂牌，树必须弄出山。"

潘飞脑子嗡嗡作响。邹二宝继续说着："'墨镜'要我保密；否则，弄死我，还有我孙女。"

潘飞听得心惊肉跳，毛骨悚然，好一阵，才回过神来，发现自己口干舌燥，于是喝了几口水，咕哝着："这次给你十万，你知道'墨镜'卖了多少？"

"不知道，'墨镜'嘴里只透露了一句，天价。他还说，这是他这辈子做的最后一单买卖，赚了钱就金盆洗手，回家治病。"邹二宝说到这里，声音突然大了起来，"潘乡长，那棵红豆杉，我怕保不住了。'墨镜'已经出了言语，死活都要。"邹二宝说完，拉开门走了。

潘飞望着邹二宝的背影，大声地喊道："他敢吗？"他喊出这句话，是在为邹二宝壮胆，其实也是在为自己壮胆。

邹二宝走后，潘飞看见贫困户黄连棚来到村委，这多少让他好奇，因为黄连棚很少出门的。在潘飞办公室，黄连棚还没有坐定，见黄雪花、江涛、白帆走了进来，突然双膝下跪。黄雪花赶紧扶起。黄连棚眼睛有些湿润，说："要不是你们几个，我黄连棚坟上的草都长好高了。"

黄雪花把黄连棚扶着坐到椅子上，说："您有事吗？您看我们忙的，要是没事，就回去吧。谁来接您磕头呐。"

黄连棚站起来，又要下跪，被黄雪花护住。潘飞知道黄连棚有话要说，便走过去，拉住他的手说："为'墨镜'的事吧。"

黄连棚把头一抬，看着潘飞说："我真是瞎了眼。"接着，黄连棚告诉潘飞一个大秘密，"墨镜"要动手了。

潘飞脑子乱哄哄的，呆呆地坐着。此事非同小可，那个"墨镜"就是一个没有底线的家伙，何况有这么大的利益诱惑，必须立即报警。

王大山在电话里打着哈哈回答："大胆毛贼，无法无天。哈哈，他敢吗？哈哈，他敢吗？"

潘飞顶了一句："老兄，快想办法，保树，保树！"说完，潘飞给连山冲村主任丁华打了个电话，组织巡山，严加防备。丁华于是将黄连山、邹二宝、古河清、黄连地、黄连棚、黄连树等在家的老人，通通动员起来巡山。

第三天早上，天刚亮，潘飞起来，见雾锁山谷，像棉絮一般，遮得严严实实，骂了一句鬼天气，便来到办公室。他还没坐稳，电话响起，丁华打来的。"潘乡长，可能要出事，出大事。黄连山刚才打来电话，说今晚有人挖树。"潘飞接完电话，立即给王大山报了案。

得知"墨镜"一伙当晚挖树的消息，丁华、江涛、白帆等人天黑以后，就向山里进发。刚到山垭口，见远处有灯光，走近一看是潘飞和乡政府的人赶到了。他们碰头后，就往林子里走去。进到千

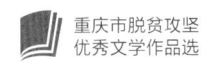

年古树下，潘飞看见黄连山，提着锄头，坐在地上，黄连地、黄连棚、黄连树、古河清远远地站着，惊恐地看着"墨镜"。在大树的另一侧，"墨镜"手里提着油锯，身后站着四个人，手里拿着木棒。远处有几匹骡子。

潘飞报了警，王大山这次倒是行动迅速，一个小时就赶到，而且带着救护车，不再打哈哈了。

潘飞看见的第一现场，邹二宝骑在红豆树根下，左手手指已被齐整整锯掉，血肉模糊。离古树不到二十米，黄连山和几个老头，手持锄头、鹰嘴刀，在地上呻吟。"墨镜"手里攥着油锯，靠着一棵柳杉树，惶恐地看着黄连山。两拨人马，在夜幕之下，展开混战，"墨镜"打翻了黄连山、黄连树、黄连棚、黄连地和古河清，自己也被乱锄所伤，虽然没有当场殒命，却也动弹不得。

王大山不愧为老执法，迅速做完现勘，转身对着潘飞作揖，说："老弟，这次被你说中了，这个毛贼胆大妄为，我带回去，严加审讯。"王大山叫人把伤者抬出山，尖厉的警报声再次响起，在山谷里回荡。

王大山把人带走了，天也亮了，幽暗的林子里，隐约能看见陆续赶来的村民，骡子蹄印也现了出来，"墨镜"的油锯上，还能清晰看见斑斑血迹。黄连山此时走了过来，看着潘飞说："如果我们晚来一步，这棵树就完了。"

潘飞显然对黄连山的行动所感动，他突然记起黄连山说过的那句话：砍掉的是他身上的一坨肉，留下的是一块伤疤。潘飞如今也一样有了切肤之痛。但是，他也被这样的场面吓傻了，手脚都变得迟钝，看见丁华他们一阵忙完，便坐在红豆杉下，看着被邹二宝鲜血浸过的油锯发呆。这棵千年古树，侥幸躲过一劫。突然，潘飞抱住头，好一阵，用拳头击打地上腐土，嘴里大声呼喊："我有罪，我是罪人啊！"喊完，竟失声恸哭起来。

黄雪花、丁华、江涛、白帆、黄连地、黄连棚、黄连树、古河清走了过来，在古树下坐着，默默地看着潘飞。他们不知道潘飞为啥哭呢，还哭得那样伤心，也不知道潘飞为啥还说自己有罪？

红豆杉总算保住了，潘飞暂时松了一口气。但是，那一块被砍掉的森林，邹二宝血淋淋的断指，恐怕会成为潘飞永久之伤痛，永久之创疤。

晚上正要入睡时，接到县扶贫办主任何迈的电话。"潘乡长吗？"

"是，何主任有什么事，请讲。"

"连山的产业布局推进情况如何？"

"我跟你汇报过，以连山的'万亩杉树''万亩竹林''万亩云海'，打造绿色生态产业。但是，仅靠乡政府的财力，捉襟见肘。所以推进缓慢。"

"连山乡凭借自身优势打造绿色生态产业，这个思路是正确的。"

"山区农民发展产业的积极性不高，意识不强，而且分散经营，各自为政。电商企业到连山考察过，因为运输成本，还有总量不大，不愿收购产品。虽然公路通畅，但是销售前景仍然堪忧，比如金竹笋、野山菌、牛、羊、蜂蜜等环保优质食材，没有企业带动，难以销往大城市，而连山的自然风景，也没有企业介入打造和推销，只能自己欣赏啰。连山产业要实现可持续发展，急需外援，或者项目推动。这是目前最大的瓶颈。"

"潘乡长，明天我陪同一位北京来的老板去连山看看。"

"欢迎，非常欢迎，你引荐的老板是谁呢？"

"明天到了再介绍。人家是去踩点，能否给连山投资，还不一定。你可要积极准备一下。"

"好，好。"

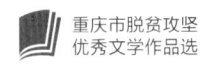

最后，潘飞下意识地问了一句："这次不是投资贫困村砍树吧？"何迈在电话那头呵呵一笑，因为他知道潘飞为大连山的森林保护问题伤透了脑筋。

第二天，潘飞吃过早餐，把自己打扮了一番，换了一套崭新的黑色运动服，在镜子前照了又照，觉得自己精神头挺足的，便来到办公室等待客商的到来。上午十点过，乡政府院坝里传来几声喇叭声，潘飞迅速出门。何迈的车在前面，他站在院坝里跟潘飞招手。潘飞下了楼，看见一辆黑色的红旗牌车，停在坝子的一角，车门打开，下来一位衣着时髦的中年妇女。

潘飞走近一看，哈哈一笑说："何主任引荐的大老板，莫非就是田小莼？"

田小莼莞尔一笑，优雅地说："老同学，正是在下。"

潘飞呵呵一笑说："士别三日，自当刮目相看，老同学发了哟。"

何迈跟潘飞握了握手说："昨天田总就到了县扶贫办，跟我了解全县的产业规划情况，而且田总的集团公司，关注的就是生态产业。所以我引荐了连山的三个'海'。没承想，你们是同学啊。"

潘飞有些惊讶地打量了一下田小莼说："集团公司？老同学，你平时装低调哟，快请楼上坐。"潘飞大喜，将田小莼一行带至办公室，接着介绍全乡的产业布局情况，极力推荐"万亩竹海""万亩杉海""万亩云海"的"三海"系列项目。

田小莼没有急于表态。"今天有空吗？"田小莼问潘飞。

"有空的，今天专门陪你了，老同学。"

"好，我想去你介绍的三个'海'看看。"

"完全可以。"

潘飞跟钟海书记作了汇报后，驾车来到连山冲。潘飞招呼把车停靠在路边，领着一行人步行上了连山冲古道，饶有兴趣地介绍起古道的历史文化。

突然，田小莼在一棵迎客松下拍摄，尤其是那横生的一根枝丫，使树形更具迎客特征，田小莼赞不绝口。走了大约一公里，只见一棵大树长在路中间，因为风化严重，树根裸露，一条大根弯曲成一道拱门。田小莼见了，喜不自禁，坐到树根门里，让潘飞给拍照。

大约一个小时，行到"一碗水"处，田小莼已经气喘吁吁，坐在井边不想走了。"喂，老同学，美丽风景还在前面呢，三个'海'，你还没看完一个呢？"田小莼正要站起来，突然看见一只黑山羊在树丛中钻出来，潘飞大叫一声，冲过去，挡在中间。"嘿，老同学，这只山羊会给你一个'山羊冲'，你受不了的。"潘飞说完，突然看见几只小羊羔随后跟来，它们是来饮水的。但是，很奇怪，这一次，老山羊竟然没向他发起攻击。几只小羊羔走近田小莼，围在她身边张望。

"好漂亮的小山羊，来，抱抱。"田小莼抱起一只羊羔，赶紧让潘飞照相。见几只羊羔不惧生，便索性坐在中间，两只手抚摸着小羊，跟它们亲热起来。

"喂，老同学，抓紧行动哟，山里的美景多着呢。"

"哎哟，我都不想走了，就在这里，跟山羊一家生活了。哈哈。"

走完连山冲古道，看了竹林、杉林，一行人回到乡政府。

"老同学，你跟我说过，连山穷山恶水，山高路陡，哪有什么景色，原来你在忽悠我。"田小莼有些埋怨。

"不不，对不起老同学，那段时间，我脚受了伤，心也受了伤，给你传递了负能量。"潘飞微笑着回答。

"今天看的古道、竹林、杉海，我都喜欢。"田小莼说。

"关键是弄点资金开发，把这里的自然资源挖掘出来，奉献给

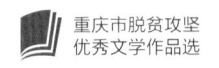

世人。"潘飞说。

"投资的事暂时不作决定，得回去提交公司董事会商议。但是，我给你吃颗定心丸，我个人认定连山了。何主任介绍的其他几个项目，我暂时不看了。"田小莼望着何迈说。

"田总，把连山乡这个项目做好，你就算功德无量了。我们县正在打造生态旅游目的地，建设国家地质公园，连山处于地质公园的核心区。你能投资连山扶贫开发，贫困村的产业，绿色旅游，也就有希望了。"何迈说。

"何主任，北京乡愁文化传媒集团公司，不仅仅做绿色产业，还致力于生态环保事业。"

田小莼兴致勃勃地离开了连山。没过几天，她的技术人员先期抵达连山，很快，连山"三海"开发规划，摆到潘乡长的办公桌上。随着开发合同的签订，生态旅游扶贫开发就进入实质性实施阶段。"看来这次投资不再是砍树啰。"潘飞简直心花怒放。

连山又进入冬季，连山的冬季有别样的美。

脱贫摘帽后，为了防止返贫，连山乡按照县扶贫开发领导小组的要求，建立"两不愁三保障"突出问题动态预警监测机制，潘飞每月都要督促，开展排查，对排查出来的问题，三个工作日内核实整改。无法由乡里解决的问题，次月5日前向县里报告。此举的目的，在于构筑起防止返贫的防线。但是，潘飞心里明白，任何机制，不能发挥贫困群众自身动力，等于摆设。

这几天，潘飞蹲点在连山冲村。刚刚接受了上级的脱贫成效督查，他也松了一口气。他这个勤快人，早上起来，煮了三碗面条，于是三个男人围坐在火炉边吃了起来，碗里冒出腾腾的热气。每当此时，潘飞便心里畅快，自己很乐意当这个家的后勤部长。

让潘飞更加高兴的是，连山乡获得全县"脱贫攻坚产业创新奖"，"七眼泉地缝"纳入"地质公园"总体开发规划。村道路修通了，交通落后状况明显改善，文旅融合发展曙光初现。还是妈妈说得对，自然环境虽然差，慢慢地一点一点做，总能有所改变。

潘飞从内心厌恶，到喜欢连山，这个转变，源于吃了些苦头，经历过磨炼。阳光明媚之时，他经常独自来到连山冲古道上，望着苍茫群山，享受着山风吹拂，那份惬意，是山外的人根本无法体验到的。

他现在看到的，不仅有"万亩竹海"，还有"万亩杉海""万亩云海"。峡谷、大山、古道、白云、山泉……构成一幅绝美的山水画。想想产业重新布局时，冒着极大风险顶回县产业办的栀子花计划，需要多大的勇气。潘飞感觉自己成熟了许多，越来越自信。他不由得哼起了刚创作的第二首扶贫歌曲《连山冲》："连山冲，高又高，白云飘在半山腰。土家寨子风光好，太阳出来喜洋洋。不愁吃来不愁穿，我们走在大路上……"

元旦就要到了，连山土家人开始有人请吃"刨汤肉"。潘飞在村里扶贫四年了，结下了些人缘。他还了解到一个规矩，吃"刨汤肉"是这里的习俗，要是哪一家开口请了不去吃，今后就很难搭上话了。就是见了面，也会躲得远远的，心里有个疙瘩，不给面子，瞧不起人呗。

潘飞和两名驻村队员忙完了一年，都期盼着元旦节回家。虽然在连山冲有"刨汤肉"吃，但还是十分想念妻子和孩子。

这支扶贫小分队，来自三个不同的单位，三个男人在连山冲组成的这个家，这一住就是四年。去年接受了上级验收，连山冲的贫困户们终于脱了贫。回想着扶贫路上的点点滴滴，他们还是感慨万千，心里牵挂着贫困户，甚至连山冲的家家户户。这三个男人已经成了村里土家人的亲戚。

天上飘着雪粒子，很快又转成了纷纷扬扬的雪花，地上积了厚厚的一层白雪。听村里的老人说，连山冲这样的大雪天，十年前有

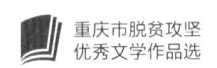

过一场，今年再次出现，可以说是罕见了。

时令已经进入冬至后的数九寒天，但今年的极寒季似乎来得更早。吃过早餐，潘飞提了相机出门，他要留下雪地的足迹。周围环绕的群山，一夜之间，银装素裹，白雪皑皑，完全成了一个冰雪世界。潘飞冒着大雪，开始用相机拍摄美丽的雪景：一排独行的脚印，戴了白帽的车顶，盖了棉被的农舍，黑白斑斓的蔬菜地。寒风吹得他瑟瑟发抖，他感觉刺激，脚下"咔嚓咔嚓"脆响，让他惊喜，天地一片苍茫，让他震撼。走在风雪中，他不停抖落棉衣上的雪，心情显得无比畅快。就在今晨，潘飞这个从小生长在大山外的人，第一次完整体验了行走在大雪中的野趣。

都说瑞雪兆丰年，今年可不一般，恰恰在元旦来临之际，下了这场大雪，是不是个好兆头呢？潘飞望着苍茫的群山，尽情领略大自然赐予的良辰美景。

突然，一个人在大雪中冒了出来，古河清，他来干吗？古河清进到村委便民服务中心，见三个男人都在，便坐到火炉边，说："潘乡长，你们什么时候回家过年呢？"

潘飞给古河清倒了一杯热水，说："腊月二十九放假。"

"那么迟？"

"每年都是。"

"年货都没时间准备的。"

"呵呵，超市里什么都有，不须准备。"

"那倒是。"

古河清喝了一口水，突然就把眼睛睁得大大的，额头上的菱形章现了出来，潘飞瞟了他一眼，以为他又要提什么意见，便坐到椅子上，打开笔记本。

"潘乡长，你借我两万元钱的事，我还没感谢你。"古河清说。

"无须感谢。"潘飞回答。

"你救了养猪场，等于救了我的命，救了我全家的命。"古河清说得认真。

"言重了。"潘飞拿出一支烟点着。

"昨天邹二宝来养猪场买猪崽儿。"

"你卖了吗？"

"没有，五百元一头，他嫌贵。"

"五百一头？是有点贵。"

"嗯，对邹二宝，一分钱都不得少。"

"听你的话音，其他村民价格可以少？"

说话间，江涛、黄雪花、丁华走了进来。此时，古河清声音提高八度，说："价格问题，好说，只要你潘乡长一句话。"

"嘿，你的猪，我能说什么话？"

"我只卖你的人情。"

黄雪花鼓起眼睛盯着古河清说："不要忘记了，村委给你投了钱的。"

古河清回答道："投了钱不假，但是我带动了贫困户，按月给他们分红，不是白拿的。在我上吊要命的时候，干吗不给我投？这么大个村委，谁替我说过一句好话。"

黄雪花一听，脸色立马变黑，伸出右手指着古河清说："村委谁欠过你，你摸着良心说话。"

潘飞生怕两人又吵起来，让黄雪花和丁华到另一间办公室。"只有潘乡长借钱给我。"古河清望着丁华后背，还在嚷。

"潘乡长，今天我来找你，就是要你发句话。已经有二十家人找过我，要买猪崽，价格由你定。我古河清有良心，只是以前被狗吃了。"

"市场行情看，一只猪崽儿五百元，你能优惠多少？"

"价格由你定，我卖你这个人情。"

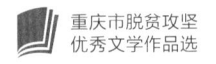

"三百，行吗？只限于本村人。"

"三百就三百，原先一头几十块钱，总比过去强，少赚点吧。"古河清咬咬牙说。

"老古，你做了件好事，为村民做了件大好事。"潘飞表扬道。

"我有良心！"古河清故意说得一字一顿。

"我今天杀过年猪，请到我家吃'刨汤肉'。"古河清靠近潘飞耳朵说。潘飞一愣，还没反应过来，古河清一脸期盼说："潘乡长，在连山冲，你们驻村队的三个人，只有我家的'刨汤肉'没吃过，不知肯否赏脸？"

潘飞听完随即回答："谢谢，肯定去。但是，我要求你邀请黄支书和丁主任一起去。"

"他们两个这次就免了。"

"古老板，我就知道你心里有个疙瘩。这么说吧，你家养猪场的事，遇到过困难，希望有人扶一把，但是，你家不是贫困户，不能享受扶贫政策，村委也只能执行。再说，你的性格，你也要反思，真不好打交道的。"

"为啥你愿意借钱给我？"

"古老板，说句实话吧，我也不愿意，但又为啥借呢？第一个理由，我是乡长，蹲点扶贫干部，不能见死不救。第二个理由，我发现你有创业激情，有干劲，村里发展产业，就需要像你这样的带头人。"

"你就不怕我还不了吗？"

"古老板，你让我说实话还是？"

"说实话。"

"好，你亏了，我也亏了。"

"你心眼大，佩服佩服！"

"古老板，我得提醒你，脱贫攻坚，产业是保障。你家养猪场发展壮大，带动贫困户实现稳定增收，这就是效果。帮扶你，是帮扶村里的产业，帮扶贫困户，保证脱贫攻坚成果，这是我们的责任，村委的责任，与个人感情问题无关。黄连山的酒厂，不是也投了吗？就是这个理。"

古河清正欲说话，但话到嘴边收住了。他难得地露出笑容，喝了一口水说："我邀请他们。"古河清说完就向黄雪花、丁华的办公室走去。

没多大工夫，古河清就返回，说："那两个人装怪，不去。"古河清抓起纸杯子，把已经凉了的开水一咕噜吞下，一脸尴尬。

"你先回家吧，黄支书和丁主任我帮你请去。"潘飞说。

"过去亲戚都不愿进我家门，嫌脏，现在好了，堂屋地上的几个坑填平了，做成水泥地板，里里外外敞亮了，连山养猪场还得了清洁卫生小红旗奖。"古河清扯开了。

"古老板，这是扶贫的好政策，实实在在落实到你家了。黄支书、丁主任没少跑路吧？想想人家的好，村干部也难当。"潘飞开导道。

"黄支书、丁主任我都请了，可是他们不买账，看不起我古某人。"古河清开始来气。

"我们晚上一起过来，放心。"潘飞呵呵一笑说。

古河清脸上荡起笑容，大额头上的菱形章，舒展开来，像敞开的一扇大门，望着潘飞、江涛说："你们几个早点来吃夜饭，都不许带礼物，不许付伙食费，那样就见外了。大连山的土家人，只要锅里有，绝不差干部同志的一碗饭。我这一次，也要改改你们的习惯。"

古河清离开后，潘飞来到黄雪花、丁华的办公室，潘飞高兴地说："古河清让我请客，你们还是要给我个面子。酒壶里还剩两斤苞谷烧，泡着红豆杉果呢，今晚喝掉，我夏天晒的几斤金竹笋，送

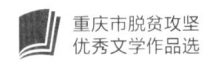

给古河清,我们不算白吃。"黄雪花给潘飞一个白眼,没有答话,丁华则忙着整理资料,没空说话。

"二位大爷,今晚是我请客啰。"潘飞呵呵一笑,坐到黄支书旁边,说,"冤家宜解不宜结,古河清下了矮桩,你们就不能高姿态点?"

潘飞说完,黄支书也眉开眼笑起来,说:"我们是故意气他的,我这里正好有两斤苞谷菌,晚上一并送去吧。"

潘飞一听高兴起来,说:"我们与古河清的那点事,不会带到明年了。两斤苞谷酒,两斤苞谷菌,两斤金竹笋,礼物够大了,这要卖到山外,值几百块呢。"潘飞说完,三人相视一笑。

在古河清家吃"刨汤肉",这还是第一次。他的儿女都回家过年了,在跑前跑后地忙。古河清竟然不再吝啬,盘盘碟碟摆满了桌子,而且摆了三桌。没多大工夫,黄连山、黄连树来了,接着,罗辉煌、冉崇山来了,左邻右舍一下来了好多人,屋子里顿时热闹起来。潘飞给每人倒了一碗苞谷烧,边喝边聊,三巡酒下肚,又挨个敬酒,潘飞脸上已经泛红,突然,他打开歌喉唱了起来:

连山五十四道拐,
大雾茫茫路还在。
千年古道起长江,
背盐汉子云中来。
岩蛙上树呱呱叫,
野鸡挡道绕不开。
有心喝口山泉水,
二嫂招我进山寨。

见男人唱的歌分明有挑逗的意味,估计有些醉了,古河清的老婆说去热菜，离开饭桌，黄雪花也跟着进了厨房。此时，潘飞、江涛、白帆三个男人，扯开嗓子，又吼了起来：

> 柴火焖的洋芋饭，
> 好大一锅儿。
> 开山脑壳炖竹笋，
> 好大一钵儿。
> 自家卤水点豆腐，
> 好大一碗儿。
> 二嫂倒的苞谷烧，
> 好大一杯儿。
> 不吃也得吃，
> 吃——
> 不喝也得喝，
> 喝——

男人们尽情地喝着、唱着。

今年在村上的最后一顿酒饭，竟然是在古河清家吃的，潘飞心情自然畅快。回村委的路上，几个男人已经喝得醉眼迷离，踩在冰雪上都有些飘，黄雪花打着手电筒，跟在后面不住地笑。

明天一早，驻村扶贫的三个男人就回家过年了。

后记

2021年2月25日召开的全国脱贫攻坚总结表彰会上,习近平总书记庄严宣告,我国脱贫攻坚战取得全面胜利,完成了消除绝对贫困的艰巨任务。为了补齐贫困人口这块短板,中国开展了一场空前的脱贫攻坚战,创造了又一个彪炳史册的人间奇迹。这是伟大时代的伟大事业,备受世人瞩目。

重庆市作协与市扶贫办联合举办决战脱贫攻坚主题创作活动,用文学形式艺术地再现这场具有划时代意义的脱贫攻坚时代壮举,要求更加注重挖掘扶贫题材深度,深刻反映和展现重庆努力消除贫困、改变落后面貌过程中的精神追求,讴歌这场人类历史上改变贫困现状的史诗性战役,以此折射中华民族为实现民族梦想而进行的艰苦努力和为世界减贫事业做出的重大贡献;要以更加宽广的眼界和更高的历史站位,形成纵深的历史观,深刻理解和把握脱贫攻坚对时代与人民、对国家与世界的重大影响,探究一个曾经衰弱的中国如何从物质到精神再度走向强盛的秘密,进一步提升作品的思想与艺术质量;要通过作品,让全国人民更好地了解重庆、了解重庆人民为脱贫攻坚战役付出的巨大努力,再现这场战役所激荡而出的中国精神与中国力量。

2019年4月15日,习近平总书记来到渝东石柱土家族自治县中益乡,就解决"两不愁三保障"突出问题开展调研。总书记来到中益乡的那天,我在金竹乡驻乡扶贫,我的心是滚烫的,扶贫队员们的心是滚烫的,全县五十五万土家儿女的心是滚烫的。我决定把我发表过的几篇扶贫短篇小说、散文进行整合,创作了《连山冲》。

我是石柱县检察院的一名干部,于2016年3月至2017年3月驻村扶贫,任驻村队长、第一书记,2018年9月至2020年4月,再次担任驻乡扶贫工作队队长。近三年的扶贫经历,使我从专业性强的司法机关走进广阔农村,几乎涵盖了本轮脱贫攻坚的主要时光,这样的机遇和平台,正好弥补生活体验不够的创作缺陷,能深切感知、感悟这场脱贫攻坚战的火热场面和心灵震撼。作为一段历史的亲历者、见证者,也希望记录下历史的印痕。唯有这样,才对得起那些长年战斗在乡村一线的扶贫队员们,才不会遗憾终生。

书写时代重大题材,不能做政策的解读词,必须符合文学规律,这往往是创作的难点。文学作品赢得读者,还要有其独特的艺术魅力。

武陵山自古为蛮荒之地,古语有云:"养儿不用教,酉、秀、黔、彭走一遭",指的就是这些地方,也是新一轮脱贫攻坚国家战略划定的集中连片特困地区,在这样的环境险恶之地扶贫,所付出的代价更大。解决"两不愁三保障"突出问题,就是这个地区扶贫的首要任务和显著特色。我在乡村扶贫近三年,看见的就是乡村干部们如何把"两不愁三保障"政策,像木匠的钉子和石匠的楔子,一村一村,一户一户,钉下去,锥下去。科学、系统、精准、专业,在本轮脱贫攻坚战中表现完美。

这样的地域环境特征,任务特征,也需要在小说里精准地凸显。

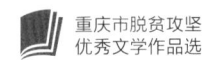

《连山冲》以连山乡乡长潘飞蹲点连山冲村扶贫为主线，徐徐拉开一场惊心动魄的扶贫大幕；根据利益调整设置矛盾冲突，在矛盾运动中化解历史遗留问题，披露特困山区扶贫中鲜为人知的一面。小说毫无掩饰地呈现了特困地区大山深处尚存的人间苦难，也力图细细勾勒出乡村干部攻坚克难的真实画卷。在客观记录精准扶贫精准脱贫的同时，也会触发读者对贫困根源、贫困现状的深度思考。

　　《连山冲》记载时间从2016年至2019年底，完成于2020年8月，它形象地记录了连山冲村这个贫困村四年的脱贫攻坚峥嵘岁月。它虽然讲述的是一个贫困村的扶贫故事，却是国家精准扶贫精准脱贫方略在民族地区、特困山区、革命老区得以落地生根、开花结果的掠影，是武陵山集中连片特困地区如何解决"两不愁三保障"突出问题的攻坚战缩影，彰显了"上下同心、尽锐出战、精准扎实、开拓创新、攻坚克难、不负人民"的脱贫攻坚伟大时代精神。

　　《连山冲》有幸被选为"重庆市2020年决战脱贫攻坚主题创作"作品，并入选"重庆市脱贫攻坚优秀文学作品选"丛书，我倍感欣慰。但由于创作经验严重不足，希望读者不吝赐教，批评指正。

2021年2月25日